Julius Wolff

Assalide

Dichtung aus der Zeit der provençalischen Troubadours

Julius Wolff

Assalide
Dichtung aus der Zeit der provençalischen Troubadours

ISBN/EAN: 9783743659124

Hergestellt in Europa, USA, Kanada, Australien, Japan

Cover: Foto ©Andreas Hilbeck / pixelio.de

Weitere Bücher finden Sie auf **www.hansebooks.com**

Assalide.

Dichtung

aus der Zeit der provençalischen Troubadours

von

Julius Wolff.

Dreizehntes Tausend.

Berlin,

G. Grote'sche Verlagsbuchhandlung.

1896.

Druck von Fischer & Wittig in Leipzig

Assalide.

Charlottenburg, 1896.

I.

In den Alpinen.

Im sonnigen Süden, in der Provence,
Die zwischen der Rhone breitsilbernem Bande
Und der wildreißenden, bösen Durance
Bis zu des blauen Meeres Strande
Lockend streckt ihre blühenden Auen
Unter den Füßen der schönsten Frauen,
Leben und weben noch weit und breit
Tausend Erinnrungen alter Zeit.
Steine reden vernehmlich und laut,
Riesenwerke, von Römern erbaut,
Tempel und Brücken und Säulengang,
Die nicht Gothe, nicht Maure bezwang.
Hochgeschwungene Bogen melden
Die Triumphe cäsarischer Helden,
Aus Arenen und Sarkophagen
Hallt es und haucht es zu unseren Tagen
Von dem Ergötzen bei Spielen und Brod
Und dem Reichthum in Leben und Tod.
Dann an Stelle der stolzen Legion
Setzte sich fest der feudale Baron,
Sperrte die Straße, heischte den Zoll,

Und ein lustiges Treiben erscholl,
Höfisch und herrlich, voll blendender Pracht,
Wie aus verzaubertem Schlaf erwacht.
Wissende Zeugen geben es kund,
Schriften, Legenden und Liedermund,
Trutziger Schlösser gewaltige Reste,
Früher der Schauplatz glänzender Feste,
Rühmen als letzte, verfallende Spur
Die gefeierte Cour d'Amour,
Wo vor dem lächelnden, schönen Senat
Galt als erstes Gesetz im Staat
Zur Entscheidung verwickelter Fragen:
Liebe soll nichts der Liebe versagen.
Floß das Leben doch hin wie ein Traum,
Wie aus dem Becher der sprudelnde Schaum,
Voll von üppiger, jubelnder Kraft,
Hoher Begeistrung und Leidenschaft.
Frohsinn waltet' und Wagemuth,
Herzensfreiheit und Sehnsuchtsgluth,
Männerkühnheit und Frauenhuld,
Trautester Sünde bindende Schuld.
Denn unter allen Zinnen und Dächern,
Hinter den Riegeln, in den Gemächern,
Bei den Turnieren mit Kränzen und Preisen,
Abenteuern auf Fahrten und Reisen
Herrschte mit unumschränkter Gewalt
Allstund die Minne in jeder Gestalt,
Werbend und hoffend, treu und verschwiegen
Oder mit raschen, berückenden Siegen,
Und aus dem Duft von Jasminen und Rosen
Weht noch heut ein Flüstern und Kosen

Mit verführerisch schmeichelndem Ton
Von der Liebe süßestem Lohn.
Doch wie die Luft und der streichende Wind
Überall eindringt stark oder lind,
Also erfüllte, durchwob und umklang
Saitenspiel Alles und heller Gesang.
War es beim Schmaus im prunkenden Saal,
Wo die Hörer oft hundert an Zahl,
War's im Gemach, wo Eine nur lauschte,
Was von den Saiten zu Herzen ihr rauschte,
Dort war der Sänger, der Sänger war hie,
Fehlen durft' er nirgend und nie,
Mußte mit seiner fröhlichen Kunst
Singen und sagen für Gold oder Gunst.
Auf allen Burgen wieder und wieder
Tönten von Troubadouren die Lieder,
Schallten zur Rüge, schürten zum Streit,
Jauchzten von Liebesseligkeit.
Gab es auf Erden je Poesie,
Die allem Denken Worte verlieh,
Die alles Leben durchwuchs und umrankte,
Der Minne diente, der Minne dankte,
War's in der Provence ein Jahrhundert lang,
Wo sie der Liebe Gluthen entsprang. —

Just in der Mitte von Orgon
An der Durance und Tarascon,
Das in der Rhone Fluth sich spiegelt,
Liegt Saint-Remy, ein kleiner Ort,
Dem besser als geschriebnes Wort
Sein graues Alterthum besiegelt

Der Römerbauten herrlich Paar,
Das hier, die Zeit zu überbrücken,
Prangt schon an die zweitausend Jahr
Auf eines Hügels breitem Rücken.
Ein hochgethürmtes Grabdenkmal
Mit schlanken Säulen, schönen Friesen,
Weit sichtbar in der Sonne Strahl,
Steht, als der Julier Gruft gepriesen,
Dreistöckig, kunstvoll ausgeprägt,
Auf schwer gefugten Vierecks Grunde,
Das Portikus und Tempelrunde
Mitsammt zwei Steingestalten trägt.
Daneben ragt ein Siegesbogen
In großer, stummberedter Pracht,
Allseitig von Gebild umzogen
Mit Kriegsgefangnen aus der Schlacht.
Der Blick nordwärts durch dieses Thor
Ruht auf der Landschaft ebnem Bette,
Gen Süden doch steigt nah empor,
Schon der Alpinen breite Kette.

An einem warmen Frühlingstag,
Gekühlt von sanft bewegten Lüften,
Durchtönt von Nachtigallenschlag,
Gesättigt von des Thymians Düften,
Hielt eine stolze Cavalcade
Bei jenen alten Bauten Rast,
Weil hier sich trennten ihre Pfade
Nach eines Jagdritts Hatz und Hast.
Es waren edle Herrn und Damen,
Im Sattel heimisch, fest zu Roß,

Die fröhlich von der Beize kamen
Mit stattlichen Gefolges Troß
Von Falkonieren, Waidgesellen
Und Jägerburschen, die zum Theil
Die Falken trugen und die schnellen
Spürhunde koppelten am Seil.
Die Beute waren Schwäne, Reiher
Und ein Flamingo, den sein Flug
Von einem der großmächt'gen Weiher
In der Camargue hervorschlug.
Die ritterlichen Jagdgenossen,
Verbindlich um die Frau'n bemüht,
Und diese huldvoll, reizumflossen,
Von freier Lebenslust durchglüht,
Die schmucken, jungen Jägersleute
Von frischer Kraft und rechtem Schick,
Die schönen Pferde, selbst die Meute
Mit rothen Zungen, klugem Blick, —
Ein fesselnd Schauspiel war's, entfaltet
Auf grünem Rasenteppich hier,
Beweglich wechselnd, vielgestaltet
Und farbenreich an Tracht und Zier.
Man war, fernab von allen Sorgen,
Einander zu erfreu'n bedacht,
Denn dazu hatte man am Morgen
Sich von zwei Schlössern aufgemacht.
An steilem Hange stand das eine,
Schloß Romanil, hell schimmernd da,
Von des Gebirges Felsgesteine
Hoch Schloß les Baux herniedersah.
Zu jedem war es noch zu reiten

Wohl über eine Stunde lang,
Drum galt's, den Abschied einzuleiten,
Eh man sich in die Bügel schwang.
Doch das ging nicht so schnell von Statten
Beim Händedrücken, warm und weich;
Was Manche sich zu sagen hatten,
Schien wichtig und geheim zugleich.
Geflüstert ward, was unumgänglich
Man sich vertrauen mußt', und dann,
Dann sprach man laut und unverfänglich,
Was hören durfte Jedermann.
„Glaubt nicht, Gaston, daß ich's vergesse!
Ihr schickt mir doch des Sängers Lied?"
„Darauf verlaßt Euch, Vicomtesse!
Was ich verspreche, das geschieht."
„Die Feder trag' ich Euch zu Ehren
Vom Reiher, den Eu'r Falk erjagt."
„Graf Aimeric, wollt mich belehren,
Wievielen Frau'n Ihr das gesagt!"
„Ich komme bald, Estephanette!"
„O, Vetter Rostan, laßt Euch Zeit!"
„Wenn Ihr befehlt, Fürstin Vauffette,
Bin ich zum Büßen stets bereit."
„Schlagt ein, Robert! dann Ruh und Friede!"
„Laßt's, Lianor, Euch wohl ergehn!"
„O nichts von danken, Affalide!"
„Rambaud, ade! auf Wiedersehn!"
So klang's mit Schütteln, Neigen, Nicken
Im bunten Durcheinanderschwirrn,
Mit hellem Lachen, heißen Blicken,
Als wollt' es nimmer sich entwirrn.

Dann boten mit den letzten Grüßen
Die Cavaliere Hand und Knie
Zum Aufschwung zarten Frauenfüßen,
Und man ritt ab von Saint=Remy.
Die beiden steinernen Gestalten
Hoch oben auf dem Römergrab
In ihrer Toga strengen Falten,
Sie blickten starr und stumm herab.
Und nun umgab das tiefste Schweigen
Der ernsten Monumente Stand,
Die Völker und Geschlechter steigen
Und sinken sahn im Gallierland.

Die nach Schloß Romanil sich wandten,
Noch Wink und Kußhand rückwärts sandten,
Enttrabten nun auf ebnem Weg
Staubwirbelnd über Stock und Steg,
Daß, wer vom Troß zu Fuße war,
Nicht folgen konnte der Reiterschaar.
Die andere Gesellschaft ritt
Ein Thal hinauf in sanftem Schritt
Ansteigend, wie der Paß sich bog
Und schlängelnd durchs Gebirge zog
Zu dem berühmten Fürstensitze
Les Baux auf der Alpinen Spitze.
Dahin entführt, ihr Roß auch lenkte,
Weil gern der Einladung Gehör,
Der freundlich bringenden, sie schenkte,
Frau Assalide von Mercoeur.
In Romanil war lang zu Gaste
Sie bei Phanette von Gantelme,

Doch rief sie nun zu Ruh und Raste
Von anderm Thor der offne Helm.
Bis Saint=Remy gab man Geleite
Der schönen Herzenssiegerin,
Von hier aus zog sie an der Seite
Fürst Barrals von les Baux dahin.
Sie war nicht der Provence entsprossen,
Vielmehr gebürtig aus Burgund
Und hatte willenlos geschlossen
Den liebeleeren Ehebund,
Denn fast bejahrt schon war zu nennen
Ihr Gatte, Guiraud von Mercoeur,
Der in den südlichen Cevennen
Ansässig war als Grandseigneur.
Zuwider war ihm höfisch Leben,
Er liebte Kunst nicht und Gesang,
Streit war ihm Lust und all sein Streben
Gejaid, Gelag und Waffenklang.
Er ließ im düsteren Castelle
Die gern Gesell'ge viel allein,
Da reiste sie, an andrer Stelle
Doch ihres Lebens froh zu sein.
In der Provence, da war, erhaben
Ob allem Leid, ihr Muth erwacht,
Da glänzten ihres Geistes Gaben,
Da wies sich ihrer Schönheit Macht.
Denn wer sie sah noch jung an Jahren,
Der neigte sich der edlen Frau
Mit diesen prächtig blonden Haaren
Und diesen Augen, veilchenblau.
Voll Anmuth war ihr ganzes Wesen,

Bewegung, Rede, Wuchs und Halt,
Und ihre Kleidung, auserlesen,
Hob noch die herrliche Gestalt.
Fürst Barral kannte des Genauen
Ihr nicht beneidenswerth Geschick,
Und unter seinen schwarzen Brauen
Ruht' oft auf ihr sein tiefer Blick.
Doch nicht im Ernst und nicht zum Scherzen
Warb er um ihren Liebestraum,
In seinem wetterfesten Herzen
War nicht für ein Getändel Raum.
Ein Gönner zwar den Troubadouren
Und ihren heitern Künsten hold,
Folgt' er doch stetig andern Spuren
Und diente nicht für Minnesold.
Entstammt uraltem Herrngeschlechte,
Schritt stolz er durch das Leben hin
Und hielt auf seine Hoheitsrechte
Mit einem unbeugsamen Sinn.
Von seines Willens Macht im Lande
Durchlief das Sprichwort schon die Welt:
Dies oder jenes kommt zu Stande,
„Wenn's Gott und dem Herrn von Baux gefällt.“
Arabisch Wissen, Sternenkunde
Und Vogelflug, dem hing er nach,
Verbrachte damit manche Stunde
Tiefernst im hohen Thurmgemach.

Barral und Assalide, mitten
In freundlichen Gespräches Lauf,
Das nie verlegen stockte, ritten

Langsam den schmalen Weg bergauf,
Der sich um graue Felsengipfel
Wie ein um sie geschlungnes Band
Im Schatten breiter Pinienwipfel
Und immergrüner Eichen wand.
Der Wohlgeruch, der sie umwob,
Von Kräutern sich und Stauden hob,
War stark und süß und kam geweht,
Als wär' der Berg ein Blumenbeet.
Wie schön auch war ringsum die Schau
Hier unter dieses Himmels Blau!
Der Judasbäume helle Pracht
In ihrer Kronen Purpurtracht,
Die Weißdornsträucher, übervoll,
Daß Blüthe neben Blüthe quoll,
Holunder, Ginster und Jasmin,
Thymian, Lavendel, Rosmarin
An den Gehängen, in den Gründen,
Sie wollten alle gern verkünden
Ihr fröhlich Dasein im Revier
Durch Duft und Farben Mensch und Thier.
Der Blumen offne Honigschalter
Umschwärmten Bienen, bunte Falter
Mit ihrer Flügel Schmelz und Schiller,
Cikaden geigten ihre Triller,
Im Dickicht schlugen Nachtigallen,
Und aus dem Thale ließ erschallen
Der scheue Kukuk seinen Ruf.
Dies Alles und was sonst erschuf
Noch die Provence an Glanz und Leben
In ihrem warmen Frühlingsweben,

Den Reitern ging es wonnig ein
Von Berg und Halde, Strauch und Stein.
Und als sie hoch und höher kamen,
Sahn sie mit freiem Blick im Rahmen
Der aufgebauten Felsenwände
Zurück aufs blühende Gelände
Mit Reben, Feigen, Maulbeerbäumen,
Oliven, sahen wie in Träumen
Gehöfte, Dörfer, Schlösser liegen
Und Städte sich an Flüsse schmiegen,
Hier Cavaillon, dort Tarascon,
Châteaurenard und Avignon,
Und fern am Horizonte ragend,
Noch Schnee auf seinem Haupte tragend,
Den hohen, mächtigen Contour
Des sagenreichen Mont Ventour.
Frau Assalidens Augen sogen
Das heitre Bild mit Freuden ein,
Das ihr in einem weiten Bogen
Zu Füßen lag im Sonnenschein.

Paarweis war auch der Andern Reiten,
Die Fürstin durfte ritterlich
Graf Rambaud von Orange geleiten,
Der nicht von ihrer Seite wich.
Rostan von Tarascon beschützte
Loba Freifrau von Pennautier,
Und seine Keckheit unterstützte
Sie lachend, denn sie war von je
Spottlustig und vergnügungssüchtig,
Voll Geist und loser Schelmerei,

In übermüth'gen Launen tüchtig
Und dabei Wittwe, flott und frei.
Groß von Gestalt, von schlanker Fülle
Der jugendlichen Glieder Bau,
War in des Jagdkleids knapper Hülle
Sie eine sinnbethörende Frau.
Gilbert, des Fürsten Bruder, führte
Fräulein Audiart von Malamort,
Und Pons von Merindol gebührte
Clemence von Rognac's lauschend Ohr.
Man plauderte gewandt, gedachte
Der Freunde von Schloß Romanil,
Indem man seine Glossen machte
Zum wohlbemerkten Augenspiel
Von Zweien, die sich längst im Klaren,
Innig vereint im Mein und Dein
Und immer noch der Meinung waren,
Sie wüßten's beide ganz allein.
Und daß man, einmal auf der Fährte,
Der lieben Nächsten Schwächen sah
Und sein bespöttelte, gewährte
Doch auch Vergnügen hie und da.
Man sprach auch von der Beize heute,
Sprach von der Falken Flug und Fang,
Jedweder rühmte seine Beute,
Jedwedes Vogels Lob erklang.
Denn wie den Männern ihre Rosse,
So war den Frau'n ihr Falke lieb,
Der als ihr Günstling und Genosse
Beständig ihnen nahe blieb.
Sie stickten Kappen ihm von Seide,

Sie pflegten ihn mit Acht und Müh,
Am Haubenquast trug er Geschmeide,
Trug Silberschellen am Geschütz.
So kam es, daß sich traulich knüpfte
Um Falk und Frau der Freundschaft Band
Und kosend ihrem Mund entschlüpfte
Manch zärtlich Wort, das er verstand.
Des Falken Muth und sein Verhalten
Im Kampf das Herz der Frau gewann,
Der Frauen sanft und lieblich Walten
Zog wiederum den Falken an.
Auf seiner Herrin Ruf und Locken
Kam er von Weitem hergesaust,
Wählt' ihren Handschuh, drauf zu hocken,
Viel lieber als des Falkners Faust.
Wenn er jedoch mit hellem Schreie
Sich pfeilschnell in die Lüfte schwang,
Von ihr geworfen, und der Freie
Hoch in den lichten Äther drang,
Wie freute sie sich dann, wie jagte
Schnell nach sie seinem Flug zum Sieg,
Aufblickend zu ihm, was er wagte,
Wie seinen Feind er überstieg.
Ja, Falkenaugen, Frauenaugen,
Eu'r Blick ist wunderbar beschwingt,
Ihr mögt wohl beide dazu taugen,
Daß ihr in Höh'n und Tiefen bringt!

Jetzt auf dem Rückweg von dem Jagen
Ließ man von jungen Waidgeselln
Verkappt die Falken heimwärts tragen

Auf umgehängten Ringgestelln.
Nur eine von den edlen Frauen
Trug ihren Falken selbst zu Pferd,
Sie mocht' ihn Niemand anvertrauen,
Denn er war ihr besonders werth.
Sie hatt' ihn, als die Zinken klangen
Nach speerebrechendem Puneiß
Von Richard Löwenherz empfangen
Als ihrer Schönheit Ehrenpreis.
Denn einen Falken zu verschenken
Kam beim Turnier dem Sieger zu,
Der schönsten Frau zum Angedenken;
So that der Graf von Poitou.
Schön war der Falke, sein Gefieder
Graublond, die Augen hell und klar,
Der Schnabel stark und schlank die Glieder
Mit langem, spitzem Flügelpaar.
Viel schöner doch als Alphanette,
Der Vogel aus dem Berberland,
War, die ihn trug, Fürstin Baussette
In ihrem grünen Jagdgewand.
Um Stirn und Schläfen war gebogen
Von dunklem Haar ein bauschig Rund,
Von Anmuth ihr Gesicht umflogen,
Und Liebreiz schwebt' um ihren Mund.
Was Schmuck und Glanz verleiht dem Leben,
Das Herz beglückt, erfreut den Sinn,
Das war Baussette von Baur gegeben,
Der provençalischen Königin.
Sie nützt' es redlich, Heil und Segen
Bescherte sie mit Wort und That

Und hatt' in ihrem Geist, dem regen,
Für alle Nöthe Hilf' und Rath.
An ihren Hof doch im Palaste,
Vertheilend ihres Lächelns Gunst,
Lud sie das Ritterthum zu Gaste,
Die Schönheit und die Sangeskunst.

Als des Gebirges Kamm erstiegen
Die Jagdgesellschaft und beim Biegen
Des Wegs ein Felsenthor zuletzt
Durchritten hatte, daß sie jetzt
Auch nach der andern Seite sah,
Lag schier ein Wunder vor ihr da.
Als wie aus einem Block gehauen
War eine Felsenstadt zu schauen,
Die grau in grau beinah verschwand
Hoch an des Berges steiler Wand.
Denn Häuser waren und Kapellen
Mit dicken Wänden, breiten Schwellen,
Gemächern, Küch' und Kämmerlein
Gebohrt, gemeißelt ins Gestein.
Gruftartig, heimlich und gedrückt,
Jedoch mit mancher Zier geschmückt,
So bot es seltsam, sonderbar
Dem überraschten Blick sich dar,
Als hätt' ein weltentflohn Geschlecht
Die letzte Wohnung hier zurecht
Sich für die Ewigkeit gemacht
In ernster, einsam stiller Pracht.
Und dennoch lebte frisch und froh
Hier in der Felsenstadt les Baur

Ein luftig Völklein, gut bewahrt,
Getreu um feinen Herrn gefchart.
Und über ihr auf Bergesrücken
Mit Thürmen, Zinnen, Thoren, Brücken,
In Fels gewölbt fein Hauptgefchoß,
Stand das gewalt'ge Fürftenfchloß.
Die's jetzt zum erften Mal erfchaute,
Frau Affalide hielt und traute
Kaum ihren Augen vor dem Bild,
So märchenhaft, fo zauberwild,
Das Schloß, die fteingewachfne Stadt,
Die nirgend ihres Gleichen hat,
Und drüben in des Thales Bucht
Zerklüftet eine düftre Schlucht,
Von fchroffen Felfen dicht umbrängt,
Mit dornigem Geftrüpp behängt
In wüftem, fchauerlichem Bund,
Als gähnte dort der Hölle Schlund.
Und welche Klippen und Geftalten
Mit fpitzen Zacken, tiefen Spalten,
Thierkopf und Menfchenangeficht
In finftern Schatten, grellem Licht,
Die ftarr und fteinern niederglotzten
Und reglos Wind und Wetter trotzten!
Doch wenn das Auge weiter fchweifte,
Rundum das offne Land durchftreifte,
Welch andrer Anblick bot fich ihm!
Dort jener Thurm war ·Saint-Trophime
In Arles, des alten Galliens Rom.
Dort flimmerte der Rhoneftrom,
Hier in der blüthenreichen Flur

Lag die Abtei von Montmajour,
Dort blinkte wie ein klarer See
Der große Sumpf von Vacarés
Und fern gleich einem Silberkranz
Des offnen Meeres Spiegelglanz.

Nun senkte sich der Weg hernieder
Von des Gebirges Felsenjoch,
Doch balde hob er sich schon wieder,
Und kaum ein Viertelstündchen noch,
Dann ritt und schritt der Zug gelassen
Durch die Alpinenstadt und fand
Dort die Bevölkrung auf den Gassen,
Die sich in Ehrfurcht neigend stand.
Noch mehr bergauf, dann sahn die Paare
Sich auf dem ragenden Plateau,
Begrüßt von schmetternder Fanfare,
Und ritten ein in Schloß les Baur.

II.

Im Schloß des Baux.

———

Hochherrlich prangt im Schloß der Saal
Mit seiner braunen Balkendecke,
Gen Süd vor heißem Sonnenstrahl
Geschützt in seiner ganzen Strecke
Durch buntgewirkte Schleier, dicht
An allen Fenstern zugezogen,
Daß röthlich nur ein sanftes Licht
Herein bringt durch die runden Bogen.
Die breiten Wände sind verhüllt
Von Teppichen, kostbaren Spenden,
Mit Stickereien ausgefüllt
Aus Heldensagen und Legenden.
Rings Eisenklammern, angebracht,
Daß sie als Leuchter Kerzen hielten,
Wenn in der langen Winternacht
Die Geister hier und Herzen spielten.
Ein Fliesenmuster, thongebrannt,
Ist auf des Saales Grund geschaffen,
Die Fensterpfeiler sind umspannt
Mit Hirschgeweihen und Gewaffen.
Ein hoher, mächtiger Kamin

Erhebt sich in der Täflung Mitte,
Faltstühle reihen sich um ihn
Zum Plaudern nach beliebter Sitte.
Und das gekrönte Wappen steht
An seines Rauchfangs höchster Stelle,
In rothem Felde der Komet
Mit sechzehn Strahlen, silberhelle.
Man sagte, daß der Stern es war
Von Bethlehem, von dem wir lesen,
Und daß der Magier Balthasar
Vom Haus les Baur der Ahn gewesen.
Der Wahlspruch hieß von Alters her,
Allzeit erprobt in Sturm und Wettern:
Aufs G'rathewohl und Ungefähr!
Dort am Kamin in goldnen Lettern
War's zu lesen hell und klar:
„Au hasard, Balthazar!"

Die Tafel steht im Saal gedeckt,
So glänzend reich an Schmuck und Zierde,
Daß nur ihr Anblick schon erweckt
Nach ihren Freuden die Begierde.
Da blitzt und funkelt der Tresor
Mit Goldgeblink und Silbergleißen,
Da duftet, farbenbunt, ein Flor
Von frisch gepflückten Blumensträußen.
Die Diener warten stumm, geschehn,
Bereit ist Alles zum Empfange,
Verdeckt auf dem Krebenztisch stehn
Die Platten schon zum ersten Gange.
Nun tritt der Seneschall, ein Greis,

Doch nicht gebeugt von Alters Bürde,
Herr Palassol, herein und weiß
Zu wahren seines Amtes Würde.
Ihm folgen Pagen alsogleich,
Die schwere Silberkannen tragen
Und Becken, dazu fein und weich
Auch Tüchlein um den Arm geschlagen,
Daß harrend sie am Tisch entlang
Mit dem Lavendelwasser stehen,
Die Tafelnden nach jedem Gang
Damit zum Waschen zu versehen.
Geschritten kommen Hand in Hand
Die Gäste nun in Reih und Gliede
Und treten an des Tisches Rand,
Fürst Barral neben Assalide.
Der Kapellan spricht das Gebet,
Dann setzt man sich, und nach dem Jagen
Kann, wie sich Jeder eingesteht,
Man wohl ein leckres Mahl vertragen.
Nicht mehr im Jagdkleid ist man jetzt,
Vielmehr in Sammet und in Seide,
Mit seinem Grauwerk leicht besetzt,
Zur gegenseit'gen Augenweide.
Kunstreich bestickt sind ganz und gar
Der Frau'n hellfarbige Gewänder,
Und frisch gekräuselt ist das Haar,
Auch Blumen drin und bunte Bänder.
Und so beginnt man denn in Ruh
Zu tafeln im vertrauten Ringe,
Man nickt und lacht und trinkt sich zu
Und ist von Herzen guter Dinge.

Zur Nachbarin gewendet spricht
Jetzt Fürst Barral: „Täuscht' ich mich nicht,
Frau Assalide, sah ich heute
Ein Zeichen schon von Vogelflug,
Das ich nach meinem Sinne deute,
Denn wichtig scheint es mir genug.
Auf Eures Fensters Brüstung saß,
Kaum daß im Schloß Ihr eingetroffen,
Ein Vogel schon, der sich vermaß
Hineinzuschauen keck und offen.
Es war ein muntrer Wiedehopf,
Er wippt' und winkte mit dem Schopf
Hup hup! und spreizte Schweif und Schwingen,
Als hätt' er Botschaft Euch zu bringen.“
Doch Assalide spricht mit Lächeln
Und schüttelt ihren blonden Kopf:
„Was kann mit seines Schopfes Fächeln
Mir melden wohl ein Wiedehopf?!“
„Denkt von der Vögel Flug und Stimme
Nicht zu gering!“ erwiedert schnell
Der Fürst. „Das Gute wie das Schlimme
Verkünden sie, ihr Blick ist hell,
Sie können Künftiges auch sehen
Und geben's oft uns zu verstehen.
Ein tief geheimnißvolles Weben
Umschwirrt uns überall, gebt Acht!
Ihr werdet hier etwas erleben,
Dran Eure Seele nicht gedacht.“
Doch Assalide kann nur lachen.
„Recht so!“ mischt nun Baussette sich ein,
„Laßt Euch nicht bang und irre machen

Vom Fürsten, der die Vögelein
Belauscht, wenn sie die Luft durchstreichen;
Hier wird kein Unheil Euch erreichen,
Was auch geschehen mag und kommen,
Euch sei es nur zu Freud und Frommen!"
„Das wünsch' auch ich; in nächster Nacht
Werd' ich das Horoskop Euch stellen,"
Versetzt der Fürst, „und ist's vollbracht,
Wird sich die Zukunft Euch erhellen.
Drum darf ich bitten, edle Frau,
Nennt Tag und Stunde mir genau,
Wann Ihr geboren in Burgund,
Ich geb' Euch Sternenweisheit kund.
Sagt also, — — schreib' es auf, Tampon! —
Wo ist Tampon?" — Der Fürst Barral
Umschaut des Saales weiten Fond,
Blickt fragend dann zum Seneschall,
Um dessen Mund ein Lächeln spielt.
Da zuckt Herr Palassol und schielt,
Indem er sich in Schweigen hüllet,
Nach einem Teppich hin, der dort
Die breite Bogenöffnung füllet
Zu einem Nebenraum; sofort
Theilt sich des Vorhangs schwere Falte,
Und schmunzelnd durch die schmale Spalte
Guckt wie der Mond aus Wolkenflor
Des Narren runder Kopf hervor,
Daß Alles aus in Lachen bricht
Vor dem unglaublichen Gesicht.
Bevor man seine List erräth,
Tampon mit lauter Stimme kräht:

„Hier bin ich, Herr! Du riefst nach mir,
Daß mir die Ohren davon klangen,
Doch jetzt nicht dienen kann ich Dir,
Hab' einen Vogel eingefangen,
Derweil ihr beiztet, eigenhändig,
Den halt' ich, daß er nicht entwischt,
Und ungerupft nun und lebendig
Wird er zum Mahl euch aufgetischt.
Doch erst an eurer Tafelrunde
Lauscht, wie sein rother Schnabel spricht!"
Damit, den Finger auf dem Munde,
Verschwindet flugs das Narrngesicht,
Und horch! zu holdem Saitenklang
Tönt hinterm Vorhang jetzt Gesang.

Auf grauem Felsen ragt ein Schloß,
Umweht von allen Winden,
Dahin den Weg zu Fuß, zu Roß
Weiß Alt und Jung zu finden.
Wer wandermüde klopft ans Thor,
Wird gastlich aufgenommen,
Ihm schallt des Thürmers Horn ins Ohr,
Ein Trunk heißt ihn willkommen.

Dort in den Hallen, hoch und weit,
Giebt's Herrliches zu schauen,
Da glänzt der Ritter Tapferkeit,
Entzückt der Reiz der Frauen.
Mit Waffengängen um den Kranz,
Von schöner Hand gewunden,
Mit Minnedienst und Spiel und Tanz
Vergehn im Flug die Stunden.

Des Schloßherrn Name, ruhmgekrönt,
Der Herrin Huld und Gnade
Im Land von allen Lippen tönt
Bis zu des Meers Gestade.
Sie beide grüßet mein Gesang
In Ehren und in Treuen,
Sie mögen sich ihr Leben lang
Des höchsten Glücks erfreuen!

Voll süßen Wohllauts war erklungen
Der Stimme männlich starker Ton,
Und als der Sänger ausgesungen,
Ward Beifall ihm zu Dank und Lohn.
Nur Assalide saß in Schweigen
Noch lauschend vor sich hin und sann,
Als ob sie bei des Hauptes Neigen
Aufdämmernde Gedanken spann.
Aus dem Gesang kam's ihr entgegen
Wie ferner Widerhall, doch fand
Auf der Erinnrung krausen Wegen
Sie keiner Fährte leitend Band.
Die andern Gäste blickten fragend
Und mancherlei Vermuthung wagend
Einander an, doch Niemand rieth,
Aus wessen Mund erklang das Lied.
Fürst Barral, vom Gesang erbaut,
Rief ungeduldig endlich laut:
„Tampon, verwegner Vogelfänger,
Hervor mit ihm! wer ist der Sänger?"
Schnell theilten sich die Hälften beide
Des Vorhangs auch, doch zum Bescheide

Sah wieder nur — o Spott und Graus!
Des Narren dicker Kopf heraus.
Er grinst' und blinzelte verschmitzt:
„Ich glaub's, daß ihr die Ohren spitzt,
Doch müßt ihr euch dazu bequemen,
Noch eure Neugier zu bezähmen.
Der Vogel soll noch einmal singen,
Dann mag er hin zu euch sich schwingen,
Damit ihr füttert ihn und tränkt
Und wieder frei laßt unbeschränkt."
Man fügte lachend sich darein,
Von Narrenwitz gefoppt zu sein,
Und ließ sich gern den Spaß gefallen,
Weil sichtlich das Geheimniß Allen
Doch Spannung in die Seele flößte,
Bis sich von selbst das Räthsel löste.
Als wieder Stille ward im Saal,
Vernahm man wie das erste Mal
Ein Vorspiel, das die Hörer bannte,
Und wieder sang der Unbekannte.

Die Welt ist schön gestaltet,
Voll Wunder weit und breit,
Die lockend sie entfaltet
In Pracht und Herrlichkeit.
Wohin wir aber schauen,
Ist doch von Allem, was besteht,
Was blüht auf Erden und vergeht,
Das Schönste schöne Frauen.

Vor ihrem holden Bilde
Sehnsucht in uns erwacht,

Und unsre Wuth und Wilde
Zähmt ihrer Sitte Macht.
Sie spornen uns zu Thaten,
Daß wir auf Ruhm und Ehre sehn,
Von ihrem Fühlen und Verstehn
Sind bestens wir berathen.

Von Frauen wird im Leben
Uns alle Lust beschert,
Es hätte ohn' ihr Weben
Nicht eines Handschuhs Werth.
Ihr Reich ist ohne Schranken,
Und ihres Lächelns Allgewalt
Ist unsre Hoffnung, unser Halt
In Wünschen und Gedanken.

Aus ihren Augen blinket
Die Seligkeit uns an,
Mit ihrem Gruße winket
Ein Engel uns heran.
Noch in des Todes Grauen
Will sprechen ich in Demuthsinn:
O Herr, nimm meine Seele hin,
Mein Herz gehört den Frauen!

„Die Frauen danken!" rief Baussette
Zum Vorhang durch der Stimmen Schwall,
Clemence von Rognac sprach: „Ich wette,
Es ist Raimond von Miraval!"
„Nein, der ist's nicht!" rief Loba heftig,
„Guillem von Cabestaing könnt' es sein."

Rostan von Tarascon trat kräftig
Für Rambaud von Vaqueiras ein.
Jetzt aber wußt' es Assalide,
Derweilen man sich stritt und frug,
Warum ihr schon beim ersten Liede
Das Herz in froher Ahnung schlug.
Als voll Erwartung Alle schweigend
Nun nach dem Vorhang sahn empor,
Trat daraus, höflich sich verneigend,
Mit Jubelruf begrüßt, hervor
Der ritterliche Troubadour
Bernard von Ventadour.

Fürst Barral ging ihm schnell entgegen,
Empfing ihn warm als werthen Gast,
Die Fürstin sprach: „Auf welchen Wegen
Ihr immer seid, hier haltet Rast!
Daß wir so lang Euch mußten missen,
Mir und dem Fürsten that es leid,
Sonst kamt Ihr öfter, müßt doch wissen,
Daß hier Ihr wie zu Hause seid."
Sie hatten Alle sich erhoben,
Im Auge heller Freude Strahl,
Als er die Runde jetzt von oben
Bis unten machte durch den Saal.
Und jede Hand am Tische legte
Sich freundlich in des Sängers Hand,
Der frei und zwanglos sich bewegte
Als Mann von ebenbürt'gem Stand.
Zu ihrem Platz gelangend reichte
Er sie auch Assaliden dar,

Die ihm mit keiner Miene zeigte,
Ob er auch ihr willkommen war.
Sie wußt' ihm nicht ein Wort zu sagen,
Sie blickt' ihn still verwundert an,
Als ob sie sich aus fernen Tagen
Kaum seines Angesichts entsann.
Tampon doch glänzte vor Vergnügen,
Daß ihm die Überraschung gut
Gelungen war, aus seinen Zügen
Sprach des Verdienstes stolzer Muth,
Gleich als ob er herbeigezwungen
Den edlen Sänger auf das Schloß,
Als hätt' er selbst so schön gesungen,
Daß ihm des Beifalls Spende floß.
Loba enthielt sich nicht, zu fragen,
Was Bernard nach les Baux geführt,
Ob ihn der Zufall herverschlagen,
Ob anderm Schritt er nachgespürt.
„Kein Zufall wär' es, wenn ich ahnte,
Hier Euren Spuren nachzugehn,"
Erwiedert' er, „so aber bahnte
Das Glück den Weg mir, Euch zu sehn."
Sie lachte, so galanter Worte
Von je gewöhnt: „Wer meiner Spur
Nachgehen will, klopf' an die Pforte
Des Schlosses Cabaret, Segnour!"

„Ein Mittel wär's, Euch zu verfehlen,
Stets seid von Eurem Schloß Ihr weit."

„Soll ich etwa die Tage stehlen
Dem lieben Gott in Einsamkeit?"

„Ihr raubt dem Einen, schenkt dem Andern,

Worauf ein Jeder hofft und harrt
In Eurem immerfrohen Wandern,
Den Lichtglanz Eurer Gegenwart."
    „Ich lernt' es von den Troubadouren,
Von Burg zu Burg umherzuziehn,
In andern Gärten, andern Fluren
Die Blumen pflückend, die dort blühn."
„Laß ihrem nie bezwungnen Munde
Das letzte Wort!" fiel lachend ein
Graf Rambaud von Orange, „gieb Kunde
Uns jetzt von Deinen Streiferei'n
Und sag' uns, wem Du von Genossen
Begegnet bist." Er hatte schon,
Selbst Troubadour, ins Herz geschlossen
Den Limousiner Göttersohn,
Der an der Tafel Platz genommen,
Nun Red' und Antwort mußte stehn,
Woher er und wohin gekommen
Und wen er da und dort gesehn.

    Bernard von Ventadour, im Kreise
Der Dichter mit des Schaffens Drang
Der Ersten einer, dessen Weise
Die Herzen aller Hörer zwang,
War von Gestalt, Gesicht und Wesen
Ein Mann, bestrickend Alt und Jung,
Dem von der Stirne war zu lesen
Des Denkens Kraft, der Seele Schwung.
Ein schlanker Wuchs kam ihm zu Statten,
Frei hob das Haupt sich vom Genick,
Die ernsten, dunklen Augen hatten

Meist einen träumerischen Blick.
Doch manchmal schien's, als wenn mit Flügeln
Ihn fortriß der Begeistrung Gluth,
Als könnt' er dämmen nicht und zügeln
Hochwogender Gedanken Fluth.
Was er auch that und sprach und pflegte,
War liebenswerth und ehrenhaft,
Wie mächtig auch sich in ihm regte
Wagmuth'gen Herzens Leidenschaft.
Sie lebt' im Klange seiner Lieder,
Sie lag auf seines Auges Grund
Und schwebt' und zuckte hin und wieder
Um seinen schön geschweiften Mund.
   Nun lauschten hier sie seinen Worten
Und Neuigkeiten aller Art
Und frugen aus ihn nach den Orten,
Die er besucht auf seiner Fahrt.
Sie forschten auch nach Abenteuern,
Die er mit schönen Frau'n erlebt,
Dem aber mußt' er lachend steuern,
Dergleichen hätt' er nicht erstrebt.
Da fing er eines Blitzes Leuchten
Aus Assalidens Augen auf,
Goldhell nach ihrer schnell verscheuchten
Bangniß bei des Gesprächs Verlauf.
Der ritterlich in allen Stücken
Und Meister war der Sangeskunst,
Der konnte Frauen wohl berücken,
Doch buhlt' er nicht um ihre Gunst.
Warum er's nicht that, nichts nach Siegen,
Wie Andre sie errangen, frug,

War sein Geheimniß, das verschwiegen
Er tief in seiner Seele trug.

Das Mahl ging weiter unterdessen
Im fröhlich angefangnen Stil,
Das Trinken wurde nicht vergessen
Und nicht das muntre Redespiel.
Ein Jeder that dabei sein Bestes,
Der Frohmuth war so ausgeprägt
Wie bei dem Hergang eines Festes,
Das allen Wünschen Rechnung trägt.
Ward doch dem schon bewährten Bunde
Die Freude dadurch noch vermehrt,
Daß zu der heitern Tafelrunde
Zwei Gäste mehr noch eingekehrt:
Die diesem Kreise geistverwandte
Vielschöne Frau als Fleur d'Amour
Und vom Parnasse der Gesandte,
Der sangesreiche Troubadour.
Sie kannten sich bereits seit Jahren,
Doch war er niemals in Mercoeur,
Nie hatt' er Gunst von ihr erfahren
Und nie gebeten um Gehör.
Kein heimlich sich Verstehen brachte
Die Beiden her zum Stelldichein,
Und wie der Andre von ihm dachte,
Das wußte keiner von den Zwei'n.

Ein reizend Bild dies Mittagsmahl
Im reichgeschmückten, hohen Saal,
Wie sich die Herren mit den Frau'n,

Vornehme, prächtige Gestalten,
In gegenseitigem Vertrau'n
Gewandt und lebhaft unterhalten,
Mit Blicken sich einander grüßen,
Mit Lächeln sich das Mahl versüßen.
Zwei Schritte hinter ihnen stehn,
Den Dienst bei ihnen zu versehn,
Die Edelknaben, hübsche Jungen
Von schlankem Wuchse, knapp gedrungen
Sitzt ihren Gliedern, kraftgespannt,
Das blaue, seidene Gewand.
Auf ihren bräunlich frischen Wangen,
Von dunkelem Gelock umhangen,
Auf ihren Lippen, roth wie Blut,
Manch Frauenauge sinnig ruht.
In kerzengrader, steifer Haltung
Bei seines wicht'gen Amts Verwaltung
Bewegt mit strengem Angesicht
In unerschütterlicher Pflicht
Sich ernst der hagre Seneschall.
Er hat die Augen überall,
Winkt hier und da den Dienern zu
In feierlich gemeßner Ruh,
Ein Heiliger der Etiquette,
Der niemals sich vergeben hätte,
Was nicht durchaus höchst würdevoll,
So herrscht im Saal Herr Palassol.
Ein Bein ums andere geschlagen,
Lehnt still Tampon am Pfeiler dort
Und lauscht mit schmunzelndem Behagen
Auf jedes laut gesprochne Wort.

Welch Gegensatz zum Seneschall
Ist dieser lustige Vasall
Mit dem bewegten Mienenspiel
Im Antlitz, das des Spottes Ziel!
Zwar hat von Geist es manchen Zug,
Die Äuglein blitzen schelmisch klug,
Und hinter der gequetschten Stirn
Haust wohl ein witziges Gehirn.
Doch sonst hat's eine Häßlichkeit,
Die grades Wegs zum Himmel schreit,
Die Formen außer Rück und Schick,
Windschief der Mund, die Nase dick,
Die Haare struppig, kurz geschoren
Und roth die weit abstehnden Ohren.
Kurzbeinig ist er, wohlbeleibt,
Doch knirpsig, in den Schultern bleibt
Der runde Kürbiskopf ihm stecken,
Er mag sich noch so grade recken.
So sieht sie aus, nicht jung, nicht alt
Die lächerliche Mißgestalt
Des Narrn, der so verwogen schaut,
Dem aber Herr und Knecht vertraut.

Von Ungefähr fiel auf Tampon
Der Blick Rostans von Tarascon,
Und übermüthig kam's ihn an,
Den Narrn zu necken, er begann:
„Tampon, wenn Dir der Fürst Barral
Zum Lohn, daß Du die Nachtigall
Von Ventadour uns singst, vergönnte,
Daß Deine Narrheit wählen könnte

Sich als Geschenk das Beste hier,
Sag' an, Tampon, was nähmst Du Dir?"
Der Narr schaut' erst ein Weilchen stumm
Von Gast zu Gast im Saal herum,
Als ob er sucht' und überlegte,
Welch Kleinod ihn zumeist erregte,
Doch wie er scheinbar prüft' und maß,
Der Schalk ihm schon im Nacken saß.
Dann sprach er: „Herr, wohl wäre schwer
Die Wahl für Manchen, mein Begehr,
So hoch es geht, ist leicht enthüllt,
Bleibt aber leider unerfüllt.
Dürft' ich die Wünsche frei erheben,
Ihr hättet Alle mir zu geben,
Ich wählte mir von Jedermann,
Was mir doch Niemand schenken kann."
„Oho! das wäre, Freund Tampon!
Was meint er denn, der Fanfaron?
Von Jedem etwas wünscht er sich?
Wonach von mir gelüstet Dich?"
So stürmten sie mit Spöttelei'n
Auf den durchtriebnen Schelmen ein.
Der zwinkerte sie pfiffig an,
Und wie verlegen sprach er dann:
„So hört denn, was ich armer Tropf
Mir festgesetzt hab' in den Kopf!
Gern wär' ich ein vollkommnes Wesen
Gleich euch und möchte mir erlesen
Dazu von euch manch edle Kraft
Und neidenswerthe Eigenschaft:
Des Fürsten ragende Gestalt

Und seines Armes Strafgewalt,
Daß Jedem an den Hals es ginge,
Der sich voll Arglist unterfinge,
Mich anzuzapfen und zu kränken,
Ich ließ' ihn ohn' Erbarmen henken.
Graf Rambauds Stolz und Tapferkeit
Und seinen Muth und Stolz im Streit,
Damit ich immer Recht behielte,
Wohin ich im Gefecht auch zielte.
Der Fürstin Huld, die gnadenreiche,
Und ihre Hand, die milde, weiche,
Die gütig stets der Armen denkt
Und immer, eh man bittet, schenkt."
„Seht mir den Schmeichler!" rief Baussette,
„Und dabei schielt er nach der Kette
An meinem Hals; die kriegst Du nicht,
Wie Du auch bettelst, Bösewicht!"
Ein süß verschämtes Lächeln glitt
Um seinen Mund, als ob er litt'
Unschuldigen Verdacht, dann fuhr
Der Spötter fort: „Von Ventadour
Wünsch' ich das Gold mir in der Kehle
Nebst seiner leicht beschwingten Seele,
Womit in Herz und Kämmerlein
Sich leise schleicht der Sänger ein.
Gilberts großartig Selbstvertrauen
Und unerhörtes Glück bei Frauen.
Von Pons von Merindol die Kleider,
Noch lieber aber seinen Schneider,
Daß in so blendend heller Pracht
Er mir auch die Gewänder macht.

Frau von Mercoeur verleihe mir
Der Anmuth Lieblichkeit und Zier
In ihrem Wesen und Gebahren,
In ihren Augen, ihren Haaren
Und ihrem purpurrothen Munde,
Dem schönsten auf dem Erdenrunde."
„Denkt euch in dem Gesichtelein
Den Mund!" fiel Loba lachend ein,
„Anmuth gar einem Kobold spenden,
Das hieße Lieb und Luft verschwenden."
Tampon ließ sich in seiner Ruh
Nicht stören, kniff ein Auge zu,
Indessen mit dem andern scharf
Er einen Blick auf Loba warf,
Als wollt' er sagen: komme schon!
Sprach dann im feinsten Höflingston:
„Von Euch würd' ich mir viel erbitten,
Frau Loba, denn ganz unbestritten
Seid Ihr an Tugenden so reich,
Daß nichts mit Euch kommt in Vergleich.
Trotz Eurer großen Schüchternheit
Wird Euer Ruhm doch weit und breit
Verkündet stets von seinen Mehrern,
Euren unzähligen Verehrern.
Ich wünschte mir von Euch die Gabe,
Mit Eurer Reize Zauberstabe
Zu fesseln, wen Ihr fesseln wollt,
Daß morgen liebt, wer heute grollt.
Ich wünschte mir Eu'r wallend Herz,
Bald weich wie Wachs, bald hart wie Erz,
Den heißen Blick, der trunken macht,

Das Lächeln, das die Gluth entfacht,
Die Fertigkeit, die klug und kühl
Beschwichtigt loderndes Gefühl
Und mit der unterschriebnen Schuld
Den Gläub'ger hinhält in Geduld.
Und hätt' ich mir all dies verschafft,
So wünscht' ich mir noch Eure Kraft,
Mit unersättlichem Vergnügen
Des Lebens Lust in vollen Zügen
Zu trinken, wie nur Ihr es thut,
Die nimmer rastet, nimmer ruht,
Bis Eure Schönheit herrscht und siegt
Und Euch die Welt zu Füßen liegt. —
Ich hab' mir viel von Euch erkoren,
Weil es viel Schönes an Euch giebt,
Drum bin ich auch in Euch verliebt,
Verliebt bis über beide Ohren."
Laut Jubelruf und Lachen schallte,
Daß Loba's Drohn darin verhallte:
„Na warte nur, Dir tränk' ich ein
Die Art in mich verliebt zu sein!"
Er kicherte, die Achseln zuckend,
Den Kopf in beide Schultern duckend:
„Ja, könntet ihr mir Alles geben,
Was ich erbeten, wär' mein Leben
Ein glückliches und der Kobold
Ein Menschenkind, schier wunderhold,
Das überreich belohnt sich wüßte,
Dafür euch Allen danken müßte."
„Bescheidne Wünsche, Freund Tampon!"
Sprach Herr Rostan von Tarascon,

„Ist das nun Alles? weißt Du nichts,
Was Dir an mir gefällt? gebricht's
Mir ganz und gar an musterhaften,
Begehrenswerthen Eigenschaften?"
„Bei Leibe nicht! im Gegentheil!
Laßt Ihr mir Haut und Knochen heil,
So hol' ich auch von Euch mir Rath,"
Erwiederte der Narr und trat
Von Rostans Platz, bei dem er stand,
Vorsichtig weiter nach der Wand.
„Gern hätt' ich Euren guten Magen,
Der allzeit soviel kann vertragen,
Daß ich es seh' mit blassem Neid,
Wie fürchterlich gesund Ihr seid.
Auch Eure Nase hätt' ich gern,
Die schon den Braten riecht von fern,
Und Eure Zunge, schleckerfein,
Die rasch entdeckt den besten Wein,
Und die so locker ist und lose,
Daß im Geplauder und Gekose
Sie Alles weiß und Alles wagt,
Statt hundert lieber tausend sagt,
Die Frauen schon erröthen macht,
Wenn sie nur anfängt sanft und sacht
Und mit Geschichten uns vergnügt,
Wobei sie ganz erschrecklich ..."
Doch vor dem letzten, bösen Wort
War schon der Narr vom Flecke fort,
Weil Rostan mit dem Stuhl gerückt,
Da hatt' er schleunig sich gebückt

Hinaus durch Pagen, Diener, Wächter,
Verfolgt von schütterndem Gelächter.

Doch bald, eh man es sich versah,
War Freund Tampon schon wieder da.
Er kam mit tänzelnd keckem Schritt
Und brachte Bernards Laute mit.
Er wackelte mit beiden Ohren
Und sagte drollig unverfroren:
„Spaßmacher bin ich nicht allein,
Ich blick' auch oft ins Herz hinein
Und weiß die Wünsche, die dort brennen,
Durch Wams und Mieder zu erkennen.
Ihr edlen Frauen all und Herrn,
Nicht wahr? ihr hörtet gar zu gern
Ein Lied noch von dem Troubadour,
Wär's eine Canzonette nur."
Worauf er sich vor ihm verneigte
Und Ventadour die Laute reichte.
Da brach im Saale laut hervor
Des Beifalls und der Bitten Chor,
Dem sich der Sänger willig fügte.
Ein Wink des Seneschalls genügte,
Daß Keiner von der Diener Schaar
Noch eine Schüssel reichte dar
Und nirgend an des Tisches Rand
Ein störendes Geräusch entstand.
Bernard ließ spielend durch die Saiten
Gedankenvoll die Finger gleiten.
Wie ferne Glocken tönten sie,
Derweil er Wort und Melodie

Bei sich erwog im sanften Klingen,
Und endlich hub er an zu singen.

Suchend und sehnend fuhr ich dahin,
Ruhelos schweift' ich ins Weite,
Immer das Bild der Geliebten im Sinn,
Hoffnung im steten Geleite.
Überall forscht' ich verlangend nach ihr,
Nirgend doch hieß es: dein Glück ist hier!

Frug ich die Sterne hoch oben im Blau:
Sagt mir, allwissende Sterne,
Wo ist die schöne, holdselige Frau?
Weist mir den Weg in die Ferne!
Flimmernd nur blitzten sie alle mich an,
Keiner berieth mich irrenden Mann.

Frug ich im rauschenden Flusse die Welln:
Habt denn nicht ihr sie gesehen?
Fandet ihr Wandrer, ihr hurtigen, schnelln,
Nirgend am Ufer sie stehen?
Aber die Wellen in Schaum und Gebraus
Sprangen vorüber und lachten mich aus.

Frug ich die blühenden Rosen am Strauch:
Kam sie zu euch nicht gegangen?
Sog sie nicht ein eures Duftes Hauch?
Konnt' euer Dorn sie nicht fangen?
Leise die Rosen sich wiegten im Wind:
Weißt doch, daß wir verschwiegen sind.

Lange noch sucht' ich, und als ich sie fand,
Der ich war nachgezogen,

Klopfenden Herzens vor ihr stand,
Sah ich mein Hoffen betrogen.
In ihrer Augen ruhigem Licht
Las ich es deutlich: sie liebt dich nicht!

Dem Liede folgte tiefes Schweigen,
Weil Allen es zu rathen gab,
Wem wohl des Sängers Herz zu eigen,
Wen er gesucht am Wanderstab.
Sie konnten nimmer es verstehen,
Daß eine Frau, von ihm gekürt,
Vor seines' Blickes heißem Flehen
Verschlossen blieb und ungerührt.
Wer war die Schöne, deren Kühle
Sein traurig endend Lied verklagt,
Die ihm im Gleichmuth der Gefühle
Der Gegenliebe Glück versagt?
Befand sie sich in diesem Kreise?
Die Eine sah zur Andern hin,
Um zu erspähn, wie Wort und Weise
Gewirkt auf jede Hörerin.
Nur Affalide saß befangen
Mit marmorbleichem Angesicht,
Was ihre Brust mit Angst und Bangen
Durchzog, sie ahnten's Alle nicht.
Es währte noch geraume Weile,
Bis sich der Frohsinn wiederfand
Und Jedermann an seinem Theile
Dem Scherz des Andern Rede stand.
Bald ward die Tafel aufgehoben,
Zu Ende war das heitre Mahl,
Bei dem die Zeit im Flug verstoben,

Und paarweis schritt man aus dem Saal.
Die Herren hatten schon beschlossen,
Zur Reitbahn jetzt hinabzugehn,
Sich von neu zugerittnen Rossen
Gangart und Schulung anzusehn.
Die Damen zog es in den Garten,
Und Loba rief dem Sänger zu:
„Ihr wißt, daß wir Euch dort erwarten
In schattenkühler Abendruh!“
Von stiller Wehmuth sanft verschleiert
Schien Assalidens Angesicht;
Soviel man sie bei Tisch gefeiert,
Froh wie die Andern war sie nicht.
Zur Fürstin wandte sie sich leise:
„Als mich Phanette ließ endlich ziehn,
Sprach sie in gläubig frommer Weise
Von Euren heil'gen drei Marien —“
„Ei wohl! die werden rings im Lande,“
Fiel schnell Baussette ein, „hoch verehrt,
Ihr Kirchlein steht am Meeresstrande,
Wo sie zuerst das Heil gelehrt.
Zu Schiffe kamen sie gefahren,
Aus Sturm sich rettend in den Port,
Vor länger schon als tausend Jahren
Und brachten uns das Gotteswort.
Weither mit ihrer Pein und Plage
Die Pilger strömen, hier zu knie'n,
Zu unsrer Heil'gen Ehrentage,
Genannt das Fest der drei Marien.
Nah hier, am Berghang steht errichtet
Ihr wunderthätig Bild von Stein,

Das Schmerzen stillet, Kämpfe schlichtet
Und Hoffnung flößt dem Herzen ein.
Dort müßt Ihr ihnen Euch vertrauen,
Um ihren Beistand brünstig flehn,
Daß die gebenedeiten Frauen
In Gnaden auf Euch niedersehn.“
„Ich habe keine Schuld zu büßen,“
Sprach Assalide, „weltentrückt
Will dort ich zu der Heil’gen Füßen
Aussprechen nur, was mich bedrückt.“

   „O thut’s! sie werden Euch erhören,
Der kurze Weg ist bald gemacht,
Ich zeig’ ihn Euch, und Niemand stören
Wird dort bei Tag Euch oder Nacht.“
So stiegen sie zum Garten nieder,
Wo kühl und würzig war die Luft,
Die Nachtigall sang ihnen Lieder,
Und Blumen streuten ihnen Duft. —

Gilbert nahm sich Tampon bei Seiten,
Um zornig ihm ins Ohr zu schnarrn:
„Du in der ganzen Welt, der weiten,
Nichtswürdigster von allen Narrn,
Weißt Du mir morgen nicht zu sagen,
In wen der Troubadour verliebt,
So wirst Du braun und blau geschlagen
Von Hieben, wie es selten giebt!“
Der Narr doch sprach, allein gelassen,
Mit einem schlauen Fuchsgesicht:
„Ich? Dir? da kannst Du lange passen,
Ein Sängerherz verrath’ ich nicht.“

III.

Unter der Ulme.

Wie überall in deutschen Landen
Die Linde seit uralter Zeit
Beim Volk in höchster Gunst gestanden
Als Malstatt jeder Festlichkeit,
Just so im Süden Frankreichs hegte
Die Ulme man als Lieblingsbaum,
Um den das Leben sich bewegte,
Als wär' es ein geweihter Raum.
Sie stand in jedes Dörfleins Mitte,
Und unter ihren Zweigen pflag
Man feierlich nach Brauch und Sitte
Rechtsprechung und Gemeindetag.
Da hielt der Mönch die Wanderpredigt,
Da sang und tanzte man im Takt,
Dort abgeschlossen und erledigt
Ward Erbvertrag und Ehepakt.
Wenn Liebe scheu nach Liebe fragte,
Wenn Kauf und Handel man beglich,
Der Eine zu dem Andern sagte:
„Unter der Ulme wart' auf mich!“
Sie stand im Burghof und im Garten

Des Schlosses, wo in Glück und Noth
Die Hörigen und Mannen harrten
Im Hof auf ihres Herrn Gebot.
Der Marschall und die Vögte nahmen
Dort Zoll und Zehnten an gelind,
Und Abends lauschte wundersamen
Geschichten dort das Burggesind.
Im Garten doch die Damen schufen
An Stickereien flinker Hand
Zu Teppichen für Altarstufen,
Zu Wappenrock und Meßgewand.
Oft saßen sie Gedanken spinnend
Bis zu des Sommertages Rest
Am Ulmenstamm und horchten sinnend
Aufs Zwitschern hoch im Vogelnest.

Im blühenden Garten von les Baux,
Wo man ins Land auf große Strecken
Herniedersah, Camargue und Crau,
Bis zu des blauen Meeres Becken,
Stand auch auf grüner Rasenbreite
Jahrhundertalt ein Ulmenbaum
Allein und frei, nach jeder Seite
Die Zweige reckend in den Raum.
Zwei Männer konnten kaum umfassen
Des Riesen Stamm, der Krone Rund
Mit ihres Laubes dunklen Massen
Beschattete weitum den Grund.
Zu Sitzen war zurecht gezimmert
Der Wurzeln klobiges Gerank,
Und von Geäder zart durchschimmert

Stand eine schöne Marmorbank
Daneben auf dem flachen Hügel
In platt geformter Steine Kreis,
Geschmückt mit Greifen, deren Flügel
Als Lehnen dienten, schneeig weiß,
Auf der wohl einst am plätschernden Bronnen
Der römische Proconsul saß
Im Säulengang, von Wein umsponnen,
Und des Horatius Oden las.
Der Fürstin war von allen Plätzen
Im Garten grade dieser lieb,
Wo gern sie mit geschriebnen Schätzen
Der Büchersammlung einsam blieb,
Wohin jedoch auch ihre Gäste
Sie leitete, behaglich dort
Sich unterm Schirm der Ulmenäste
Zu freu'n an wohlgesprochnem Wort.
Hier saßen nun die Damen alle
Nach dem vergnügten Mittagmahl
Und ließen gern die Herrn im Stalle
Beschäftigt mit der Rosse Wahl.
Nur Einen, den sie eingeladen,
Alsbald zu folgen ihrer Spur,
Erwarteten sie in Huld und Gnaden
Unter der Ulme, den Troubadour.

Die Sonne war bereits gesunken
Dort drüben hinterm Felsenkranz,
Nur noch auf hohen Wipfeln prunken
Im Garten konnt' ihr Abendglanz.
Das Schloß doch auf des Berges Scheitel

War noch von heller Gluth bestrahlt,
Als wären Dach und Mauern eitel
Mit Golde prächtig überschalt.
Ganz stille war es rings im Kreise,
Schon kühler ward die klare Luft,
Die Rosenknospen schwolln, und leise
Kam vom Gebüsch der Blüthen Duft.
„Wo bleibt er nur?" frug ungeduldig
Loba, den Blick zum Pfad gewandt,
„Er ist uns ja noch Vieles schuldig
Von seinem Hin und Her im Land."
„Laß' ihn nur, Liebe!" sprach Baussette,
„Mit Fragen kriegst Du nichts heraus,
Er hält sein Zünglein an der Kette,
Nie plaudert er aus Schul' und Haus.
Ich freue mich, daß er gekommen
Und hielt' ihn gern recht lange fest,
Da wieder er den Flug genommen
Zu unserm alten Felsennest."
„Er ist," war Frau von Rognacs Meinung,
„Schier tadellos von Kopf zu Fuß,
Echt ritterlich schon von Erscheinung,
Stolz ist sein Gang und hold sein Gruß.
Seht ihm ins Auge nur und wieder
Hört dann, wie's ihm vom Munde schallt!
Liegt in dem Tone seiner Lieder
Nicht eine zaubrische Gewalt?"
„Und dabei ist er schlicht und milde
Trotz Geistes Überlegenheit,"
Fiel ein Audiart, „führt nicht im Schilde
Den Hochmuth und die Eitelkeit."

„Ja," lächelte Bauffette, „als Sänger
Glänzt und beftrickt er wie als Mann,
Was wär' er für ein Herzensfänger,
Wenn er fo wollte, wie er kann!"
„Jetzt aber ift er felbft gefangen,"
Verfetzte Loba fcharf und fpitz,
„Hals über Kopf ins Netz gegangen,
Und nun ift's aus mit feinem Witz.
Wenn ich nur wüßte, welchen Namen
Sein Lied verfchweigt in Liebespein!
Von allen mir bekannten Damen
Hat keine doch ein Herz von Stein.
Manch' Eine fchon hat er befungen
Und ift wohl an Erfahrung reich,
Mehr als er fagt war er umfchlungen
Von Armen fchon, bie rund und weich."
„Wie!" rief Bauffette, „foll er verrathen
Die Frauen, bie ihm Gunft erzeigt?
Ein Geck nur prahlt mit feinen Thaten,
Der wahre Ritter liebt und fchweigt.
Er ift kein Flattrer, der zum Nippen
Von Blume fich zu Blume fchwingt,
Soviel er auch von rothen Lippen,
Von Frauenhuld und Schönheit fingt."
Doch Loba fprach: „Ihr rühmt ihn mächtig,
Vertraut ihr feinem Treuefchwur?
Mir ift fein Herzeleid verdächtig,
Er ift ja doch ein Troubadour!
Den Platz, den er fich wünfchte, findet
Er diesmal leider fchon befetzt,
Das ift es, was er fchwer verwindet,

Was seinen Ehrgeiz tief verletzt."
„Nein," sprach die Fürstin, „nicht getragen
Von Eifersucht war sein Gesang,
Nach der Geliebten all sein Fragen
War ungestillter Sehnsucht Drang.
Mich jammert er, ich kann ermessen
Getäuschter Hoffnung Seelenpein
Und wünsche baldiges Vergessen
Und Frieden ihm ins Herz hinein."
Clemence bemerkte: „Mich auch dauert
Der tapfre, lebensfrohe Mann,
Der trostlos im Geheimen trauert
In kalt verschmähter Liebe Bann."
„Clemence, willst trösten Du den Armen,
So folge Deines Herzens Zug!"
Sprach Loba spottend, „zum Erbarmen
Ist er verführerisch genug."
„Loba, Du liebst ihn!" rief fast wüthig
Clemence, „bist selbst in Herzensnoth!"
Doch Loba lachte übermüthig,
Ward aber dabei purpurroth.
Die Fürstin sprach, um abzulenken:
„Nun, Assalide, was sagt Ihr?
Ihr schwiegt bis jetzt, man könnte denken,
Ihr hörtet nichts vom Wortturnier."
Doch nicht ein Wörtlein war entgangen
Der Lauschenden bei dem Gestreit,
Und peinliche Gefühle rangen
In ihr, als voll Verlegenheit
Sie sprach: „Auf Eure Meinung lege,
Fürstin, ich stets ein groß Gewicht,

Doch kenn' ich nicht Herrn Bernards Wege,
Und wen er liebt, — ich weiß es nicht."
„Da kommt er ja, auf den wir harren!"
Rief jetzt Audiart von Malamort,
„Er ist begleitet von dem Narren
Und leiht ihm aufmerksames Ohr."
Von weiten hörte man schon lachen
Die Beiden auf dem Weg vom Schloß,
Dem Sänger schien viel Spaß zu machen
Sein kecker, närrischer Genoß.
„Ihr habt Euch reichlich Zeit genommen,
Uns aufzusuchen," sprach Baussette,
Als bei den Frau'n sie angekommen,
„Nun macht's mit Unterhaltung wett!"

Der Troubadour, nach dem Begrüßen,
Nahm Platz auf einem großen Stein,
Der Narr doch streckt' ihm nah zu Füßen
Aufs Gras sein rundlich kurz Gebein.
Vergnügliches Behagen guckte
Schalkhaft aus ihrer Augen Grund,
Und schwer bekämpfte Lachlust zuckte
Noch immerfort um ihren Mund.
Die Fürstin sprach: „Ihr seid bei Laune,
Daß ihr beinah vor Lachen stickt;
Welch Schwänklein brachet ihr vom Zaune?
Darf man es wissen, was euch zwickt?"
„O könnt' ich euch nur all die Possen,
Womit Tampon mich ganz und gar
Hat wie ein Sturzbach übergossen,
Vertrau'n!" erwiederte Bernard.

„Ihr würdet bei den Narretheien
Gestehn, daß sich's des Lachens lohnt,
Er hat mit seinen Sticheleien
Sogar die Damen nicht verschont."
Tampon fuhr auf: „Ich bitt' um Gnade!"
Und schnitt ein sehr zerknirscht Gesicht,
In Furcht, daß sich auf ihn entlade
Jetzt ein empfindlich Strafgericht.
Doch Loba sprach: „Dir sei verziehen
Für diesmal, weil den werthen Gast
Du mit dem Witz, der Dir verliehen,
In seinem Schmerz erheitert hast."
„Schmerz?" frug der Sänger, „was für Schmerzen?
Ich bin gesund an Seel' und Leib,
Und sich zu freu'n an Narrenscherzen
Dünkt mich kein übler Zeitvertreib."
      „Ich möchte nicht an Wunden rühren,
Die Ihr noch frisch im Herzen tragt,
Um derentwillen nach Gebühren
Wir Alle hier Euch tief beklagt."
      „Ihr sprecht in Räthseln; welche Wunden
Habt, Mitleidvolle, Ihr entdeckt?
Ich war wie jetzt zu keinen Stunden
Zur Lustigkeit so aufgeweckt."
      „Wohl Euch! so habt Ihr schnell bezwungen
Das Leid um Die, die Euch verschmäht,
Nach der Ihr, wie Ihr uns gesungen,
Doch sehr gesucht habt und gespäht."
Bernard sann nach und brach dann plötzlich,
Daß Loba dasaß wie versteint,
In Lachen aus: „Das ist ergötzlich!

Ihr dachtet, das wär' ernst gemeint?
Muß man denn Alles selbst erleben,
Was man in seinen Liedern singt?
Wie Vieles hat sich nie begeben,
Das euch zu heißen Thränen bringt!
Zwar bin ich nicht beglückt von Liebe,
Unglücklich aber bin ich nicht,
Ich sang euch von der Sehnsucht Triebe,
Doch das war nichts als ein Gedicht."
„Das war erfunden und erlogen?"
Rief Loba glühend, zornempört,
„Und unser Mitgefühl betrogen?
Baussette, der Streich ist unerhört!"
„Verzeiht! seit Sänger es gegeben,"
Sprach Bernard, „ist es auch ihr Recht,
Aus Traum und Wirklichkeit zu weben
Des Liedes schillerndes Geflecht."
„Nein! damit kommt Ihr nicht von hinnen,
Hier ist Verzeihung meilenfern,"
Rief Loba wieder, „laßt uns sinnen,
Wie wir uns rächen an dem Herrn!"
„Nun seid gefaßt auf Alles!" lachte
Der Narr, „da tief in Acht und Bann
Eu'r heuchlerischer Sang Euch brachte,
Nun seht, was Frauenrache kann!"
Die Fürstin sprach: „Wohlan! verriegelt
Sei Dem der Gnade Weg und Hort,
Der Herzeleid uns vorgespiegelt
Und uns getäuscht mit falschem Wort.
Das wollen wir ihm bös vergällen,
Unter der Ulme sitzen wir

Als Richter auf dem Stuhl und fällen
Das Urtheil dem Verbrecher hier.
Ihr werdet, wenn ich es verkündigt,
Erstaunen noch ob meiner Huld,
Nur damit, womit er gesündigt,
Soll er uns büßen seine Schuld.
Bernard von Ventadour ertrage
Reuvoll den Spruch, der dahin geht,
Daß er in einem Lied uns sage,
Wie's um sein Herz in Wahrheit steht."
„Ja, ja,! das soll er!" jauchzten Alle,
„Doch seien wir auf unsrer Hut,
Daß er uns eine neue Falle
Nicht wieder stellt im Übermuth!"
„In Demuth füg' ich mich der Buße,"
Sprach lächelnd Bernard, so bedrängt,
Und neigte sich zu tiefem Gruße
Vor Der, die ihm den Spruch verhängt.
„Halt ein!" rief Loba, „ich erschwere
Die Strafe noch, die ihm bestimmt,
Damit er's sich zur weisen Lehre,
Zum warnenden Exempel nimmt.
Da ihm so leicht die Lieder quellen,
Soll Jede hier ohn Unterschied
Ihm ein besondres Thema stellen,
Das er behandeln muß im Lied."
„Fünf auf einmal?" rief der Erschreckte,
„O weh! das nenn' ich hart gestabt!"
„Geschieht Euch recht!" der Narr ihn neckte,
„Schon weil Ihr mich verrathen habt."
Die Andern waren einverstanden

Mit Loba's Vorschlag zum Gericht,
Den Alle vielversprechend fanden,
Sofort auf Ausführung erpicht.
„Tampon, Du wirst ins Schloß Dich trollen,"
Befahl die Fürstin, „holest flink
Die Laute her, ersinnen wollen
Wir unterdeß Gebot und Wink."
Der Narr ging ab. Auf Gartenwegen
Zerstreuten sich die Damen, nur
Um einzeln sich zu überlegen
Ihr Thema für den Troubadour.
Im Waffenstillstand nach dem Streite
Blieb auf der Bank Baussette allein
Und lud Vernard an ihre Seite
Zu friedlichem Geplauder ein.

Schon kam die Dämmrung angeschlichen,
Erst leicht verschleiernd Busch und Baum,
Von mattem Goldglanz ward bestrichen
Der bleiche Mond im Himmelsraum.
Doch konnte man noch deutlich sehen
Im Garten auf Entfernung hin
Die Frauen gehen oder stehen,
Vertieft in grüblerischen Sinn.
Die wandelnden Gestalten hoben
Mit ihrem farbigen Gewand
Sich schimmernd ab, wie lichtumwoben,
Von des Gebüsches grüner Wand.
Um sich gemeinsam zu berathen,
Geschah es auch, daß ihrer Zwei
Sich Arm in Arm zusammenthaten

Zu schelmisch schlauer Tüftelei.
Stets einsam blieb nur Assalide,
Verwirrt, im Innersten erregt,
War doch von Bernards drittem Liede
Weit mehr als Alle sie bewegt.
Daß dies, obwohl er's selber sagte,
Nur einer Dichtung Traum entsprang,
Sie glaubt' es nicht, und in ihr nagte
Qualvoller Unruh Druck und Drang.
Sie hielt dies Forschen, Fragen, Sehen
Nach der Geliebten im Gedicht
Für wahr und wirklich auch geschehen,
Doch sie war die Gesuchte nicht.
Denn hätt' er sie gesucht, — gefunden
Hätt' er sie schon in ihrem Schloß,
Wo liebeleer in langen Stunden
Die Zeit an ihr vorüberfloß.
Wer war sie, der er nachgezogen
Auf allen Wegen war im Land,
Der er gewiß auf Meereswogen
Gefolgt wär' an den fernsten Strand?
Bei der Begrüßung heut im Saale,
Wo ihm ihr Herz entgegenschlug,
That er so fremd mit einem Male,
Ging eilig von ihr fort im Flug.
Jedoch — sie war so sehr erschrocken —
Trug daran sie vielleicht die Schuld?
Legt' er sich ihrer Rede Stocken
Als einen Mangel aus an Huld?
War frostig, herb und hart gewesen
Der Ausdruck ihres Angesichts,

So daß er selbst geglaubt zu lesen
In ihrem Blick, er sei ihr nichts?
Wollt' er ihr das im Liede zeigen?
Sang er's vor allen Andern i h r ?
„Ach, wie Gedanken sich versteigen!"
Sprach sie, „sein Sehnen gilt nicht dir!" —
In düsterm, hoffnungslosem Sinnen
Stand sie an einem Dornenstrauch,
Und tief aus ihrer Trübsal innen
Brach eines Seufzers leiser Hauch.
„Sail! Affalibe!" riefen Stimmen
In lustig ungeduld'gem Ton;
Sie fühlt' es in den Augen schwimmen,
Rief doch zurück: „Ich komme schon!"
Jetzt zu vergnüglichem Gesange,
Zur Ulme sollte sie zurück,
Zu lauten Frohmuths Überschwange,
Sie, ohne Lust und ohne Glück!

Es tönte Saitenspiel, das lockend
Die Luft ihr weich entgegentrug;
Der Narr war's, der am Boden hockend
Mit kund'ger Hand die Laute schlug.
Und zu der Provençalenweise,
Wild feurig, schwangen ohne Ruh
Aubiart und Loba sich im Kreise
Und trällerten den Takt dazu.
„Ihr mußtet Euch wohl lang besinnen?"
Sprach zu der Kommenden Vauffette,
„Nun aber kann das Spiel beginnen,
Das Auditorium ist komplett."

Man setzte sich, es nahm die Laute
Zur Hand Bernard von Ventadour,
Und in der Damen Antlitz schaute
Der bußbereite Troubadour.
„Audiart, Du bist die Jüngste, sage,“
Begann Baussette, „was Dir gefällt,
Welch einen Wunsch, welch eine Frage
Dein Mutterwitz dem Sänger stellt!“
Audiart doch stammelte verlegen:
„Ich fürchte, Fürstin, Euren Groll,
Mir will sich keine Frage regen,
Ich weiß nicht, was ich wünschen soll.“
Die Fürstin aber rief mit Lachen:
„Ei wie, Du thöricht Jüngferlein!
Ausfindig mußt Du etwas machen,
Wirst doch nicht ohne Wünsche sein!“
„Wollt, hohe Frau, nicht in sie dringen,“
Sprach Bernard, „denn zur Grübelei
Wolln wir Fräulein Audiart nicht zwingen,
Es ist gesagt und bleibt dabei.“
Und eh noch Einspruch auch erhoben
Die Andern in der Handlung Gang
Und tadeln konnten oder loben,
Griff in die Saiten er und sang.

Flog einst die gütigste der Fee'n
Durch ihren Wald bei Tage,
Sah dort ein lieblich Mädchen gehn
Und stellt' es mit der Frage:
„Was schaffst in meinem grünen Haus?
Schnell bitt' dir eine Gnade aus,

Was immer dir behage!"
Von Mägdleins Mund es schüchtern quoll:
„Ich weiß nicht, was ich wünschen soll."

Zum zweiten läßt, zum dritten Mal
Die Fee das Mädchen wählen:
„Du darfst mir hier im stillen Thal
Dein Wünschen dreist erzählen.
Willst Perlen du und Goldgeschmeid?
Willst jeden Tag ein neues Kleid?
Möchtst du dich bald vermählen?"
Des Mägdleins junger Busen schwoll:
„Ich weiß nicht, was ich wünschen soll."

„Wohlan! so will ich selber dir
Flugs ein Geschenk bereiten,
Mehr werth als Schätze, Schmuck und Zier,
Reichthum und Kostbarkeiten.
Du sollst im ganzen Leben dein
So glücklich und zufrieden sein,
Daß du zu allen Zeiten
In Freuden lächelst liebevoll:
Ich weiß nicht, was ich wünschen soll!"

Rings frohes Staunen war und Stutzen,
Wie Bernard so geschickt verstand,
Aubiarts Verlegenheit zu nutzen,
Indem ein Gleichniß er erfand.
„Vortrefflich!" rief die Fürstin, „Mädchen,
Verdient hast Du es wahrlich nicht
Für Deine Scheu, daß wie am Fädchen
Ablief das hübsche Sinngedicht."

Mit anmuthvollem Lächeln nickte
Sie dankerfüllt dem Sänger zu,
Und wie sie um im Kreise blickte,
Fuhr sie dann fort: „Clemence, nun Du!“
Clemence war ohne lang Bedenken
Im Augenblick dazu bereit,
Des nächsten Liedes Text zu lenken,
Und also lautet’ ihr Bescheid:
  „Was kündet Herzensneigung mehr,
  Wort’ oder Blicke hin und her?“
„Wort oder Blick, — jenun, bestricken
Thun beide, doch es ist nicht leicht
Zu sagen, ob man mehr mit Blicken,
Ob man mit Worten mehr erreicht;
Sie legen, einer Kette Glieder,
Vereint dem Herzen Fesseln an.“
So sprach der Troubadour, eh wieder
Aufs Neu zu singen er begann.

Lange könnt der Liebsten plaudern
Ihr von dem, worum ihr fleht,
Länger noch wird sie wohl zaudern,
Ehe sie euch Rede steht.
Mögt mit hohen Liebesschwüren
Euch bemühen, sie zu rühren,
Bis ein Wort von ihr verräth,
Was im Blick ihr leicht erspäht.

Nimmer können Worte künden
Grenzenloser Liebe Gluth,
Können niemals ganz ergründen,
Was in Herzens Tiefe ruht.

Was unsagbar ist und bleibet,
Wort nicht weiß, noch Feder schreibet,
Macht ein Blick, beredt und wahr,
Hell wie Sonnenschein euch klar.

Stumme Sprache der Gedanken
Sind die Blicke, blitzgeschwind
Überfliegen sie die Schranken,
Die dem Wort gezogen sind.
Offenbaren ohne Hülle
Der Gefühle Macht und Fülle,
Sagen, wenn die Lippe schweigt,
Ob sich Herz zu Herzen neigt.

Und wenn Blick mit Blick im Wandern
Sich auf halbem Wege trifft,
Und ein Bote bringt dem andern
Still vertraute Zeichenschrift,
Welch ein Grüßen, welch ein Sehen,
Welch beglückendes Verstehen
Des Geheimsten spiegelt sich,
Blinkt sich zu: ich liebe dich!

Beifall erscholl dem sattelfesten,
Allzeit schlagfert'gen Sängersmann,
Und Blicke sagten ihm den besten
Und wärmsten Dank. Clemence hub an:
„Ihr wollt dem Blick den Vorrang lassen,
Weil Farbe freier er bekennt
Als Worte, — ja, das kann ich fassen.
In manchem schönen Auge brennt
Die Liebesfackel mit dem Glaste,

Der stets auch innre Gluth verheißt
Und leuchtend dem ersehnten Gaste
Den Weg zur Herzensherberg weist."
Die anzüglichen Worte würzte
Ein scharfer Blick zu Loba hin,
Die spöttisch nur die Lippen schürzte
Und lachte: „Splitterrichterin!"
„Zu manchem schönen Ohr in Eile
Fliegt auch ein Wort, das bohrt und wühlt,"
Fiel ein Tampon, „gleich einem Pfeile,
Von dem man sich getroffen fühlt."
„Wo Weise reden, schweigen Narren!"
Fuhr Loba nun erregt empor,
„Ihr Plappern tönt wie heisres Schnarren
In einem wohlgestimmten Chor."
Die Fürstin stellte schnell den Frieden
Im kleinen Kreise wieder her
Und wandte sich an Assaliden:
„Nun, Liebste, was ist Eu'r Begehr?"
Doch Assalide sprach: „Noch schwanken
Thu' ich in meiner Wahl bis jetzt
Und würb' Euch, Fürstin, dafür danken,
Wenn mich Ihr ließet bis zuletzt."
„Ihr scheint Verwegenes zu planen,"
Erwiederte Baussette, „nun gut!
Spart bis zuletzt, was wir nicht ahnen,
Für unsers Räthselrathers Muth.
Loba, dann ist an Dir die Reihe,"
Fuhr gleich sie fort, „ich seh' Dir's an,
Du wartest schon darauf; so weihe
Uns ein, was Deine Kunst ersann."

Da sagte Loba: „Mich gelüstet
Zu hören aus des Sängers Mund,
Was ihr wohl Alle gerne wüßtet;
Messire, ich bitte, gebt uns kund:
   Liebt Jeder seines Lebens Stern
   Mehr, wenn er nah ihm oder fern?"
Bernard von Ventadour doch starrte
Der Fragestellrin ins Gesicht.
Sie lachte: „Nun, Segnour, ich warte!
Versteht Ihr meine Frage nicht?
Liebt, die Ihr liebt, Ihr dann am meisten,
Wenn einen Raum Ihr mit ihr theilt,
Wenn Ihr sie seht? liebt Ihr am heiß'sten
Sie dann, wenn fern von Euch sie weilt?"
„Ich hab' vollkommen Euch verstanden,"
Versetzte Bernard, „laßt mir Zeit!
Was Frauenlist und Witz erfanden,
Zu deuten heischt Besonnenheit."
Und bei der Saiten leisem Klimpern,
Das unter seiner Hand erklang,
Saß still er mit gesenkten Wimpern
Nachdenklich, bis er wieder sang.

Nah die Geliebte vor Augen zu haben,
Recht sich an ihrem Anblick zu laben,
O die unsäglich berauschende Lust!
In ihres Zaubers Betrachtung versunken,
Von ihrer Schönheit, der blühenden, trunken,
Schwelgt in Entzücken das Herz in der Brust.

Fröhlich dem Klang ihrer Stimme zu lauschen,
Mit ihr erbauliche Worte zu tauschen,

Welch ein bestrickender, trauter Genuß!
Ach, und wie schwer ist es, zu widerstehen,
Lächelnde Lippen locken zu sehen
Zu verführerisch winkendem Kuß!

Lieben!? — o Gott! ihre Seele zu trinken,
Anbetungsvoll ihr zu Füßen zu sinken,
Reißt es mich hin wie ein blendender Blitz.
Und mich durchschauert mit Hangen und Bangen
Sinneverwirrend ein brennend Verlangen
Nach der Geliebten sel'gem Besitz.

Hier brach der Sänger ab und dämpfte
Den jubelhellen Lautenschlag,
Als ob mit einem Leid er kämpfte,
Das ihm in der Erinnrung lag.
Jetzt tönt' es von den Saitensträngen
Bald kläglich wie der Schwermuth Pein,
Bald stürmisch wie der Sehnsucht Drängen,
Dann setzt' er singend wieder ein.

Elend lebt, mit Gram und Jammer
In des Herzens düstrer Kammer,
Wer sie nicht sieht, die er liebt,
Wenn ihm von den Schicksalssternen
Keiner Hoffnung auf der Fernen
Baldig Wiedersehen giebt.

Seinem innern Auge malet
Ihre Schönheit sich und strahlet
Reizvoll durch der Trennung Raum.

Und er denkt der holden Stunden,
Die, von ihrem Arm umwunden,
Er genoß im Wonnetraum.

In den schlummerlosen Nächten
Ringt er mit des Schicksals Mächten,
Sehnsucht macht ihn sterbenskrank.
Seine Seele, seine Lippen
Dürsten fieberheiß, zu nippen
An der Liebe süßem Trank.

Leibhaft und lebendig schauen
Die geliebteste der Frauen
Giebt der Liebe hohen Muth;
Aber wo sich Meilen dehnen,
Sehnen sich und immer sehnen
Facht sie an zur höchsten Gluth.

„Mehr liebt Ihr also aus der Ferne,“
Sprach Loba mit besondrem Ton,
„Nun, das kommt unsrer Fragen Kerne,
Wie's um Eu'r Herz steht, näher schon.
Es muß daher vor allen Dingen,
Wer wünscht, von Euch geliebt zu sein,
Weitab in Sicherheit sich bringen,
Euch unsichtbar ins Land hinein.
Uns seid Ihr also nicht gefährlich,
Und unsre Gegenwart hier macht
Eu'r Sängerherz nicht zu begehrlich,
Das ist beruhigend gedacht.“
„Erlaubt! hab' ich euch nicht gesungen,“
Erwiederte Bernard, „wie stark

Der Schönen Gegenwart durchdrungen
Den Liebenden bis in das Mark?"

„Ihr sangt, daß Eure größte Liebe
Ruhlos nach der Entfernten geht,
Die Eurer Sehnsucht heiße Triebe
Anzieht als mächtigster Magnet."
„Genuggethan ist Deiner Frage,
Loba!" fiel ihr Baussette ins Wort,
„Was sonst Du wissen willst, das trage
Allein ihm vor; wir fahren fort.
Jetzt kriegt er meine Nuß zu knacken,
Und wundern soll mich, ob's ihm glückt,
Die harte schicklich anzupacken,
Für seinen Weisheitszahn gepflückt.

Trägt man mit größrer Freudigkeit
Der Liebsten erste Gunst von hinnen?
Beglückt es mehr, nach langer Zeit
Verlorne wiederzugewinnen?"
Um Bernards Lippen sah man gleiten
Ein Lächeln, wie von einer Last
Befreit, denn nach dem Vorbereiten
War er auf härtre Nuß gefaßt.
Sich über seine Laute neigend
Sann er und suchte Ton und Wort,
Nur wenige Minuten schweigend,
Dann klang ein rauschender Accord.

Den ersten Kuß in Freuden trägt
Der Liebende von hinnen,
Fühlt ihn noch Tage lang und wägt
Sein Glück mit allen Sinnen.

Und folgen ihm auch tausend noch,
In höchster Gunst gewähret,
Der erste bleibt der beste doch,
Von Wunderkraft verkläret.

Doch scheiden dann die Wege sich
Und trennen sich die Herzen,
Sucht jedes still, was ihm entwich,
Verlornes zu verschmerzen.
Die Sehnsucht schläft allmählich ein
In ruhigem Vergessen,
So mag es denn begraben sein,
Was einst man froh besessen.

Allein es kommt, es kommt die Zeit,
Und wär' es auch nach Jahren,
Daß man sich auf die Seligkeit
Besinnt, die man erfahren.
Dann wünscht man, daß das alte Glück
Noch einmal käm' und bliebe,
Kehrt immer wieder doch zurück
Zu seiner ersten Liebe.

Was wie die Ros' im Frost erstarb,
Ein Frühling weckt es wieder,
Wenn Herz um Herz noch einmal warb,
Mund neigt zu Mund sich nieder.
Wenn dann in Liebe fest vereint
Die Zwei sich neu verbunden,
Dann jauchzt in Lust und -lacht und weint,
Was wieder sich gefunden.

„Gunst, erst gewonnen, dann zerronnen,
Dann die verlorne rückhaltlos
Sich wieder, wie man einst begonnen,
Erobern, — ist das Glück so groß?“
Fing an Clemence. „Und blüht die Liebe,
Nachdem ein Frost sie niederschlug,
Auch mit der Rose zweitem Triebe
So voll, wie sie der erste trug?
Wenn aufgewärmte Kost Euch süßer
Als frische mundet, nun, so seid
Ihr ein bequemer Lückenbüßer
In leb’gen Herzens Einsamkeit.“
„So denk’ ich nicht,“ Loba versetzte,
„Das ist wie nach des Streites Schluß,
Der scharf zwei Liebende verhetzte,
Der minnige Versöhnungskuß.
Dann lieben sich nach Zorn und Zanke
Die Beiden noch einmal so heiß,
Und Jeder thut zu Lieb und Danke
Dem Andern, was er kann und weiß.“
„Nun,“ spöttelte Clemence, „Erfahrung
Ist aller Weisheit Quell und Grund,
Ein hungrig Herzchen findet Nahrung
An jedem nicht zu spröden Mund.“
Die Fürstin sagte: „Laßt’s bewenden
Bei dem, wie uns Bernard beschied;
Um seine Buße zu vollenden,
Singt er uns jetzt das letzte Lied,
Und Assalide muß bekennen,
Worauf ihr Spürsinn noch verfiel.
Wollt also, liebe Freundin, nennen

Des aufgesparten Wunsches Ziel."
Nun Aller Blicke zum Durchbringen,
Und der des Troubadours zumeist,
An Assalidens Lippen hingen,
Gespannt auf ihrer Frage Geist.
Sie sah ihn an, als überlegte
Sie noch, eh sie das Schweigen brach,
Man merkte, wie es sie erregte,
Als sie mit leisem Beben sprach:
    „Was ist größer wohl von beiden,
    Liebesfreuden? Liebesleiden?"
„Das ist die schwierigste der Fragen,"
Erwiedert' er, „die Ihr erhebt,
Darauf kann nur Euch Antwort geben,
Wer Liebeslust und Leid erlebt."
„Das nützt Euch nichts, im Liebe künden
Müßt Ihr, was Ihr darüber denkt,"
Gebot Baussette, „und es begründen,
Die Antwort wird Euch nicht geschenkt."
„So möge denn die Kunst der Lieder
Mir helfen, wie sie oft genußt!"
Sprach Bernard, griff zur Laute wieder
Und drückte fest sie an die Brust.
Als ob ein Traum die Hand ihm führte,
Schaut' einzig er beim Mondenlicht,
Wie er zum Sang die Saiten rührte,
In Assalidens Angesicht.
Sie saß, still hingeschmiegt, zur Linken
Der Fürstin auf der Marmorbank,
Wo sie in lauschigem Versinken
Den Wohllaut seiner Stimme trank.

Deine seelenvollsten Töne
Leih mir, süße Sangeskunst,
Meines Liebes Aufschwung kröne
Hold mit deiner höchsten Gunst,
Daß ich singen kann und sagen,
Was seit ersten Erdentagen
Mächtigstes an Lust und Leid
Rührt und reget Mann und Maid.

Welche Freuden, kaum zu lassen,
Wohnen in des Herzens Haus,
Ach, kein Denken kann es fassen,
Keine Worte sprechen's aus.
Liebe schafft sie, die beglückte,
Sinnberauschte, weltentrückte,
Die gewährend giebt und nimmt
Und des Jubels Saiten stimmt.

's ist im Himmel und auf Erden
Ein Glück nur so wundergroß,
Lieben und geliebt zu werden
Endlos, wunschlos, schrankenlos.
Die Geliebte zu umfangen
In des Herzens Lust und Bangen
Und zu wissen, sie ist mein,
Das heißt überglückselig sein!

Nun wieder unterbrach er leise
Sein Lied mit einem Zwischenspiel,
Das auf die erste frohe Weise
Verdunkelnd wie ein Schatten fiel.

Welche Leiden hat zu tragen
Ein zurückgestoßnes Herz,

Das erschöpfen keine Klagen,
Unermeßlich ist der Schmerz.
Liebe schafft sie, die verschmähte,
Windverwehte, sandgesäte,
Ohne Blüth und Frucht im Schoß,
Trostlos, hilflos, hoffnungslos.

Die Geliebte sehnend meiden
Oder sie beim Andern sehn,
Lieber aus dem Leben scheiden
Als verlacht bei Seite stehn!
Folterpein und Höllenqualen
Muß die arme Seele zahlen,
Bis der Noth ein Ende macht
Der Verzweiflung Wahnsinnsnacht. —

Was nun größer ist von beiden,
Mächtiger in Herzensgrund,
Liebesfreuden, Liebesleiden,
Darauf kann ein Menschenmund
Nun und nimmer Antwort geben.
Wählet zwischen Tod und Leben,
Wobei Größeres ihr wagt,
Und die Sterne droben fragt!

Die Frauen saßen in der Runde,
Ergriffen von Bernards Gesang,
Ganz still, es kam von ihrem Munde
Kein Wort, nachdem das Lied verklang.
Aus Assalidens Augen blinkte
Zum Himmel der Verzückung Glanz,
Als ob ihr von den Sternen winkte

Des Martyrthumes Strahlenkranz.
Fürstin Baussette, nach langem Schweigen,
Erhob sich endlich von der Bank,
Um für sein Singen zu bezeigen
Bernard den wohlerworbnen Dank.
So thaten auch die andern Frauen,
Und jede reicht' ihm ihre Hand
Mit einem warmen Druck; die Brauen
Verzog allein Clemence und fand
Gemüßigt sich, Bernard zu sagen:
„Ihr seid uns wie ein Fuchs entwischt;
Was wir bezweckt mit unsern Fragen,
Habt Ihr uns doch nicht aufgetischt.
In Euren Liedern, will mir scheinen,
Gebrauchtet List Ihr gegen List,
Wir sind noch immer nicht im Reinen,
Wie's eigentlich ums Herz Euch ist."
„Ich bin's!" rief Loba, „eine Schöne
Verdienet unser Aller Neid,
Ihr gelten seine Liedertöne,
Ihr seiner Sehnsucht Lust und Leid.
Das ist es auch, was seinem Sange
Die Kraft, den Glanz, den Zauber giebt;
Nur ist er selbst noch zweifelsbange,
Ob ihn der Engel wiederliebt."
Da mußten Alle herzlich lachen,
Die Fürstin sprach: „Nun kommet schnell!
Wir müssen auf den Weg uns machen
Zum Schloß, im Saal ist's lichterhell.
Da werden wohl die Würfel rollen,
Dem wolln wir Einhalt thun, empört

Mit einem gut gespielten Schmollen,
Daß uns die Herren — nicht gestört."

So brach man auf vom Ulmensitze.
Die Fürstin, Arm in Arm gelegt,
Mit Assaliden an der Spitze,
Sprach: „Da den Wunsch Fürst Barral hegt,
Wollt ihm die Stunde heut noch sagen,
Die einstens Euch zur Welt gebracht,
Er will die Sterne nach Euch fragen,
Und günstig scheint ihm diese Nacht.
Zu den drei Heil'gen braucht Geleite
Wohl nicht Ihr, wißt den Weg ja nun."
Am Schloß dann nahm sie sich bei Seite
Den Narrn, ihm flüsternd kund zu thun:
„Du wirst beim Schließer dafür sorgen,
Daß, macht er Thor' und Thüren fest,
Er unverschlossen bis zum Morgen
Die Drei-Marien-Pforte läßt."   .
„Ganz wie Frau Fürstin es befehlen!"
Erwiederte Tampon, und still
Dacht' er: wer wohl hinaus sich stehlen,
Wer wohl hinein sich schleichen will?
Viel sichrer wäre doch im Schlosse
Denn vor dem Thor ein Stelldichein,
Nun, wie sie auch verläuft, die Posse,
Wir werden auf dem Platze sein.

Hoch oben funkelten die Sterne,
Und hell der Mond vom Himmel schien,
Ein lustig Tanzlied klang von ferne
Zu Castagnetten und Tambourin.

IV.

Bei den heiligen drei Marien.

Im weiten, festen Mauerkranze,
   Dem Schloß des Baur zur Sicherheit,
   Befand, gedeckt durch Wall und Schanze,
Sich mehr als ein Thor, hoch und breit,
Mit schweren Flügeln, Gittern, Bogen,
Durch das zu Hauf hinaus, herein
Die Herren und die Knechte zogen,
Lehnsmann und Gast in bunten Reih'n.
Doch gab es auch an andern Orten
Des Rings, abseiten und geschützt,
Noch ein paar kleinre Mauerpforten,
Nur zu besonderm Zweck benützt.
Solch eine war nun so gelegen,
Daß leicht der Pfad sich finden ließ
Zu den drei Heil'gen, die deßwegen
Die Drei-Marien-Pforte hieß.
Zu Gast oft kamen Herrn und Frauen
Auf's Schloß gelobter Wallfahrt willn
Zum Gnadenbild mit dem Vertrauen,
Der Seele Drangsal dort zu stilln.
Für diese, leicht herauszutreten,

War hier das Pförtlein angebracht
Und ihnen so der Gang zum Beten
Nach Möglichkeit bequem gemacht.
Ganz einsam war's, kein Fuß verirrte,
Zumal bei Nacht, sich an den Ort,
Und wenn der Riegel hier auch klirrte,
Kein Ohr vernahm's im Schlosse dort.

Nur heut es anders kommen sollte;
Die Thür war ins Geheim bewacht
Von Einem, der es wissen wollte,
Wer aus und einging in der Nacht.
Dicht nebenbei war in der Mauer
Ein Pfeiler, hinter ihm versteckt
Lag spähend, horchend auf der Lauer,
Von Schatten ganz und gar bedeckt,
Tampon, der Narr. Am Boden nieder
Hockt' er, in sich hineingedrängt,
Und hatt' um seine kurzen Glieder
Ein schwarzes Mäntelchen gehängt.
Um nicht durch Unbedacht zu büßen,
Wenn schellenklingelnd er sich regt,
Hatt' er sogar von beiden Füßen
Das Glockenstrumpfband abgelegt.
So kauernd harrt' er nun geduldig
Und doch voll Neugier, welche Zwei
Wohl hier sich, sünd'ger Liebe schuldig,
Vereinten unter der Bastei.
Die Fürstin hatt' es selbst befohlen,
Daß heut das Pförtchen offen blieb,
Gewiß nicht ahnend, daß verstohlen

Ein Lied hier schlich zum andern Lied.
Wahrscheinlich war ihr vorgespiegelt
Ein Bittgang zu der Heil'gen Stein,
Ihm schien verbrieft es und besiegelt:
Es galt ein zärtlich Stellbichein.
Es lag ihm ferne, zu verrathen
Die Liebenden in ihrem Glück,
Doch ohne Wissen ihrer Thaten
Ging er heut nicht ins Schloß zurück.

Nicht lange braucht' er mehr zu warten,
Da traf ein Ton sein lauschend Ohr,
Des Pförtchens Angeln leise knarrten,
Und aus dem Dunkel rasch hervor
Trat eine Frau. Der Laurer spannte
Genau Gesicht an und Gehör,
Lugt' um den Pfeiler und erkannte
Frau Assalide von Mercoeur.
Sie schritt sofort am Bergeshange
Den schmalen Steig hinab zu Thal
In schwebend leichtem, sicherm Gange,
Als wär' es nicht zum ersten Mal.
„Sieh da! die Schüchterne, Verzagte,"
Sprach zu sich selbst Tampon, „die kaum
Ein Wörtlein mitzureden wagte
Bei dem Gericht am Ulmenbaum,
Die nach der Liebe Lust und Leiden
So unschuldsvoll den Sänger frug,
Scheint mit der erstern von den beiden
Doch allenfalls vertraut genug.
Begierig bin ich nun zu sehen,

Wen sie wird in die Arme ziehn,
Doch mußte das durchaus geschehen
Bei unsern heil'gen drei Marien?"
Dann huchtelt' er im Winkel wieder
Sich unbeweglich an der Wand,
Des Weiteren gewärtig, nieder,
Daß er im Dunkel fast verschwand.

Trost suchend wandelt Assalide
Dem hohen Steingebilde zu.
O wäre doch in ihr der Friede,
Die sternenklare, tiefe Ruh,
Die rings umher liegt ausgegossen
In dieser warmen Frühlingsnacht,
Vom Licht des Mondes sanft durchflossen,
Voll stiller, wunderbarer Macht!
Es flirrt um des Gebirges Kuppen,
Im Schatten hier die Schlucht versinkt,
Dort flimmert's wie metallne Schuppen,
Und fern ein Wasserspiegel blinkt.
Der Felsen ragende Gestalten
Mit ihrem zackigen Gestein
Stehn wie Gespenster in den Falten
Von Nebelschleiern im Mondenschein.
Sie blicken von der Höhe nieder,
Was unten sich zu tummeln strebt,
Was in den Thälern hin und wider
Geheimnißvoll im Dämmer schwebt.
Sie sehn das Spielen, Tändeln, Minnen
Der schlanken Elfen in der Luft,
Und wie sie Märchenträume spinnen

Aus Blüthenstaub, aus Schmelz und Duft.
Sie hören Flüstern, Kichern, Lächeln
Von feinen Stimmchen, nixenschlau,
Und sehen zarter Flüglein Fächeln,
Bunt schillernd über Dunst und Thau.
Die Gräser und die Halme zittern
Und schwanken unterm Elfentanz,
Es geht ein Knistern und ein Knittern
Durchs Kraut im feuchten Silberglanz.
Da wachen auf die kleinen Schläfer
Im Moose, wie ein Wald verzweigt,
Die Motte schwirrt, es zirpt der Käfer,
Ameise klimpert, Grille geigt.
Ganz unermeßlich ist, was lebend
Sich in dem blauen Lichte drängt
Und tausendfältig sich verwebend
An unsichtbaren Fäden hängt.
Den Menschensinnen ist verschlossen
Dies Treiben, geisterhaft entfacht,
Von all den schweifenden Genossen
Des Zaubers in der Frühlingsnacht.
Für sie liegt auf den Felsenwänden
Nur stummer, kühler Mondenschein
Und hüllt auf Hügeln und Geländen
Die Welt in tiefen Schlummer ein.

Nah bei dem Bildwerk angekommen
Der drei judäischen Marien,
Steht Assalide, herzbeklommen,
Nicht wissend, soll bleiben sie oder fliehn.
Unter des Himmels Sternenpracht

Ganz allein in der schweigenden Nacht,
Packt sie ein ahnungsvolles Schaudern
Wie vor der Gottesnähe, mit Zaudern
Wagt sie heran sich, wo lebensgroß
Geschaffen mit des Meißels Stoß,
Von einer Klippe die drei Frauen
Ehrfurchtgebietend niederschauen.
Sie sinkt in die Knie, die Hände fest
Auf ihre stürmende Brust gepreßt,
Die fassungslos nach Athem ringt,
Kein Wort noch über die Lippe bringt.
Mit schimmernden Augen blickt sie empor,
Und endlich ihr aus dem Innern hervor
Bricht es mit Schluchzen: „Ihr Himmlischen, Reinen,
Seht eine Bittende vor euch erscheinen!
Doch wenn ich Ärmste, der Ruhe Beraubte,
An eure Huld und Gnade nicht glaubte,
Die an Tausenden von Betrübten,
Schon barmherzige Wunder übten,
Wär' ich nicht hier, euch zu bekennen
Schmerzen, die auf der Seele mir brennen.
Heilige Frauen, von oben gesendet,
Helft einer Frau, die an euch sich wendet,
Höret mich, laßt auf mein brünstiges Flehen
Nicht ohne Hoffnung von hinnen mich gehen!
Habt ihr, als einst ihr die Erde beschritten,
Jemals der Liebe Bedrängniß erlitten?
Kennt ihr der Sehnsucht unendliche Pein?
Wißt ihr, was es heißt: friedlos sein?
Jahrelang hab' ich bekämpft und bezwungen
Zehrendes Leid und die Hände gerungen,

Kummer und Jammer und Sorgen
Schweigend im Busen verborgen,
Habe, was Herzen versteint,
Über mich lassen ergehn,
Thränen im Dunkeln geweint,
Nur von den Sternen gesehn.
Lächeln mußte mein Mund,
Aber mein Herz hat geschrien,
War ich doch todeswund,
Wenn ich am fröhlichsten schien.
In der Verzweiflung, in Angst und Noth
Rüttelnd und schüttelnd an Gottes Gebot,
Warf ich mich in den Strudel des Lebens,
Wollte genießen, — Alles vergebens!
So kam ich her in dies sonnige Land,
Streckte dem Glück hin die darbende Hand
Und für mein Bieten, was gab mir's in Kauf?
Das Allerschwerste noch legt' es mir auf.
Den ich mich trotzig und thöricht vermessen,
An allen Enden der Welt zu vergessen,
Den ich doch liebe, der alle mein Sinnen,
Alle mein Fühlen, mein Thun und Beginnen
Unwiderstehlich beherrscht und bestimmt,
Der mir die Ruh und den Frieden mir nimmt,
Der mein Idol ist, mein Stern und Panier,
Heilige Frauen, d e r grad ist hier! —
Über mir schlagen die Flammen empor,
Nur noch für ihn hab' ich Aug' und Ohr,
Immer verfolgen auf Fährt' und Spur
Meine Gedanken den Troubadour.
Ihn nur begehr' ich vom geizigen Glück,

Gebe für ihn gern Alles zurück,
Alles bring' ich zum Opfer euch dar,
Was ihr verlangt, für ein einziges Jahr
Seines Besitzes sicher zu sein,
Nur es zu wissen, daß mein er allein.
Von allen lebenden Wesen auf Erden
Will ich gehaßt, will gemieden ich werden,
Wenn nur der Eine, der Eine mich liebt,
Dem meine Seele zu eigen sich giebt.
Heilige Frauen, ihr benedeiten,
Wollet das Herz ihm lenken und leiten,
Daß es zu mir in Liebe sich wendet
Und meines Daseins Verzweiflung endet!
Höret mich, laßt auf mein brünstiges Flehn
Nicht ohne Hoffnung von hinnen mich gehn!"

Erschöpft, die Hände fromm gefalten,
Schaut sie mit thränennassem Blick
Empor zu den Mariengestalten,
Von dort erwartend ihr Geschick.
Will keine denn das Haupt ihr neigen
Und sich erbarmen ihrer Pein?
Will keine brechen dieses Schweigen
Und hauchen: Geh, sein Herz ist Dein!?
Sie harrt und horcht, ob sie ein Zeichen
Gnäd'ger Verheißung nicht entdeckt,
Da fühlt sie plötzlich sich erbleichen,
Ein fern Geräusch hat sie erschreckt.
Sich wendend sieht sie in der Richte
Vom Schloß her nahen einen Mann,
Dem sie im hellen Mondenlichte

Durch keine Flucht entrinnen kann.
Es bleibt ihr nichts als aufzuspringen
Und hinter dieser Klippe Wand
Rettung zu suchen, das Gelingen
Liegt freilich in der Heil'gen Hand.
Dort steht sie reglos, tief beschattet,
In Furcht gespannt, was werden mag,
Lehnt an den Felsen sich ermattet
Und hört des eignen Herzens Schlag.
Ward sie verrathen einem Späher?
Wer folgt ihr nach auf diesem Gang?
Ist es vom Schloß ein Gast? schon näher
Vernimmt sie seiner Schritte Klang.
Jetzt kommt er an, jetzt bleibt er stehen,
Nur durch den Stein von ihr getrennt,
Sie denkt, nun ist's um sie geschehen,
Die Angst ihr in den Schläfen brennt.
Horch! jetzt beginnt er laut zu sprechen, —
Ihr in den Adern stockt das Blut,
Sie will vor Schreck zusammenbrechen, —
Die Stimme kennt sie gar zu gut!
Der einen Weg mit ihr betreten,
Der nachgegangen ihrer Spur,
Ist Der, um den sie kam zu beten,
Er selbst, Bernard von Ventadour!
Wohl wissend, daß im Mondenscheine
Er sie nicht sucht an dieser Statt,
Lauscht sie, was er wohl vor dem Steine
Den Heiligen zu sagen hat.

„Heilige Marien!" spricht er,
„Ein Gelübde zu erfüllen

Bin ich hier, euch zu enthüllen
Was mich quält schon manches Jahr.
Doch voll Hoffnung bin ich kommen,
Meinem Herzenswunsche frommen
Wird eu'r Beistand wunderbar.
Habt ihr doch schon manchem Armen,
Sagt man, gnädig zugenickt,
Manchen Waller aus Erbarmen
Gut getröstet heimgeschickt,
Lasset also sicherlich
Eine sanfte Sängerseele,
Wenn sie beichtet, was ihr fehle,
Und euch bittet, nicht im Stich.
Höret, was ich euch vertraue!
Denkt! ich liebe eine Fraue,'
Liebe mehr sie als mein Leben,
Inniglich ihr treu ergeben.
Heil'ge, könntet ihr sie sehen!
Noch einmal so steinern stehen
Würdet sicher ihr vor Staunen
Und von ihrer Anmuth raunen,
Denn sie ist so zauberschön!
Ihren rothen Mund zu küssen,
Und sollt' ich es büßen müssen
Mit der allerschwersten Pön,
Dennoch thät' ich's ohne Reue,
Thät' es wieder, thät's aufs Neue.
Nimmer durft' ich noch es wagen,
All mein Sehnen ihr zu sagen,
Denn sie blickt so scheu und kühl,
Hat für mich wohl kein Gefühl,

Ahnt es nicht, daß ich schon lange
Liebelechzend an ihr hange.
Helfet mir, sie zu bekehren,
Heil'ge Frauen, wollt mich lehren,
Rechter Art um sie zu minnen,
Ihre Liebe zu gewinnen!
Sagt, was soll ich euch geloben?
Gerne send' ich euch nach oben,
Was ich kann und was ich habe.
Soll ich euch als Gegengabe
Drei geweihte Kerzen bringen
In eu'r Kirchlein, fern am Meer?
Soll ich fromme Lieder singen,
Ernsthaft und gedankenschwer?
Frauengunst ist nicht umsunst,
Euch zu Dienst ist meine Kunst.
Heil'ge drei Marien, schützet
Meine Liebe, unterstützet
Sie mit eurer Gnad' und Huld,
Und ich bleib' in eurer Schuld.
Du, Maria Magdalena,
Leihe meinem Blick die Kraft,
Daß er zündend Liebe schafft!
Du, Maria Jakobäa,
Fülle meiner Lieder Klang
Mit des Herzens tiefem Drang!
Meinem Muth zur Seite steh',
Wenn ich ihr ins Auge seh',
Du, Maria Salome!
Ha! ihr lächelt alle drei,
O nun bin ich sorgenfrei,

Tret' als ein beglückter Mann
Dankerfüllt den Rückweg an.
Doch ich breche noch im Fluge
Von den Knospen, die dort glühn,
Eine mir, im Wasserkruge
Wird bis morgen sie erblühn,
Und der Heißgeliebten reichen
Will ich sie zum Morgengruß
Als ein stumm beredtes Zeichen:
Ich bin Dein von Kopf zu Fuß!"

Die Rose hat er sich genommen,
Steckt sie ans Wams und geht dahin
Denselben Weg, den er gekommen,
Mit leichtem, hoffnungsfrohem Sinn.
Noch lange hinter ihrer Klippe
Bleibt Assalibe, starr und stier,
Und zuckend flüstert ihre Lippe:
„Er liebt, und die er liebt, ist hier!
Er will ihr ja die Rose geben,
Ihr, deren Gunst er heiß verlangt,
Und sehen werd' ich's und erleben,
An wessen Brust sie morgen prangt.
Sollt' er — wär's möglich — wär's zu denken?!"
Sie preßt die Hand aufs wunde Herz,
„Nein, nein! er wird sie Loba schenken,
Du panzre dreifach dich mit Erz!"
Dann tritt sie wieder zögernd, zagend
Ins klare, kühle Mondenlicht,
Blickt zu den Heil'gen, trostlos fragend,
Doch Worte — Worte hat sie nicht.

Wie sie noch steht, in sich versunken,
Da hebt mit zaubersüßem Schall,
Von allen Frühlingswonnen trunken,
Ihr Lied an eine Nachtigall.
Sie weiß so wunderbar zu sagen
Von junger Herzen Lust und Leid
Und giebt auf ihre tiefen Klagen
Sich selber jubelnden Bescheid.
Wie's in dem feierlichen Schweigen
Der Mondnacht durch das Thal erklingt,
Der sehnsuchtsvolle Liebesreigen
In Assalidens Seele dringt.
„Du darfst dich freu'n, beschwingter Sänger,
Dir wird erhört dein lockend Flehn,
Ich aber hoffe nun nicht länger,"
Seufzt sie und wendet sich zum Gehn.

Sie wandelt heimwärts auf dem Pfade,
Still grübelnd, wie sie langsam steigt,
Warum des Lächelns Huld und Gnade
Die drei Marien nicht ihr erzeigt.
Sie denkt an ihn und sein Geständniß,
Das er den Heiligen gemacht,
Und kommt dabei zu der Erkenntniß,
Daß Eifersucht in ihr erwacht.
Im Herzen fühlt sie sich erbittert,
Vom Geisterhauch der Nacht bedrängt,
Der spukhaft, feindlich sie umwittert,
Die Sinne schaurig ihr umfängt.
Da, auf des hellen Weges Mitte
Sieht sie bestürzt, wie unverweilt

Der Troubadour mit hast'gem Schritte
Zurück und ihr entgegen eilt.
Schon hat er sie entdeckt, sein Winken
Bezeugt's, sie möchte, tief beschämt,
Am liebsten in den Boden sinken,
Steht rathlos da, von Schreck gelähmt.
Er ruft, springt über Stock und Steine,
Doch die Gestalt und das Geschnarr
Der Stimme —? da, im Mondenscheine
Hat sie erreicht Tampon, der Narr.
„Gottlob, Ihr lebt! und heil die Glieder?"
Stößt er hervor, noch athemlos,
Schnell hat sie ihre Fassung wieder:
„War Eure Angst um mich so groß?"
„Ich sah allein ihn wiederkehren
Und dachte —," stottert er verwirrt,
„Und dachte —, doch in allen Ehren, —
Ich dacht', Ihr hättet Euch verirrt."
„Ihr dachtet," Assalide lächelt,
„Er hätte mich ermordet, nicht?
Und fändet mich schon halb verröchelt."
Jedoch mit strengem Angesicht
Fährt sie dann fort: „Wer hieß Euch spüren
Auf Wegen, die zum Heiligthum,
Zum Orte frommer Andacht führen?
Kundschafter sein bringt wenig Ruhm."
Jetzt ist der Narr es, der beim Hören
Des Wortes lächeln muß und spricht:
„Um frommer Andacht Gang zu stören,
Verkürzt' ich mir den Schlummer nicht.
Die Neugier nur wollt mir verzeihen,

Die wissen wollte, wem zu lieb,
Zu welches Stelldicheins Gedeihen
Heut Nacht das Pförtlein offen blieb.
Bei seinem Hinweg konnt' ich leider
Nicht sehen, wer Euch nachschlich dort,
Drum wartet' ich auf euer Beider
Rückkehr vom — nun, vom Andachtsort."
     „Habt Ihr erkannt, um den verzehrte
Die Neugier Euch?" — „Gewiß! sogleich!
Doch als er ohn' Euch wiederkehrte,
Da kriegt' ich's mit der Angst um Euch."
„Tampon, er hat mich nicht gefunden,
Auch nicht einmal gesucht," fiel ein
Ihm Assalide, „denn verschwunden
War ich im Dunkel hinterm Stein."
„Ach, edle Frau, wollt doch vertrauen
Dem armen Narren ganz und gar!"
Versetzt Tampon, „könnt auf ihn bauen,
Der nie verrieth ein liebend Paar.
Gern helf' ich euer Beider Drange,
Einander heimlich euch zu nahn,
Und bin dem Troubadour schon lange
Von Herzen gut und zugethan."
Sie spricht: „Daß ich zur selben Stunde
Bei den Marien gewesen bin,
Nie werd' ihm davon eine Kunde!"
Und dabei steigt es ihr zu Sinn:
Wär' es nun umgekehrt gekommen,
Hätt' im Verstecke sie nicht sein,
Er aber ihr Gebet vernommen
Und wüßte nun, — durch Mark und Bein

Fährt es ihr jetzt noch wie der Schrecken
Nach ausgestandener Gefahr;
Was würd' er sagen beim Entdecken,
Daß sie ihm liebergeben war?!
„So kann ich Euch zu gar nichts dienen?“
Dringt sanft Tampon noch auf sie ein.
„Doch, Freund, Ihr könnt! umsonst erschienen
Sollt Ihr mir nicht hier draußen sein,“
Erwiedert Assalide.   „Weichet
Nicht von ihm, bis zu sehn Euch glückt,
Wem morgen früh er überreichet
Die Rose, die er dort gepflückt!
Ich bin vielleicht nicht selbst zugegen,
Wenn eine von den Frau'n sie nimmt,
Doch ist mir viel daran gelegen,
Zu wissen, wem er sie bestimmt.
Ein wichtiges Geheimniß hütet
Die Rose in des Kelches Haft,
Wie in geschloßner Knospe brütet
Des Duftes holde Zauberkraft.“
Drauf schweigt Tampon erst, als erwöge
Er als gewissenhafter Mann,
Was er für sie zu thun vermöge,
Und blickt gedankenvoll sie an.
Schlau lächelnd spricht er dann: „Erfüllen
Werd ich kundschaftend Eu'r Begehr,
Doch das Geheimniß zu enthüllen
Fällt meinem Narrenkopf zu schwer.“

Jetzt waren im Gespräch beim Gehen
Sie an dem Pförtlein angelangt,

Und scheu blieb Assalide stehen.
Tampon hub an: „Mir scheint, Euch bangt.
Sollt' Euch noch sonst am Herzen liegen
Ein Wunsch, dann ohne Schüchternheit
Gebt ihn mir kund, ich bin verschwiegen
Und Euch zu Diensten jederzeit."
„Ich bitte," sprach sie, „bleibt zur Stelle,
Laßt mich von hier allein voran,
Daß man im Schloßhof, tageshelle,
Mich nicht erblickt mit einem Mann."
„Zumal mit einem gar so schönen,
Wie ich es bin!" fiel lachend ein
Der Schalk in lust'gem Selbstverhöhnen
Und blinzte mit den Äugelein.
„Wißt Ihr Euch auch allein zu finden? —
Nun gut! ich bleibe hier zurück,
Um unbemerkt dann zu verschwinden,
Schlaft wohl und träumt von Gunst und Glück!"
Sie ging hindann mit dem Gefühle:
Wie soll ich schlafen diese Nacht?
O wäre doch auf seidnem Pfühle
Der Morgen erst herangewacht!

Tampon sitzt einsam nun im Grase,
Blickt in den hellen Mondenschein
Und spricht, den Finger an der Nase:
„War's? war es nicht ein Stellbichein?
Sie leugnet's, und man sollt' ihr glauben,
Sie hätten's auch auf Stuhl und Bank
Bequemer in den Gartenlauben
Mit ihrem bergenden Gerank.

Und dann die Rose giebt zu denken:
Traf er die Frau dort an dem Stein,
So konnt' er sie ja gleich ihr schenken, —
Ergo, es war kein Stelldichein.
Doch sie will wissen, wem zu Handen
Er morgen früh die Rose giebt,
Das heißt so gut wie eingestanden,
Daß sie ihn eifersüchtig liebt.
Und er? — was Rose, Zufall, Schickung,
Thür offen, Andachtsgang bei Nacht!
Ich zieh' den Schluß aus der Verquickung:
Er liebt sie wieder, — abgemacht!
Gilbert, nun könnt' ich's Dir erklären,
Weß Bild des Sängers Herz erfüllt,
Jawohl! Du komm mir! einen Bären
Bind' ich Dir auf, der wacker brüllt.
Wenn er nun aber sieht, wem morgen
Der Troubadour die Rose schenkt?
Er darf's nicht sehen! ich muß sorgen,
Daß er seitab die Schritte lenkt.
Doch wie? — ich lock' ihn in den Garten
Vorm Morgengruß und red' ihm ein,
Versteckt mit mir dort abzuwarten
Der zwei Verliebten Stelldichein,
Von dem ich wüßte. — Halt! nicht weichen
Soll ich vom Sänger ja, zu sehn
Sein heimlich Rosenüberreichen,
Kann also nicht mit Gilbert gehn.
Was nun? ich kann zu gleichen Zeiten
Nicht beide hüten, und mir stockt
Der Rath in den Verlegenheiten,

Die man mir Ärmsten eingebrockt."
Er saß, und ihm im Kopfe schoben
Sich Pläne sonder Rast und Ruh,
Ergrimmt schnitt er dem Mond dort oben
Die gräulichsten Gesichter zu.
Da schrie ein Kauz ganz in der Nähe
Aus einem Baum, Tampon fuhr auf:
„Ei Käuzchen, du auch auf der Spähe?
Hast auch gesehn der Dinge Lauf?
Was man nicht Alles muß erleben!
Weißt du nicht guten Rath für mich?
Nein? so ist's Zeit, sich zu erheben,
Eh ganz und gar die Nacht verstrich.
Also für heute heißt es scheiden,
Herr Mond, Herr Kauz, viel gute Nacht!"
Der Narr verbeugte sich vor beiden
Und durch die Thür verschwand er sacht.
Der Kauz schrie weiter aus dem Baume,
Und auch der Mond noch weiter schien
Auf Berg und Thal im Frühlingstraume
Und auf die heil'gen drei Marien.

V.

Die Rose.

Wie strahlt der Morgen von Sonnenglanz
Auf der Alpinen Felsenkranz!
Wie blinkt und leuchtet lichterloh
Die Stadt und das ragende Schloß les Baux!
Die Luft ist goldig, der Himmel ist blau,
An Blättern und Gräsern hängt blitzender Thau,
Es starrt und strotzt von Blüthenpracht,
Die Rosen haben sich über Nacht
Mit Diamanten und Perlen geschmückt,
Und es strömt ein Duft, der die Sinne berückt.
Aus Busch und Baum tönt Vogelgesang,
Es säuselt und summt ein schwirrender Klang,
Was kriecht und klettert, was flattert und fliegt,
Und was auf schwankenden Zweigen sich wiegt,
Das athmet die köstliche Frische nun ein
Und streckt die Fühler und strafft das Bein
Und schwelgt und jubelt in grünen Gehegen
Dem lachenden, sonnigen Morgen entgegen.

Lebendig ist's auch schon im Schloß,
Da rennt und räumt der Diener Troß

Geschäftig und behend, bei Zeiten
Im Saal das Frühmahl zu bereiten,
Und Zofen huschen hin und her,
Auf der Gebieterin Begehr
Bald dies, bald das herbeizuschaffen,
Gewand zu glätten und zu raffen.
Doch lautlos muß der Dienst geschehen,
Und Alle trippeln auf den Zehen,
Daß wer sich noch im Traume reckt,
Nicht von Geräuschen wird geweckt.
Darauf nimmt äußersten Bedacht
Herr Palassol, streng überwacht
Die Ordnung er mit Wink und Wort,
Sieht nach dem Rechten hier und dort,
Wobei jedoch, daß Jeder eilt,
Er flüsternd nur Befehl ertheilt.
Tampon auch drückt mit langen Ohren
Herum sich auf den Corridoren
Und äugt, ob er erwischt Gilbert,
Um zu verhindern, daß nachher
Der kecke Graf im Saale sieht,
Wenn mit der Rose das geschieht,
Was seinen eifersücht'gen Groll
Erregen würde launenvoll.
Bei schönen Frau'n will er allein,
Der Eitle, Hahn im Korbe sein,
Und kommt ein Andrer ihm zuvor,
So wallt sein Jähzorn wild empor.
Und weil der Narr vom Grafen schändlich
Schon manchen harten Schlag erhielt,
So däucht es recht ihm, daß er endlich

Auch ihm mal einen Possen spielt.
Doch vorher war der Narr im Saale,
Hat heimlich dort und unentdeckt
Im Tiefen einer Marmorschale
Was Niemand sah, geschwind versteckt.
Jetzt kommt der Graf daher den Gang,
Tampon nun stellt sich angst und bang
Und thut, als ob er fliehen wollte.
Da ruft ihn, daß er bleiben sollte,
Gilbert und faßt ihn, um zu fragen:
„Nun, hast Du es herausgebracht,
Was ich Dir gestern aufgetragen?"
„Herr, das geht über meine Macht,"
Versetzt der Narr, „wen Bernard liebt,
Wie gerne würd' ich's Euch verkünden!
Doch scheint's, daß es kein Mittel giebt,
Das Herz des Sängers zu ergründen.
Ich forscht' ihn aus mit aller Mühe
Und stellt' ihm rechts und links ein Bein,
Um zu erspähn, für wen er glühe,
Umsonst, er ließ auf nichts sich ein."
„Du bist ein Tölpel ohne Gleichen!"
Fährt Graf Gilbert den Narren an,
„Hast Du nicht Wort, nicht Blick noch Zeichen
Bemerkt, aus dem man schließen kann?"
„Nein, Herr! nicht die geringste Spur,"
Entgegnet ihm Tampon bedauernd,
Mit einem Auge schielig lauernd,
„Auffällig ist mir Eines nur:
Er will nicht, daß mit einem Schritt
Jemand den Garten heut betritt

Vorm Frühmahl, ich soll Jeden halten
Und meinen ganzen Witz entfalten,
Daß bis das Frühmahl halb vorbei,
Niemand im Garten unten sei.
Was das bedeutet, rath' ich nicht."
„Das räthst Du nicht, Du Jammerwicht?"
Braust auf Gilbert, „ein Stelldichein
Bedeutet es zu Zwei'n allein!"
„Ah! meint Ihr? zu so früher Stunde?"
Spricht mit verblüfftestem Gesicht
Der Narr und steht mit offnem Munde,
„Darauf käm' ich im Leben nicht."
„Weil Du ein Dummkopf bist! die Beiden,
Die da im Garten sich ergehn,
Sich satt an ihrer Liebe weiden,
Will ich jetzt selber mir' besehn,"
Erklärt Gilbert, Tampon doch bittet:
„O stört sie nicht, Herr Graf! bedenkt,
Ob Ihr wohl nachzuforschen littet,
Wohin Ihr Eure Schritte lenkt!"
Der Graf, schon unterwegs zum Garten,
Hört nicht, merkt nicht des Narren Wind;
Der kichert: „Wünsche wohl zu warten!
Und sieh Dir nicht die Augen blind!"

Die Gäste haben bald im Saale
Vollzählig fast sich eingestellt,
Und freundlich ist vom Sonnenstrahle
Der ganze, weite Raum durchhellt.
Es tränkt der heitre Frühlingsmorgen
Die Herzen selbst mit seinem Licht,

Die Luft des Lebens, frei von Sorgen,
Malt sich auf Aller Angesicht.
Man grüßt sich, schüttelt sich die Hände,
Fragt lächelnd, ob man wohlgeruht,
Als ob sich das von selbst verstände,
Und hat zu allen Freuden Muth.
Nur Assalide, übernächtig,
Vom Schlummer, scheint es, nicht erquickt,
In Ängsten ihrer selbst kaum mächtig,
Fortwährend nach der Thüre blickt.
Die Fürstin nähert sich ihr, fragend:
„Ihr seht so bleich, habt Ihr die Nacht,
Geheimen Kummer in Euch tragend,
Ganz bei den Heiligen verbracht?"
„Nein, Fürstin! aber es erregte,"
Spricht Assalide, „mich so tief,
Daß ich, als ich mich niederlegte,
Kaum eine kurze Stunde schlief."

„So habt Ihr keinen Trost gefunden
Für das, was Euer Herz beschwert?"

„Ich hoffe, daß es bald verwunden
Und mir der Frohsinn wiederkehrt."
Die Fürstin ging, und es gesellte
Loba der Freundin sich sogleich.
Die Brust der schönen Wittwe schwellte
Ein Thatendrang stets, überreich;
Laut rief sie: „Sail, heut wolln wir fechten,
Ich fordre Dich im Waffenhaus!"
Und dabei führte mit der Rechten
Sie einen Lufthieb fuchtelnd aus.
„Heut Morgen nicht," sprach Assalide,

„Ich möchte schlafen noch vor Tisch,
Bleischwer liegt mir's in jedem Gliede,
Nachmittag findest Du mich frisch."
Sie standen ganz im Hintergrunde
Des Saals, da stockt mit einem Mal
Das Wort in Assalidens Munde,
Und ihr vom Auge blitzt ein Strahl.
Bernard trat ein, in seiner Linken
Die Rose, die er nächtens brach,
Mit ihm Tampon, sein leises Winken
Sagt ihr: ich hielt, was ich versprach.

Der Reihe nach begrüßt der Sänger
Die Gäste nun den Saal entlang,
Spricht jeden an und immer bänger
Wird Assaliden bei dem Gang.
Sie folgt ihm mit den Augen, bebend
In Unruh, wem die Ros' er giebt,
In athemloser Spannung schwebend
Vor der Entscheidung, wen er liebt.
Legt er Baussette sein Herz zu Füßen?
Nein! so hoch strebt er nicht empor,
Geht dann vorbei mit flücht'gem Grüßen
Auch an Aubiart von Malamort.
Da hemmt Graf Rambaud seine Schritte,
Und wie Rostan zu ihnen stößt,
Bannt ihn Gespräch in ihrer Mitte,
Bis ihn Tampon geschickt erlöst.
Nun zu Clemence! sie steht und plaudert
Abseits mit Pons von Merindol,
Lang weilt Bernard bei ihr und zaudert,

Hofft er, daß Pons verschwinden soll?
Die Unterhaltung abzubrechen,
Verneigt er endlich sich jedoch
Und läßt die Beiden weitersprechen, —
Die Rose hat er immer noch.
In Zweifeln, die ans Herz ihr traten,
Litt Assalide Höllenpein,
Nun aber weiß sie's: recht gerathen
Hat sie bei der drei Heil'gen Stein.
Loba geht selbst Bernard entgegen,
Weil es erwartungsvoll sie drängt
In ihrer Sehnsucht heißem Regen,
Daß sie des Liebsten Gruß empfängt.
So denket Assalid' und wendet
Den Blick nicht ab, wie nun beginnt
Der Beiden Zwiesprach, die nicht endet
Und stets sich traulicher entspinnt.
Wann kommt er wohl damit zu Rande?
Und warum zögert er im Stehn
Mit seiner Liebe duft'gem Pfande?
Jetzt regt den Fuß er, um zu gehn,
Doch Loba hält ihn noch mit Lachen
Und mit den Augen, spricht und spricht,
Bis es ihm glückt, sich loszumachen, —
Auch sie hat seine Rose nicht.
Und nun kommt er zu ihr gegangen,
Zu Assaliden, nimmt sie schier
Mit seines Blickes Gluth gefangen
Und — überreicht die Rose i h r.

    „Mit der Rose, diese Nacht
    Aufgeblüht, sei Dir gebracht

Gruß und Segen, den verliehn
   Dir die heil'gen drei Marien!"
So spricht er sanft zu ihr und leise,
Daß sie nur hört, was ihr bestimmt,
Die beinah unbewußterweise
Aus seiner Hand die Rose nimmt.
Kaum ist sie fähig, ihm zu danken,
Um sie dreht Alles sich im Rund,
Ihr untern Füßen scheint zu wanken
Das Schloß auf seinem Felsengrund.
Noch kann's nicht fassen die Beglückte,
Sie träumt wohl, daß er vor ihr steht,
Daß er für s i e die Rose pflückte,
Nur i h r e Liebe sich erfleht.
Sie fühlt's, daß Alle nach ihr schauen,
Wie ihre Brust die Rose ziert,
Und kämpft, daß sie die Kraft der Frauen,
Die Selbstbeherrschung nicht verliert.
Sie möcht' an seinem Halse weinen
Vor Herzenslust und Seligkeit,
Muß lächeln doch und ruhig scheinen,
Zu scherzendem Gespräch bereit.
Da kommt von Einem ihr im Saale
Schnell Hilfe zu, wie sie noch bangt.
Tampon hat aus der Marmorschale,
Was er dort barg, hervorgelangt,
Und es ist gleichfalls eine Rose,
Was sichtbar in der Rechten schwingt
Und hüpfend der Kobold, der lose,
Vor Aller Augen Loba bringt:
„Ihr zürnt mir noch; laßt Euch erweichen,

Schenkt wieder Gnade mir und Huld
Und nehmt die Rose hin zum Zeichen,
Daß Ihr verziehen meine Schuld!"
Er kniet vor ihr, liebäugelnd, schmachtend,
Nach tröstlichem Versöhnungskuß
Schon mit gespitzten Lippen trachtend,
Daß Alles ringsum lachen muß.
Loba beugt zu dem Schelm sich nieder,
Zieht ihn am Ohr zu sich heran,
Steckt sich die Rose vorn ans Mieder
Und droht ihm mit dem Finger dann:
„Nicht eine Rose mir zu schenken,
Ersannst Du Listiger den Schwank,
Von andrer Rose abzulenken
Thatst Du's, — dort hole Dir den Dank!"
Tampon doch denkt: Von meinen Zwecken
Räthst, Schlaue, Du den schlau'sten nicht,
Läßt ihn Dich später nicht entdecken
Gilberts verdutztes Schafsgesicht.

„Zu Tische!" rief Baussette, und neben
Der Tafel stand der Seneschall,
Denn, auf den man gewartet, eben
War er erschienen, Fürst Barral.
Entschuldigend sich für sein Säumen
Schritt höflich er von Gast zu Gast,
Jedoch zerstreut, wie halb in Träumen
Und unter einer Sorge Last.
Auf Assalidens Antlitz ruhte
Sein Blick so forschend, ernst und tief,
Daß die grad jetzt so Frohgemuthe

Ein seltsam Bangen überlief.
Wie sollte sie den Blick verstehen?
Was hatte sich der Fürst gedacht?
Hatt' er etwas gehört, gesehen
Vom Abenteuer dieser Nacht?
Was konnt' er ihr dabei verübeln?
Doch wie nun Scherz und Lachen scholl,
Fand sie nicht Zeit, danach zu grübeln,
Ihr Herz war andrer Dinge voll.
Man saß, wo Jeder Platz gefunden,
Und gab bei heitrem Wortgefecht
Dem Morgenhunger, dem gesunden,
Sein lange vorenthaltnes Recht.
Noch fehlte Gilbert, und man fragte.
„Mich dünkt, im Garten sah ich ihn,“
Gab an Tampon, dem's nicht behagte,
„Er liebt den Duft so vom Jasmin.“
„Das ist mir neu!“ die Fürstin lachte,
„Noch wußt' ich wahrlich nicht, daß er
Aus Blumenduft sich etwas machte;
Tampon, geh hin und hol' ihn her!“
Sich zu dem Harrenden zu wagen,
Den er mit seinen Flunkerei'n
Arglistig in den Park verschlagen,
Nicht rathsam schien's dem Narrn zu sein.
Dennoch gehorcht' er, eilend, rennend,
So widerwillig es geschah,
Doch sagt' er sich, den Grafen kennend:
Nicht auf zehn Schritte kommst ihm nah!

Behutsam schleicht die Gartenwege
Tampon dahin, ob er versteckt

In irgend einem Buschgehege
Den Grafen nicht von fern entdeckt,
Um ihm zu winken und bei Zeiten
Sich aus dem Staub zu machen dann,
Eh Gilbert mit Handgreiflichkeiten
Ihm hier zu Leibe gehen kann.
Doch der auch streicht einher auf Zehen,
Bis beid' an eines Weges Eck
Sich plötzlich gegenüberstehen,
Daß Jeden packt ein jäher Schreck.
„Was hast zu schaffen Du im Garten?"
Bricht los Gilbert, „nichts, wie mir däucht;
Da kann ich freilich lange warten,
Du hast das Pärchen mir verscheucht."
„War es denn hier? habt Ihr's gesehen?
Wer war denn sie?" der Spötter fragt,
„Niemand? und gar nichts ist geschehen?
Das hab' ich Euch ja gleich gesagt!
So früh am Tag! vielleicht indessen
Kamt Ihr zu spät, sie waren da,
Eh auf der Lauer Ihr gesessen,
Eh sie ein Menschenauge sah."
„Spitzbube, hast Du mich betrogen
Mit falschem Spiel," der Graf ihm droht,
„Wirst auf der Leiter Du gezogen,
Gereckt, gestreckt zur Schwerenoth!"
„Herr Graf! wie könnt Ihr solches denken!"
Der Narr sich ganz entrüstet stellt,
„Ich Euch mit Lügen irre lenken?
Nie wagt' ich das, nicht um die Welt!
Ihr solltet hier umsonst nicht passen,

Drum trieb es her mich aus dem Saal,
Nicht länger warten Euch zu lassen,
Vollzählig sitzen sie beim Mahl.
Man frug nach Euch, und ich bemerkte,
Ihr schöpftet draußen frische Luft,
Und weil er Euch die Nerven stärkte,
Athmetet Ihr Jasminenduft."

    „Jasmin! also um den verbrachte
Die Zeit ich! und das glaubten sie?"

    „Nun, allerdings, die Fürstin lachte
Des Zartsinns, den ich Euch verlieh."

    Selbander gingen sie zum Schlosse,
Der Graf verdrießlich, doch der Narr
Vergnügt, daß seine Narrenposse
So glücklich abgelaufen war.
    Im Saale ward der Graf empfangen
Mit Sticheleien und Geraun
Und sah dort mit Erstaunen prangen
Am Busen zweier schönen Frau'n
Je eine Rose. Dahin blickte
Und nach dem wunderholden Ort,
An dem der Liebesbote nickte,
Nachdenklich er nun fort und fort.
Die haben beide sie vom Sänger,
Von keinem Andern! sagt' er sich,
Und dazu war der Leisegänger
Im Garten, früher schon als ich,
Wo heimlich er die Rosen pflückte,
Und darum zwei, daß man nicht weiß,
Welche der Frauen er beglückte
Mit seiner wahren Liebe Preis.

Und Gilbert blickte rathlos, fragend
Zum Narren grimmigen Gesichts,
Der stumm die Achseln zuckte, sagend
Mit der Gebärd': ich weiß von Nichts!

Wie wenn nach trüben, kalten Tagen,
Die wolkenschwer und nebelgrau
Bedrückend auf den Fluren lagen,
Nun wieder aus des Himmels Blau
Die Sonne freundlich wärmt und leuchtet
Und statt der rabenschwarzen Nacht,
Die sturmdurchbraust und dunstdurchfeuchtet
Den Menschen Unheil nur gebracht,
Die goldnen Sterne wieder blinken
In wohlbekannter Bilder Kranz
Und mit gewährungsgünst'gem Winken
Verheißen künst'ger Tage Glanz,
Daß wieder freudig allerwegen
Das Erdgeschöpf sich regt und rührt
Und in dem ausgestreuten Segen
Des Daseins Lust und Wonne spürt,
So war ums Herz es Assaliden.
Befreit aus böser Träume Macht,
Die um den Schläfer Ketten schmieden,
War sie zu holdem Trost erwacht.
Aufathmend, süß erschauernd dehnte
Sich ihre Brust, die Angst entschwand,
War doch erfüllt, was sie ersehnte,
Vor ihr mit offnen Armen stand
Das Glück der Liebe, flüsternd, bringend:
Komm! stürze blindlings dich hinein,

Und Freuden über Freuden bringend
Will ich dir zu Gebote sein.
Schnell nimm! du brauchst nur zuzugreifen,
Ein Wort von dir, ein Druck der Hand,
Und Schritt für Schritt sollst du durchstreifen
Mein lang gesuchtes Zauberland.
Laß deine rauhen Nebelberge,
Schau her, wie schön ist diese Welt!
Denk' nicht an Den, der sich als Scherge
Vor deine heißen Wünsche stellt! —
So schmeichelnde Gedanken flogen
Ihr goldbeschwingt durch Herz und Sinn
Und warfen auf des Zweifels Wogen
Sie in der Irre her und hin.
Jetzt aber soll sie nichts bethören,
Was im Gewölk der Zukunft blitzt,
Jetzt will sie Den nur sehn und hören,
Der grad ihr gegenüber sitzt.
Die Augen des Geliebten strahlen
Entgegen ihr, zwei Sonnen gleich,
Die Rosen auf die Wangen malen
Ihr, die so traurig war und bleich.
So oft zu ihm den Blick sie wendet,
Auch seiner sie so glühend trifft,
Daß schnell die Wimpern wie geblendet
Sie senkt vor dieser Flammenschrift.
Und wie nun froh von Mund zu Munde
Gespräch sich zwischen beiden knüpft
Und das Geplauder in der Runde
Laut sprudelnd wie ein Bächlein hüpft,
Kann sie mit Müh nur an sich halten,

Braucht zur Beschränkung Kraft und List,
Nicht offenbar ihm zu entfalten,
Daß ihm ihr Herz zu eigen ist.
Von seiner Liebe hat er freilich
Kein Wörtlein noch zu ihr gewagt,
Daß er sie liebt jedoch, hat treulich
Ihr seine Rose schon gesagt.
Und sie gedenket all der Worte,
Die er den drei Marien vertraut
Und die an dem geweihten Orte
Ihr lauschend Ohr und Herz erbaut,
Gedenket sinnend auch der Lieder,
Die gestern er im Garten sang,
Hört wieder sie und immer wieder
Mit seiner Stimme Glockenklang.

    „'s ist im Himmel und auf Erden
    Ein Glück nur so wundergroß:
    Lieben und geliebt zu werden
    Endlos, wunschlos, schrankenlos."

So lautet' es, in ihrem Leben
Vergessen wird sie's nimmermehr,
Und diesem Glück sich hinzugeben
Ist jetzt ihr einziges Begehr.
Dem Sänger hat sie ganz befohlen
Die Seele, blickt zu ihm nur hin
Und möcht' ihm von den Lippen holen
Der Worte Klang, der Rede Sinn.
Lebhafter wird sie stets bei Tische,
Spricht, lacht und neckt sich ungescheut,
Ihr Antlitz blüht in Jugendfrische,
Ein andres Wesen ist sie heut.

Und nach dem Mahle zieht bei Seite
Die Freundin sie voll Übermuth:
„Loba, nun komm hinaus ins Weite!
Mir sprudelt es in Mark und Blut.
Nun wolln wir fechten und uns schlagen,
Wolln ringen, tanzen, lustig sein,
Den Falken werfen und im Jagen
Hinsprengen über Stock und Stein!“
Loba, die immer Rückhaltlose,
Blickt Assaliben staunend an
Und lächelt: „Was doch eine Rose
Manchmal für Wunder wirken kann!“
Bis in die Stirne fühlt erröthen
Sich die Getroffne bei dem Wort,
Ist in Verlegenheit und Nöthen,
Was sie erwiedern soll sofort.
Dann fährt sie auf mit Blick und Tone,
Draus eitel Glück und Jubel bricht:
„Und käm’ ein König mit der Krone,
Die Rose, Loba, kriegt’ er nicht!“
Damit entschlüpft sie, mischt, beflügelnd
Den Schritt, sich in der Gäste Schwarm
Und nimmt, des Herzens Aufruhr zügelnd,
Graf Rambauds ritterlichen Arm.
„Steht’s so?“ spricht Loba, „schon bezwungen
Die Festung auf den ersten Streich?
O Frauenherzen, leicht errungen,
Ihr seid des Sängers Königreich!“
Da tritt aus einem Fensterbogen
Ein Lauscher vor, Loba erschrickt,
Doch ist ihr Zorn sofort verflogen,

Als sie dem Narrn ins Auge blickt.
Loba, Tampon, wie sie verschlagen
Nun lächeln! und zu stillem Bund
Legt Jeder, ohn ein Wort zu sagen,
Deutsam den Finger auf den Mund.

Der Tag schritt vor, wie er begonnen,
In heiterer Geselligkeit,
Weil man gelaunt war und gesonnen,
In Freuden zu verthun die Zeit.
Erst fochten in der Waffenhalle
Mit wohlverwahrtem Stoßrapier
Loba und Assalid', und Alle
Sahn zu dem fesselnden Turnier.
Wetteifernd und kunstfertig streitend
Hielt Jede fest der Andern Stand,
Das schlangenartig zuckend, gleitend
Sich Klinge rasch um Klinge wand.
Anmuthig, reizvoll war das Biegen
Der schönen Körper hin und her,
Der Glieder straff gelenkes Schmiegen
In Angriff oder Gegenwehr.
Doch war es, als wenn Loba spielte
Und nur, sich größrer Kraft bewußt,
Nach Assalidens Rose zielte,
Mit jedem Stoß auf deren Brust.
Doch Assalide, dies erkennend,
Vertheidigt' ihren Schatz so brav,
Daß, noch so sehr ihr Ziel berennend,
Loba die Rose niemals traf.
Sie fochten lang, die Augen blitzten,

Und Beider Wangen wurden roth,
Bis, als sie sich zu scharf erhitzten,
Rambaud als Schiedsmann Halt gebot.
Sie reichten lächelnd sich die Hände,
Doch in dem Blick ward Jeder klar,
Daß auch die Andre wohl verstände,
Um was der Gang gefochten war.
Man wollte fröhlich und zufrieden
Verlassen schon das Waffenhaus,
Da forderte Gilbert entschieden
Bernard von Ventadour heraus.
Sie traten an mit den Rapieren
Und stießen bald so stark und schnell,
Als föchten statt zu scharmutzieren
Sie aus ein ernst gemeint Duell.
Und Gilbert war's, der sich je länger
Je wüthender im Kampf verfing,
Aus dem als Sieger doch der Sänger
Mit einem Dutzend Treffern ging.
Wie stolz und in des Herzens Wallen
Beglückt war Assalide da,
Daß den Geliebten sie vor Allen
So glänzend triumphieren sah!
Als Preis, daß er so gut sich deckte,
Nahm Loba sich mit flinker Hand
Die Rose von der Brust und steckte
Sie selbst dem Sieger ans Gewand.
Bernard und Assalide waren
Mit Rosen beide nun geschmückt,
Und in dem Kreis, so reich erfahren,
Ward kaum ein Lächeln unterdrückt.

Gilbert nur heimlich knirscht' und schäumte,
Weil er, der in des Hochmuths Wahn
Beständig von Erobrung träumte,
Sich vorkam jetzt wie abgethan.
Tampon jedoch sah mit Behagen
Hier seines Peinigers Verdruß,
Gönnt' ihm durchaus die Niederlagen
Und lacht' ins Fäustchen sich zum Schluß.

Flott weiter ging's im muntern Treiben,
Man ritt erst, tafelte dann lang,
Fand leichtlich im Beisammenbleiben
Genuß und Kurzweil, spielt' und sang.
Bernard hielt um der Andern willen
Von Assaliden sich zurück,
Für welche Vorsicht sie im Stillen
Ihm dankt' in ihrem sichern Glück.
Auf sein Geheimniß hatt' ergossen
Der Morgen ihr sein volles Licht,
Doch ihm blieb ihres noch verschlossen,
Noch ahnt' er ihre Liebe nicht.
Zu denken, wie für beide fügen
Sich nun die Zukunft würde, fand
In all dem rauschenden Vergnügen,
Womit hier Stund auf Stunde schwand,
Sie nicht die Zeit; das wollt' erwägen
Sie Nachts in ihrem Kämmerlein;
O wäre mit des Herzens Schlägen
Sie doch nur endlich erst allein!

Zu guter Letzt begab man wieder
Sich in des Gartens kühlen Hag

Und ließ sich an der Ulme nieder
Nach dem verlebten heißen Tag.
Doch als mit lustigen Geschichten
Man eine Weile sich erfreut,
Wußt' es die Fürstin einzurichten,
Daß Alle, bis auf Zwei, zerstreut
Und gruppenweise sich ergingen
Stets weiter von der Ulme fort,
Wie sich die Windungen und Schlingen
Der Wege zogen hier und dort,
So daß im stillen Abendfrieden,
Als tiefer schon die Dämmrung sank,
Nur Fürst Barral mit Assaliden
Zurückblieb auf der Marmorbank.
Er fesselte mit Unterhaltung
Sie lebhaft und absichtlich hier,
Gab aber andere Gestaltung
Jetzt dem Gespräch, allein mit ihr.
„Ich bin Euch ja noch Auskunft schuldig,"
Begann er, „über den Aspect;
Seid Ihr denn gar nicht ungeduldig,
Zu hören, was ich hab' entdeckt?"
Sie aber, Schreck und Angst im Blicke,
Das Herz von Hoffnung doch erfüllt,
Was ihm die Sterne vom Geschicke
Verhohlner Liebe wohl enthüllt,
Sprach schnell: „Ich wagte nicht zu fragen,
Ihr habt mein Horoskop gestellt,
O redet! wollt mir offen sagen
Den Spruch, den mir das Schicksal fällt!"
„Ich muß Euch wohl den Wunsch gewähren,"

Sprach er mit ernstem Angesicht,
„Jedoch was ich in jenen Sphären
Erkundet, — günstig lautet's nicht.
Die Sterne haben klar und bringlich
Von einer Liebe mir gesagt,
Die sehnsuchtsvoll und unbezwinglich
Ihr auf des Herzens Grunde tragt.
Gebt der Ihr nach, wird unbeschreiblich
Eu'r Glück und das des Liebsten sein,
Doch auf euch beid' auch unausbleiblich
Bricht das Verderben dann herein.
So las ich, und es Euch zu sagen
Ward, edle Frau, mir schwer genug,
Doch hört mich weiter! noch befragen
Wollt' ich um Euch den Vogelflug.
Heut früh sah ich zwei Falken fliegen,
Nachdem ich lang umhergeschaut,
Sah sie umkreisen sich und schmiegen
Nah zu einander, herzenstraut.
Da kam von Norden angestoben
Ein Dritter, warf mit wildem Schrei
Sich auf den Einen erst dort oben
Und bracht' den Todesstoß ihm bei,
Dann auf den Andern, den er packte
Mit seinen Fängen und im Flug
Mit Schnabelhieben so zerhackte,
Daß dieser auch zu Boden schlug,
Worauf der Rächer stolz entschwebte
Hochsteigend in der Lüfte Reich.
Das ist es, was ich heut erlebte,
Die Deutung überlass' ich Euch." —

Sprachlos, so bis zum Tiefsten innen
Erschüttert Assalide saß,
Daß sie, verloren ganz in Sinnen,
Die Gegenwart Barrals vergaß.
Auch dieser schwieg, und lange, lange
Blieb's an der Ulme grabesstill;
Da scholl aus einem Seitengange
Das Lachen Loba's laut und schrill.
„Kommt!" sprach der Fürst, und sich erhebend,
Bot Assaliden er die Hand,
„Ich dank' Euch!" hauchte sie erbebend,
Als sie im Dunkeln vor ihm stand.
Langsam, von seinem Arm nur lose
Geführt, schritt sie dahin, gebückt,
Die Rechte auf die welke Rose
An ihrer Brust im Gehn gedrückt.

Und schick' ihm einen schönen Gruß."
Doch Assalide seufzte leise
Und schüttelte betrübt das Haupt:
„Wenn er's gebietet, daß ich reise,
Ist Widerspruch mir nicht erlaubt."
„Ich dacht' Euch in les Baux zu halten
Bis zu dem Drei=Marien=Fest,
Denn herrlich wird es sich entfalten
Diesmal auf unserm Felsennest,"
Begann Baussette, „jedoch wir hoffen,
Ihr kommt dann wieder; Hall' und Saal
Und Losamente stehn Euch offen
Mit oder ohne den Gemahl.
Dann giebt es mancherlei zu schauen,
Von allen Schlössern strömen zu
Die Ritter und die schönen Frauen,
Auch Richard, Graf von Poitou."
„Er kommt?" rief Loba, „hat's versprochen?
O Assalide, dann entfleuch!
Coeur de Lion hat schon gebrochen
Manch Frauenherz, und Deins ist weich."
„Im Mistral laß' ich Euch nicht reisen,"
Fuhr fort Baussette, „sein kalter Hauch
Kann Einem ja das Herz vereisen.
So lang geduldet sich wohl auch
Herr Guiraud, bis Euch beßre Tage
Das Wetter zu der Fahrt beschert,
Ich wollt', er hörte meine Klage,
Daß er Euch schon zurückbegehrt."
    Vom Scheiden sprachen sie und Meiden,
Das frohe Pläne störend kam,

VI.

Im Gewitter.

Unter dem Haupte die Hände gefalten,
Liegt Affalib' im Bett und finnt
Über des graufamen Schicksals Walten,
Wie es die Fäden des Lebens spinnt.
Von ihrem Blondhaar lang umflossen,
Ruht sie schwer athmend auf dem Pfühl,
Die Fensterbögen sind unverschlossen,
Denn dunkel ist's, gewitterschwül.
Und dunkel auch ist ihrem Blicke
Der Weg noch, den sie schreiten soll,
Der an dem drohenden Geschicke
Vorüber leitet, das ahnungsvoll
Ihr dämmert nach dem Stand der Sterne.
Was soll sie thun? der Versuchung entfliehn?
In der Verborgenheit weitester Ferne
Sich dem Verhängniß behutsam entziehn?
Oder Gefahren und Stürme bestehen
In des Geliebten schirmender Huld,
Mit ihm frohlocken, mit ihm vergehen
Und mit dem Glück übernehmen die Schuld?

In des Entschlusses beweglichem Schwanken
Leiht sie den Wünschen ein williges Ohr,
Und verführerische Gedanken
Tauchen aus Grübeln und Träumen empor,
Schmeicheln ihr, halten sie zärtlich umwunden,
Zeigen die Welt ihr in rosigem Schein,
Raunen von kommenden köstlichen Stunden,
Drängen sich ihr in die Seele hinein.
„Ach, nur einmal lasset beseligt
In des Geliebten Armen mich ruhn,
Ewige Mächte, die ihr befehligt
Sterblicher Menschen Wandeln und Thun!"
Flüstert sie, da mit unheimlicher Helle
Leuchtet der erste Blitz ins Gemach
Mit eines Augenblicks zuckender Schnelle,
Und hinterher mit schütterndem Krach
Lang hinrollender Donner erschallt,
Der in den Felsen noch widerhallt.
„War das ein deutsamer Wink von oben?"
Assalide voll Schrecken fragt,
„Himmel, was willst du mit deinem Toben?
Hab' ich so sträfliche Bitte gewagt?
Ist es so sündhaft, einmal im Leben
Glücklich werden zu wollen? einmal
Dem die Seele dahin zu geben,
Dem sie zu eigen in ihrer Qual?
Wie ich ihn liebe, kann ich nicht sagen,
Und welche Zauber zu ihm mich ziehn,
Aber so lang noch die Pulse mir schlagen,
Denk' ich an ihn und ersehne mir ihn.
Brünstig an der drei Heiligen Steine

Hab' ich gebetet um seinen Besitz,
Und da ich weiß nun, daß er der Meine,
Weigerst du mir ihn mit Donner und Blitz?
Rings um mich her auf Wegen und Stegen,
Wo sich das Leben des Lebens bewußt,
Seh' ich traute Gefühle sich regen
Und sich begegnen in Neigung und Lust,
Seh' in die ärmsten und niedrigsten Hütten,
Auf den sonst Alles ermangelnden Herd
Duftige Blüthen der Liebe dich schütten,
Bitterster Noth zum Troste beschert.
Hast du für meines Herzens Klopfen,
Meiner Sehnsucht lechzenden Drang
Kein Gehör, keinen labenden Tropfen,
Keiner Hoffnung versöhnlichen Klang?
Soll ich allein am Glücke verzagen?
Giebt es auf Erden für mich kein Heil?
Dann als Enterbte komm' ich, zu klagen,
Deiner Gerechtigkeit fordr' ich mein Theil!"
Näher und immer lauter erschollen
Wuchtige Schläge über sie hin,
Gaben ihr Antwort mit finsterem Grollen
Auf ihrer Fragen verfänglichen Sinn.
„Ich verstehe," sprach sie, „dein Warnen,
Und ich glaube der Sternenschrift,
Daß mich finstre Dämonen umgarnen
Und, wenn ich fehle, die Rache mich trifft.
Nun, wo die Pfade sich trennen und schneiden,
Aufwärts zur Höhe, nieder ins Thal,
Steh' ich am Kreuzweg und soll mich entscheiden,
Welchen ich gehe, — noch hab' ich die Wahl.

Glück ohne Grenzen, in Tagen verronnen,
Und dann zermalmt von des Schicksals Gewalt,
Oder ein Dasein, zu Jahren gesponnen,
Schuldlos, aber auch glücklos und kalt.
Schwelgend in süßem Gekose mich freuen,
Fest den Geliebten in Wonnen umfahn
Und es dann büßen ohne Bereuen,
Was ich mit jauchzendem Muthe gethan.
Wenn ich nun wählte: schnelles Verderben
Lieber als langsam verzehrende Pein,
Morgen an seiner Liebe zu sterben,
Heut aber mit ihm glücklich zu sein?"
Blitzstrahl flammte, vom Donner gerüttelt
Bebten die Wände, dem bangenden Weib
War, als würd' es von Armen geschüttelt,
Die es packten an Schulter und Leib,
Wie sie bald sich erhob und stützte,
Bald in Ängsten sich wand und bog,
Mit der Hand die Augen beschützte
Vor dem Gelober, das sie umflog.
Wieder begann sie: „Laß dich erbitten!
Deiner Geduld kommt Niemand zu oft;
Hab' ich denn nicht genug schon gelitten,
Da ich so lange vergeblich gehofft?
Gönne vom Reichthum der Liebe, verschwendet
An alle lebende Creatur,
Mir auch ein Füllhorn, in Gnaden gespendet,
Wär's einen flüchtigen Sommer nur!
In der Erinnerung will ich dann leben
An das genossne berauschende Glück,
Wird mir auch nimmer und nimmer gegeben

Eine Minute nur davon zurück.“
Aber stärker und stärker durchbröhnten
Sich überbrüllende Donner die Nacht
Und verschüchterten und übertönten
Assalidens Beschwören mit Macht.
„Ja, du sprichst aus schwarzen Gewittern
Eine Sprache, die fürchterlich schallt,
Daß wir Menschen vor dir erzittern,
Wenn deine Faust in den Wolken sich ballt.
Auch der Geliebte vernimmt deine Stimme
Hier unter einem Dache mit mir;
Banget ihm auch vor deinem Grimme?
Ach, er ahnt nicht mein Ringen mit dir.
Wenn er es wüßte, würd’ er mich halten,
In seinen Armen gewährt’ er mir Schutz
Vor deinen schrecklichen Unheilsgewalten,
Und wir böten vereinigt dir Trutz.
Auf mein einsames Bitten und Flehen
Hör’ ich nur immer dein bonnerndes Nein,
Aber auch hilflos in Sturmeswehen
Fühl’ ich es: leichter wird es dir sein,
Daß du mich mit dem geschleuderten Speere
Wie eine flatternde Blume zerknickst,
Als daß du mit deines Zornes Schwere
Mir mein Lieben und Sehnen erstickst.
Krachend magst du die Ulme zerschmettern,
Spalten den Fels und schmelzen das Erz,
Nimmer brichst du mit tosenden Wettern
Eines liebenden Weibes Herz!“
Nieder fuhr eine feurige Schlange
Mit entsetzlich blendendem Schein,

Und mit furchtbar knatterndem Klange
Stürzte der Donner jach hinterdrein.
Assalide sprang auf in dem Bette,
Kniet' auf dem Lager, von Grausen erfaßt,
Wie sich in kaum unterbrochener Kette
Folgten die Blitze mit sprühender Hast.
Wie gepreßt von ehernem Bande
Stöhnte sie, rang sie die Händ' empor,
Und fast an der Verzweiflung Rande
Stieß sie mit bebenden Lippen hervor:
„Sollen wir schwachen Sterblichen lernen,
Niederzuzwingen die Leidenschaft,
Dann, ihr Ewigen über den Sternen,
Gebt uns auch übermenschliche Kraft!
Sehenden Auges in das Verderben
Geh' ich, und dann verlösche mein Licht,
Ich habe Kraft zu lieben, zu sterben,
Kraft zu entsagen doch hab' ich nicht.
Zählt mir die Stunden, meßt mir die Gaben,
Kürzt mir des Wegs zu durchwandelnde Spur,
Aber in meinen Armen haben
Will ich Bernard von Ventadour!"
Ein Blitz und ein Schlag!! vom Thurme gerissen,
Prasselten Steine, es wankte das Schloß,
Assalide sank in die Kissen,
Niedergeworfen vom Himmelsgeschoß. —

Als sie aus ihrer Betäubung zu Sinnen
Wieder gekommen, hörte den Schwall
Strömenden Regens sie rauschen und rinnen
In überschwänglichem, plätscherndem Fall.

Immer gedämpfter das Drohen und Murren
Fern abziehender Donner erklang
Wie des verscheuchten Löwen Knurren,
Dem der Sprung auf die Beute mißlang.
Mit gleichmäßigem, stetem Geriesel
Sich der erquickliche Regen ergoß,
Wie er auf sonnendurchglühte Kiesel
Und in durstige Zweige floß.
Klingend wie Glöcklein troff es vom Dache,
Spritzt' und sickert' und spülte sich ein,
Und in gurgelndem, glucksendem Bache
Brach es sich Bahn durch zerklüftet Gestein.
In der bald sich verbreitenden Kühle
Stieg vom Boden ein würziger Duft,
Und mit unsäglich wohlthu'ndem Gefühle
Sog Assalide die köstliche Luft.
Ruhe kam ins Herz ihr und Friede,
Nicht mehr heiß und stürmisch empor
Wogte die Brust ihr, am Augenlide
Perlten erlösende Thränen hervor.
Leise schluchzte sie: „Nimmer entsagen
Kann ich der Liebe, die mich umfängt,
Doch ich will sie beherrschen, will tragen,
Was über mich das Schicksal verhängt.
Schweigen will ich dem Herzen befehlen,
Will mich besinnen auf Eid und Pflicht,
Will dem Geliebten mein Sehnen verhehlen,
Aber das Werben wehr' ich ihm nicht.
Ihm widerstehen will ich so lange
Wie ich vermag, die Starke zu sein,
Und in des Herzens hingebendem Drange,

Herr Du mein Gott, erbarme Dich mein!"
Still dann, dem Athem der Nacht zu lauschen,
Lag sie, den Kopf in die Kissen geschmiegt,
Und von des Regens eintönigem Rauschen
Endlich in tröstlichen Schlummer gewiegt.

VII.

Beim Mistral.

Der Mistral weht! mit dieser Kunde
Empfing man Assalid' im Saal
Zu vorgerückter Morgenstunde,
Denn heute kam man spät zum Mahl.
Sie hörte mit Verwundrung nennen
Ein fremdes Wort, das in Burgund
Wie in den Bergen der Cevennen
Nicht umging in der Menschen Mund.
Worauf man lachend ihr erklärte,
Des Mistrals könne rühmen sich
Nur die Provence als seine Fährte,
Kein andrer Erd- und Himmelsstrich.
Nordwestwind ist's, mit einem Male,
Wenn schon der Lenz im Lande haust,
Kommt stürmisch er vom Rhonethale
Ganz unverhofft dahergesaust.
Nicht lang gewöhnlich pflegt's zu dauern,
Daß er so scharf und heftig weht,
Durch Kleider und sogar durch Mauern
Eiskalt bis auf die Knochen geht.
Nun konnt' auch Assalide sagen

Sich selbst, woher von Kopf zu Fuß
Ihr kam ein fröstelnd Unbehagen, —
Es war des Mistrals rauher Gruß.
Sie mußten Alle von ihm leiden,
Und wem bekannt dies Lüftlein schon,
Der blieb, sein Kosen zu vermeiden,
In der vier Wände sicherm Frohn.
Man sprach vom Nutzen oder Schaden
Des Ungewitters über Nacht,
Das nach dem mächtigen Entladen
Des Wetters Umschlag schnell gebracht.
Man frug, wer sich gefürchtet hätte,
Da gaben alle Frauen zu,
Daß sie vor schwerer Angst im Bette
Viel eingebüßt von ihrer Ruh.
„Ich lehnte mich zum Fensterbogen
Hinaus,“ sprach der von Ventadour,
„Zuschauend, wie die Blitze flogen
Um Berg und Thal, auf Feld und Flur.
Hei! wie sie loderten und schnellten
Und wunderherrlich in der Nacht
Das weite Land ringsum erhellten,
Ein Schauspiel war's von höchster Pracht.
Es tauchte wie aus Zauberbanne,
Schier märchenhaft, ein blendend Bild,
Kaum eines Augenblickes Spanne
Stand's blinkend wie ein goldner Schild.
Gleich einem Funken sprang's zu Tage
Haarscharf im Umkreis des Gesichts,
Als würde da mit einem Schlage
Die Welt geschaffen aus dem Nichts.

Dazu des Himmels Rolln und Tönen,
Als würde sein Gewölb aus Erz
Geschmiedet mit des Hammers Dröhnen,
In Ehrfurcht bebte mir das Herz.
Und dennoch mußt' ich mich bezwingen
In meinem freudevollen Drang,
Nicht aufzujauchzen und zu singen
Vor Lust an all dem Donnerklang.
Und wie man nach dem Vogelfluge,
Sternschnuppenfall und Anderm schaut,
Zukunft erforschend, und dem Zuge
Der Wolken Bitten anvertraut,
So sandt' ich Wünsche, stellte Fragen
Den Blitzen, daß sie mir enthüllt
Darauf die Antwort möchten sagen,
Ob, was ich wünschte, würd' erfüllt.
Zuckt' es zur Rechten, war's gewähret,
Loht' es zur Linken, abgelehnt,
Doch günstig hat sich mir erkläret
Das Schicksal dem, was ich ersehnt.
Wie nach geschlossenen Verträgen
Zog ich zufrieden mich zurück,
Und unter lauten Donnerschlägen
Träumt' ich von dem verheißnen Glück."

Mit Staunen, unverwandten Blickes
Hatt' Affalib' ihm zugehört,
Dabei gedenk, wie des Geschickes
Drohrufe i h r das Herz empört.
Auf Alles, worum sie gerungen,
Verweigrung ihr entgegenscholl,

Ihm aus den Wettern war erklungen
Gunst und Gewährung hoffnungsvoll.
Sein Glück war ihres, ihrs das seine,
Eins von dem andern ungetrennt;
Wer war getäuscht von falschem Scheine?
Wem log das hohe Firmament?
Die Andern saßen hingerissen,
Andächtig fast um ihn im Rund,
Nur Loba spielt' ein halb verbissen,
Ungläubig Lächeln um den Mund.
„Ihr müßt auf leiblich gutem Fuße,"
Begann sie, „mit dem Himmel stehn,
Der uns zur Besserung und Buße
So scharfe Rüge ließ ergehn."
„Das thu' ich auch; nicht mich gescholten
Hat er," entgegnete Bernard,
„Vielleicht hat Einer es gegolten,
Die reif für solche Predigt war."
„Euch Sängern wird ja viel vergeben,
Und nöthig habt ihr's, das weiß Gott!
In eurem lästerlichen Leben,"
Versetzte sie mit gleichem Spott.
„Du lachst, Tampon? hat der Spektakel
Dich auch etwa dazu gebracht,
Den Blitz zu fragen als Orakel?
Was hat er Dir denn weisgemacht?"
„Nein," lächelte der Narr, „ich deckte
Mir meine langen Ohren zu,
Als mich das Ungewitter weckte,
Und sagte mir mit Seelenruh:
Will hier im Schloß der Himmel strafen

Nach Maß der Sünden Weib und Mann,
Kannst du in Unschuld ruhig schlafen,
Kommst in der Reih zuletzt daran."
Man droht' ihm nach dem frechen Witze,
Lacht' aber doch; ein stummes Flehn
Von Assaliden zu dem Sitze
Der Fürstin fand ein schnell Verstehn.
„Leichtsinnig Volk, vergreift mit Scherzen
Euch am Geheimnißvollen nicht!
Demüth'gen Menschen geht's zu Herzen,
Wenn Gott der Herr im Donner spricht."
Mit dieser Mahnung Ernst beschränkte
Baussette der Unterhaltung Lauf,
Die Assaliden sichtlich kränkte,
Und hob alsbald die Tafel auf.

Des Mistrals harte Stöße brausten
Von den Alpinen wild daher,
Und bogen, schüttelten und zausten
Die Zweige wie ein wogend Meer.
Zerrißne Wolken trieb und jagte
Sein starker Odem in die Flucht,
Und was auf freier Höhe ragte,
Schlug er mit ungestümer Wucht.
Da ließ sich draußen nicht verweilen,
Der Fürst stieg in sein Thurmgemach
Und forschte dort den krausen Zeilen
Arabischer Gelehrten nach.
Die andern Herren gingen alle
Zur Reitbahn und ins Vogelhaus
Und sochten in der Waffenhalle

Gern ein paar Gänge tapfer aus.
Nur Bernard und Tampon noch blieben
Im Saal zurück, wo sie sofort
Mit Brettspiel sich die Zeit vertrieben,
Den Frau'n Gesellschaft leistend dort.
Die Letztern setzten sich im Kreise
Und nahmen Stickerei'n zur Hand,
Wobei vergnügt im rechten Gleise
Schnell ein Wort sich zum andern fand.
Da war der Falk auch, Alphanette,
Den seine Herrin nie vergaß
Und der im Rücken von Baussette
Auf ihres Stuhles Lehne saß.
Die Fürstin sagte: „Wenn vorüber
Des bösen Mistrals Regiment,
Wolln wir einmal nach Arles hinüber,
Weil's Assalide noch nicht kennt."
„Ach ja!" rief Loba, „dahin reiten
Laßt uns, sobald es nicht mehr saust,
Du wirst ob all der Herrlichkeiten
Erstaunen, Sail, wenn Du sie schaust.
Das alte Forum an der Spitze,
Des Kaisers Konstantin Palast,
Des römischen Theaters Sitze
Und der Arena Bogenlast."
„Niemals bin ich dahin gekommen,"
Sprach Assalid', „und muß gestehn,
Da ich soviel davon vernommen,
Bin ich begierig, es zu sehn."
„In Arles bekanntermaßen wohnen
Die schönsten Frauen der Provence;

Sie zu besingen muß sich lohnen
Für Troubadoure," rief Clemence.
„Die schönsten Frau'n kann hier ich sehen,"
Entschied Bernard, und lachend fiel
Der Narr ein: „Drum zu euch hin gehen
Ihm stets die Augen statt aufs Spiel."
„Und Saint Trophime, die Kathedrale,"
Hub an Aubiart von Malamort,
„Müßt Ihr dort sehn mit dem Portale,
Dem Kreuzgang und dem hohen Chor.
Dort ward in festlichem Gedränge,
Von Sang und Jubelruf umtönt,
Rothbart der Staufe mit Gepränge
Zum Könige von Arles gekrönt."
„Die Alyscamps nicht zu vergessen!"
Nahm wiederum Baussette das Wort,
„Nach meinem Schätzen und Ermessen
Giebt's nichts Merkwürdigeres dort.
Gereihet im Cypressenhaine
Steinsärge stehen, altersgrau,
Zahllos, in friedlichem Vereine
Heidnisch und christlich, Mann und Frau.
Symbole sind und Wappenschilder,
Inschrift und Widmung auf Latein
Und Blumenschmuck und Götterbilder
Kunstvoll gemeißelt aus dem Stein.
Zu ruhn in diesen Sarkophagen
Als hoher Ehre man gedenkt
Und hat noch bis zu unsern Tagen
Vornehme Todte drein versenkt.
Zumal die ihren Wohnsitz hatten

Aufwärts am Strom, bedangen aus,
Auf Alyscamps sie zu bestatten
In solchem marmorfesten Haus.
Denn wunderbar ist es zu sagen,
Wie sie gelangten in ihr Grab:
Sie wurden nicht dahin getragen,
Die Rhone schwammen sie hinab.
Ihr anvertrauet ward der Todte
In einem holzgefügten Schrein,
Der einsam gleich verlassnem Boote
Stromunter trieb mit dem Gebein.
Je nach Entfernung war gebunden
Man an die Zeit im Wasserlauf,
Nur zu bestimmten Tagesstunden
Fing man in Arles die Schwimmer auf.
Befestigt auf des Sarges Deckel
In einer dichten Hülle lag
Des Todten Grabschrift und ein Säckel
Mit einem reichen Geldbetrag.
Einmal geschah es, daß zu Lande
Ein Sarg aus seinem Wege trieb
Und im Gestrüpp am Uferrande,
Nicht weiter könnend, hängen blieb.
Zwei Schelme, die es sahen, scheuten
Sich nicht und schlichen flugs herbei,
Das Geld vom Sarge zu erbeuten,
Dann machten sie ihn flott und frei.
Doch siehe da! nicht Wind und Welle,
Nicht Stoß mit Stangen bracht' ihn fort,
Drei Tage blieb er an der Stelle
Und lag wie fest verankert dort.

Da packt' Entsetzen an die Schächer
Und Furcht, es könnt' aus seinem Staub
Des Todten Geist erstehn als Rächer
Und schwer sie strafen für den Raub.
Sie brachten wieder, fest es bindend
Am Sarge, das gestohlne Gut,
Und ihren Blicken bald entschwindend,
Schwamm er hinab des Stromes Fluth.
O Assalid', Ihr müßt ihn sehen,
Den schattenbüstern Gräbergang,
Noch · heute heil'ge Schauer wehen
Durch's Todtenreich der Alyscamps."

Sie hatten aufmerksamerweise
Der Schilderung Baussette's gelauscht
Und Äußerungen laut und leise
Der Überraschung ausgetauscht.
Nun aber herrschte tiefes Schweigen
Im Saal, der Frauen keine sprach,
Jedwede bei des Hauptes Neigen
An ihrer Arbeit stickt' und stach.
Die Beiden auch am Tisch dort oben,
Als wären sie von Elfenbein
Wie die Figuren, die sie schoben,
Sahn stumm und steif ins Spiel hinein.
Mit einem Mal ward unterbrochen
Die eingetretne Stille, platt
Auf's Schachbrett stieß der Narr den Rochen
Mit lautem Krach und jauchzte: „Matt!!"
Die Frauen fuhren jäh zusammen
Vor Schrecken. „Tolpatsch, der Du bist!"

Schalt Loba los in hellen Flammen,
„Nichtsnuß'ger, toller Narr, was ist?"
„Matt ist er!" schrie der Narr unbändig
Und tanzt' und sprang, „er hat verspielt,
Ich sagt' es ja, weil er beständig
Zu euch hinüber hat geschielt.
Jetzt, Herr, müßt zahlen Ihr geduldig!"
    „Was, zahlen! 's ist nichts ausgemacht."
    „Schad't nichts! Ihr seid mir Buße schuldig,
Ich hab' sie mir schon ausgedacht.
Als Pön wird Euch ein Lied befohlen,
Nicht wahr? — da hört Ihr's! und dafür
Werd' ich Euch jetzt die Laute holen."
Und hüpfend huscht' er aus der Thür.
Die Fürstin lächelte: „Verloren
Das Spiel, mein Troubadour, habt Ihr,
Den Preis bezahlt Ihr unsern Ohren,
Und die Gewinnenden sind wir.
Denn so bekommen froh genießend
Wir ein Geschenk, das uns gefällt,
Da uns, des Gartens Lust verschließend,
Der Sturm im Schloß gefangen hält."
Bernard lehnt' ab: „Beim Mistral singen!
Mir thut, verdorrt, die Kehle weh."
„O," rief Aubiart, „das zu vollbringen
Hilft Euch ein Trunk Ferigoulet."
Fort eilte die im Schloß Vertraute,
Kam wieder mit dem Narrn herein,
Der brachte Bernard seine Laute,
Aubiart den thymianduft'gen Wein.
Nun trank er doch, spannt' und erprobte

Der Saiten und der Stimme Klang,
Und als man beides ihm belobte,
Begann er fügsam mit dem Sang.

Vom Berge weht ein frischer Wind
Und wühlt in allen Zweigen,
Und weil sie nicht von Eisen sind,
So müssen sie sich neigen.
Die Blumen nicken allzumal,
Die zarten Halme zittern,
Die Vöglein flüchten sich ins Thal,
Wenn sie den Unhold wittern.

Mein Herz sich ihm entgegendämmt,
Ihm Widerpart zu halten,
Und wenn er noch so frostig kämmt,
Er macht es nicht erkalten.
Den Funken, der tiefinnen glimmt,
Facht er zu hellem Brande,
Und das er mir vom Munde nimmt,
Das Lied fliegt durch die Lande.

Doch einmal hat auch seine Kraft
Mir guten Dienst erwiesen
Und mir ein holdes Glück verschafft,
Dafür er sei gepriesen.
Kam einst daher ein schönes Kind,
Umtost von seinem Rasen,
Das hat sein Odem mir geschwind
Grad in den Arm geblasen.

Ich nahm's vor ihm in sichern Schutz,
Nicht frieren durft's und bangen,

Dem Sturm und Wetterschlag zum Trutz
Hielt ich es fest umfangen.
Denn ob er mir auch mit Gebraus
Blauroth die Wangen riebe,
In keines Windes Grimm und Graus
Erstarrt die warme Liebe.

Als er das heitre Lied beendet,
Keck aus dem Stegreif Wort für Wort,
Ward Dank und Beifall ihm gespendet,
Die Fürstin aber sprach sofort:
„Ein Mistral=Lied! ich muß es loben,
Frisch, wie vom Wind Euch zugehaucht;
Da seht ihr also, daß sein Toben,
Ihr gar nicht groß zu fürchten braucht.“
„Ich hass' ihn aber,“ rief der Sänger,
„Verwünsch' ihn und vermaledei'
Den Bärbeiß, Büttel, Haftverhänger,
Wär' er nur glücklich erst vorbei!“
„Nun schimpft Ihr,“ sprach Clemence, „und eben
Preist Ihr uns seinen Dienst noch an,
Wie allerliebst sein Wehn und Weben
Zu trauter Haft verhelfen kann.“
Da lachten ob so lust'ger Sachen
Die Frauen alle silberhell,
Der Sänger mußte selber lachen
Und auch der Narr, sein Spielgesell.

Lautlos erschienen unterdessen,
Der Seneschall im Saale stand,
Abwartend, ruhig und gemessen,
Mit einem Schreiben in der Hand.

Erst als sich Lärm und Lachen legte,
Winkt' ihm Baussette, und würdevoll
Mit feierlichem Schritt bewegte
Sich auf sie zu Herr Palassol.
„Aus Romanil ein Bote brachte,“
Sprach er, „dies Pergament daher,
Das von Mercoeur die Wege machte
Von Schloß zu Schlosse kreuz und quer.“
Und Assaliben überreichte
Den Brief er nun, an sie gesandt.
Sie brach ihn auf, las und erbleichte
Vor dem, was sie geschrieben fand.
Sie sagte nichts, allein es bebte
Die Hand ihr mit dem Brief im Schoß,
Im Aug' ihr eine Thräne schwebte,
Sie blickte starr und regungslos.
Die Andern sahen Leid und Schrecken
Ihr deutlich an, die Fürstin frug:
„Wollt Ihr uns, Liebste, nicht entdecken,
Welch' eine Botschaft man Euch trug?“
„Man reißt mich fort von Eurer Seite,
Guiraud, mein strenger Gatte, schickt
Befehl mir, daß ich heimwärts reite,“
Sprach Assalide schmerzgeknickt.
Ein Wehruf drang aus Aller Munde,
„Er ist nicht recht gescheut, Du schreibst, —
Schreib' ihm, aus dies' und jenem Grunde —
Schreib', was Du willst! kurzum, Du bleibst!“
Rief Loba, feuerroth die Wangen
Vor Zorn, und stampfte mit dem Fuß,
„Schreib' ihm, wir hielten Dich gefangen,

Und ahnten nicht, wie schwer zu leiden
Hatt' Assalid' in ihrem Gram.
Von dem Geliebten sich zu trennen,
Weit weg aus seiner Näh zu gehn,
Das wollt' ihr Herz und Hirn verbrennen,
Wann wird sie je ihn wiedersehn?!
Bernard, verstört und wie geschlagen,
Saß da in Reu und Traurigkeit,
Daß seine Liebe ihr zu sagen
Er noch nicht nahm Gelegenheit.
Und nun, sobald der Sturm sich legte,
Vielleicht schon morgen, war's zu spät;
Da that, wie's um das Schloß so fegte,
Er ins Geheim das Stoßgebet:
O lieber, wackrer Mistral, sause
Nur immer fort in stetem Gang,
Daß unter einem Dach ich hause
Mit ihr noch manche Woche lang!

VIII.

Abschied.

Den Tag, die Nacht durch und noch immer
Am nächsten Morgen flog der Sturm
Bald mit Geheul, bald mit Gewimmer
Um Berg und Fels, um Thor und Thurm.
Im Schlosse herrschte Leid und Trauer,
Daß Assalidens Aufenthalt
Nach einer viel zu kurzen Dauer
Ein Ende nahm, und schon so bald.
Die Wirthe wie die Gäste klagten
Und sannen, ob denn nichts verfing,
Daß sie den Abschied noch vertagten,
Der ihnen nah zu Herzen ging.
Auf den gestrengen Gatten sangen
Sie just kein Loblied allesammt,
Daß ihm gewiß die Ohren klangen,
So schonungslos ward er verdammt.
Denn Assalide, kaum gekommen,
Schon Aller Liebling, hatt' im Flug
Die Herzen für sich eingenommen,
Daß Jeder sie auf Händen trug.
Von ihrer Schönheit Macht gebunden,

Von ihrer Anmuth Reiz entzückt,
Bekannten sich als überwunden
Die Männer und von ihr berückt.
Sie strebten alle, zu gefallen
Der lieblichen Burgunderin
Und ließen laut ihr Lob erschallen
Vom Fürsten bis zum Narren hin.
Herr Palassol sogar bezeugte
Sein Attachement und trug's zur Schau,
So lächelnd, so graziös verbeugte
Er sich vor keiner andern Frau.
Die dem Geringsten dankt' und lohnte,
Ward Aller Blicken nun entrückt,
Da wurde, was im Schlosse wohnte,
Von schmerzlichem Gefühl bedrückt,
Und Alle sprachen unverhohlen
Den Wunsch aus, den der Sänger sich
Hatt' eingestanden ganz verstohlen:
Mistral, weh' weiter deinen Strich!
Doch daß der allezeit Geschmähte
Willfährig nun wie ein Vasall
Noch lange Berg' und Felder mähte,
War wenig Aussicht. Fürst Barral,
Der Wetterkundige, vertraute,
Daß heute schon, am zweiten Tag,
Der Mistral mehr und mehr verflaute,
Fast in den letzten Zügen lag.
Schon gegen Abend würd' er schweigen,
Dann würde schnell das Wetter gut,
Und morgen würde wieder steigen
Die Mittagswärme bis zur Gluth,

Versprach mit Worten und Beweisen
Der Fürst, so sehr's ihn selbst verdroß,
Weil demnach morgen früh zu reisen
Sich Assalide rasch entschloß.

So kam es auch; am Nachmittage,
Wie Fürst Barral es prophezeit,
Ward von des Mistrals arger Plage
Die fröhliche Provence befreit.
Die Luft war ruhig, weich und milde,
Der Himmel wolkenlos und rein,
Auf dem Gebirg und im Gefilde
Lag heller, warmer Sonnenschein.
Die Schloßgesellschaft machte wieder
Hinab zum Garten einen Gang,
Ließ sich am Ulmenplatze nieder
Und wandelte die Pfad' entlang.
Erlöst aus Fesseln fühlt' und glaubte
Sich Jeder endlich, und soweit
Die Abschiedsstimmung es erlaubte,
Ergab man sich der Lustigkeit.
Bernard war wortkarg und verschlossen,
Weil tiefe Wehmuth ihn beschlich,
Daß ihm, wenn Tag und Nacht verflossen,
Sein Liebstes auf der Welt entwich.
Eröffnen möcht' er vor dem Scheiden
Sein Herz, doch Assalide schien
Mit Absicht seine Näh zu meiden,
Anknüpfung und Gespräch zu fliehn.
Da wandt' er sich an den, der Allen
Ein Helfer war mit klugem Rath,

Der gerne Jedem zu Gefallen,
Was er nur wußt' und konnte, that.
Das war der Narr, der herzensgute,
Ihn ins Vertrauen zog Bernard,
Bekennend ihm mit freiem Muthe,
Woran ihm so gelegen war.
Der sollte jetzt, als wär's geschehen
Von Ungefähr, ihm Beistand leihn,
Um unbelauscht und ungesehen
Mit Assalid' allein zu sein.
„Hm!" macht' Tampon, „mal überlegen,
Ob sie dahin bringt eine List,
Daß sie auf unbetretnen Wegen
Allein für Euch zu sprechen ist!
Kein Stelldichein! sie darf nicht wissen,
Daß Ihr dabei im Spiele seid,
Und solltet Ihr mich hier vermissen,
So denkt, ich bring' Euch bald Bescheid."

Der Narr sann nach, bald leise nickend,
Bald schüttelnd mit dem dicken Kopf,
Dann hatte mit den Äuglein zwickend,
Er die Gelegenheit am Schopf.
In günst'gem Augenblicke machte,
Als ob ihr's an Geleit gebräch',
Er sich an Assalid' und brachte
Bald auf den Abschied das Gespräch.
Im Gehn mit ihr durft' er wohl fragen:
„Da Ihr nun wollt von dannen ziehn,
Gedenkt Ihr, noch Valet zu sagen
Heut Nacht den heil'gen drei Marien?"

Und als die Frage sie verneinte,
Fuhr fort er: „Ganz wie Ihr beschließt!
Ich fragte nur, weil ich vermeinte,
Daß Ihr mich dann Euch helfen ließ't.
Manch Einer, den sein Herz kasteiet,
Besucht das andre Heiligthum,
Nicht christlich zwar und benebeiet,
Doch auch nicht von geringem Ruhm.
Ein Tempel ist es aus den Tagen
Der lebenslust'gen Heidenzeit,
Von einem Säulenrund getragen,
Der Göttin Venus einst geweiht.
Hier in des Gartens Waldbezirken
Erhebt er sich, und ich erfuhr
Schon oft von seines Segens Wirken,
Man nennt ihn Pavillon d'Amour."
„Wo steht er?" diese Frag' entschlüpfte
Begierig Assalidens Mund;
Dem Narrn das Herz im Leibe hüpfte,
„Dort unten, fast in Thales Grund,"
Erwiedert' er, „geht nur zur Linken
Den Weg hinab hier frank und frei,
Bald seht Ihr aus Gebüsch ihn winken,
Ein Bächlein fließt an ihm vorbei."
„Vielleicht, wenn Zeit ich dazu finde,
Seh' ich ihn mir noch flüchtig an,
Falls ich die Neugier nicht verwinde,"
Sprach sie, als läg' ihr nichts daran.
Er schied, gewürdigt holden Grußes,
Und sah nun, hinterm Strauch versteckt,
Daß sie sogleich beschwingten Fußes

Den Weg ging, den er ihr entdeckt.
Sobald sie seinem Blick entschwunden,
Sucht' er sich auf den Troubadour
Und flüstert', als er ihn gefunden,
Ihm zu: „Im Pavillon d'Amour!
Halt! nicht so schnell! noch kaum betreten
Hat sie den Ort," fügt' er hinzu,
„Laßt sie nur erst zur Venus beten,
Gönnt ihr zur Andacht Zeit und Ruh.
Vor Überraschung euch bewahren
Werd' ich, verborgen im Gesträuch,
Bin in der Nachahmung erfahren
Von Vogelstimmen; merket Euch:
Wenn ein Pirol dort pfeift im Laube,
So denkt, der Vogel hat Verstand,
Und macht Euch eilig aus dem Staube,
Denn heißen soll's: es kommt Jemand!
Nun könnt den Tempelgang Ihr wagen,
Doch langsam nur, wie Priester gehn,
Euch brauch' ich nicht den Weg zu sagen
Und werde bald dort Wache stehn." —

Im Schatten von Gebüsch und Bäumen,
Durchblitzt vom goldnen Abendglühn,
Schutzbietend sel'gen Liebesträumen,
Stand lauschig und versteckt im Grün
Der kleine Tempel, fest in Fugen
Vom Sockel bis zum Dach hinauf,
Die Säulen jonisch, die es trugen,
Mit Kannelur und Schneckenknauf.
Als Fries umschlangen Blumenketten

Des Simses prächtige Skulptur,
Akanthusblätter und Palmetten
Und Eierstab und Perlenschnur.
Der Stufen drei mit breiter Schwelle
Vermittelten hinauf den Gang
Zum Eintritt in des Tempels Zelle,
Von wo gradaus das Thal entlang
Durch Berge, rechts und links zur Seite,
Wie durch ein aufgeschloſſnes Thor
Der unbegrenzte Blick ins Weite
Der ebnen Landschaft sich verlor.
So reich geschmückt, so schön gelegen,
Wie man der Liebesgöttin nur
Die Tempel baute, fern den Wegen,
Ragt' auf der Pavillon d'Amour.

Am Eingang war's, wo sinnend, sehnend
Und träumerisch mit Haupt und Hand
Sich sanft an eine Säule lehnend,
Allein jetzt Aſſalide stand.
Nicht Worte hatte sie gegeben
Bestimmten Wünschen, nichts erfleht,
Ein unwillkürlich Widerstreben
Hielt hier zurück sie vom Gebet.
Von dem, was ihre Seele füllte,
Was sie den drei Marien vertraut,
Im Donner selbst der Nacht enthüllte,
Kam von den Lippen ihr kein Laut.
Nur rastlos webenden Gedanken,
Hinschweifend über Raum und Zeit,
Ergab sie hier sich in den Schranken

Der friedumhegten Einsamkeit.
Von einem dunklen Drang getrieben,
War sie zu diesem Ort geeilt,
Dem einst sein Hoffen und sein Lieben
Manch Staubgeborner mitgetheilt.
Vielleicht, daß hier in diesen Mauern
Von längst entthronter Göttermacht
Noch schwebt' ein wunderthätig Schauern,
Auf banger Herzen Trost bedacht.
So stand versunken sie und mußte,
Zum ersten war's und letzten Mal,
Weil morgen sie von hinnen mußte.
Sie blickte wehmuthvoll durch's Thal
Hinab ins schimmernde Gelände,
Das vor ihr, eingerahmt vom Kranz
Der schroffen, grauen Felsenwände,
Dalag im stillen Abendglanz.
Dem sollte sie Valet nun sagen
Und bliebe doch so gern, so gern,
Was hatte hier in diesen Tagen
Sie nicht erlebt, der Heimat fern!
Es kam ihr durch den Sinn geflogen,
Was bei der Ankunft ihr geschah,
Als Fürst Barral zum Fensterbogen
Den Wiedehopf sich schwingen sah.
Er sprach: „Geheimnißvolles Weben
Umschwirrt uns überall, gebt Acht!
Ihr werdet hier etwas erleben,
Dran Eure Seele nicht gedacht."
Und wunderbar war's eingetroffen,
Als, wie gelenkt von Schicksals Hand,

Sie wider Wollen und Verhoffen
Im Schlosse den Geliebten fand.
Sein Herz selbst hatte sie ergründet,
Aufjubelnd über ihren Sieg,
Als seine Rose ihr verkündet
Das Wort, das ihr sein Mund verschwieg.
O daß er's niemals sprechen wollte!
Was es enthielt, das nahm sie mit,
Das Glück, geliebt zu werden, sollte
Begleiten sie auf Schritt und Tritt.
Doch vor dem ausgesprochnen Worte:
Ich liebe Dich! liebst Du auch mich?
Graut' ihr, weil dann aus seinem Horte
Des Herzens heil'ger Schatz entwich.
Was sollte sie, dem sie zu eigen,
Antworten dem geliebten Mann?
Mit Reden würde wie mit Schweigen
Sie sich verrathen, und — was dann?

Wie Assalide so inmitten
Der Säulen weilt noch, tief bewegt,
Vernimmt sie das Geräusch von Schritten,
Und eh sie sich vom Flecke regt,
Steht unerwartet, ungerufen,
Daß sie im Innersten erschrickt,
Da vor ihr an des Tempels Stufen
Bernard von Ventadour und blickt
In Freuden zu ihr auf. „Verzeiht,
Daß ich gewagt, die Einsamkeit,
Die Ihr gesucht, zu unterbrechen!"
Beginnt er, „doch ich muß Euch sprechen."

Und springt die Treppe schnell empor.
Abwehrend streckt die Hand sie vor,
Denn wie versiegelt ist ihr Mund,
Doch er, schon in des Tempels Rund,
Schaut sie so liebestrahlend an,
Daß sie ihm jetzt nicht zürnen kann.
„Noch einmal, Herrin," spricht er dort
Mit Bittgewalt in Blick und Wort,
„Verzeiht mir huldvoll, was ich that!
Ich komm' um einen guten Rath.
Ihr stelltet an der Ulmenbank
Jüngst Fragen mir, darauf ich schlank
Euch Antwort gab, wie ich geglaubt
Es thun zu müssen; nun erlaubt,
Daß ich einmal der Frager bin!
Denkt Euch, Ihr wäret Richterin
In feierlicher Cour d'Amour,
Ein Ritter oder Troubadour,
Ein unberathner Cavalier
Brächt' eine Frage vor, und Ihr,
Recht sprechend, sollet Euch erheben,
Das Urtheil drüber abzugeben."
Nach dieser Vorbereitung hält,
Ob nicht von ihr ein Wörtlein fällt,
Er inne, beide stehen stumm
Den Säulen gleich um sie herum.
Noch räth sie nicht, wohin er zielt,
Ein feines Lächeln aber spielt
Schalkhaft um ihren schönen Mund,
Nachdenklich läßt sie auf dem Grund
Des Fußes Spitze strichelnd gehen

Und sagt dann ohn ihn anzusehen:
„Ob ich ein Urtheil kann verheißen,
Häng. ab ja von der Frage Sinn;
Vermag ich's, werd' ich mich befleißen
Gerechten Spruchs als Richterin."
Dann blickt, schon weniger befangen,
Weil er nicht gleich von Liebe spricht,
Sie ihm, doch immer noch mit Bangen
Der Frage harrend, ins Gesicht.
„Die Frage, darauf Antwort geben,
Ihr freundlich wollet mit Bedacht,
Hat sicher manchem Mann im Leben
Schlaflose Nächte schon gemacht,"
Versetzt er, zögert wieder, spannt
Noch ihre Neugier, daß gebannt
Sie an des Sängers Lippen hängt,
Und fährt dann fort: „Die Stunde drängt;
Des Mannes Frage, holde Frau,
Sie lautet also wortgenau:
    Soll dreist ein Liebender gestehen
    Der, die er liebt, sein sehnend Leid?
    Soll schweigend seiner Wege gehen
    Er ohne Tröstung und Bescheid?"
Ihr klopft das Herz so stürmisch heiß,
Sie möchte jauchzen: ach! ich weiß,
Was Deine Hoffnung hören will;
Am liebsten schwieg' ich selber still
Und hab' auch ohne Deine Fragen
Die Kraft nicht, Dir mich zu versagen!
Er wartet, bis sie sich besinnt
Und mit Erröthen nun beginnt:

„Herr, rathet nur dem Mann, der liebt,
Mit Ernst, daß er nicht Worte giebt
Dem, was er tief verborgen hegt,
Was ihn im Innersten bewegt.
Zudringlich ist das Wort und streift
Der Blüthe, die im Herzen reift,
Unsanft wie herbstlich rauhe Luft
Den Schmelz herunter und den Duft.
Ein still beseligend Gefühl,
Süß wie ein Traum auf nächt'gem Pfühl,
Schämt sich, daß es ein Andrer kennt,
Leis oder laut bei Namen nennt,
Und will in seinem keuschen Schrein
Berührt nicht und betroffen sein.
Drum sagt dem Manne, daß er nie
Den Schleier vom Geheimniß zieh,
Damit's nicht vor sich selbst erschrickt,
Wenn es im Spiegel sich erblickt
Und seine Schuld und Sünde schaut,
Die's zu gestehn sich nicht getraut.
Und fragt ihn, ob er nie gehört,
Daß, eh noch Einer Treue schwört,
Doch Zwei, die von einander gehn,
Auch ohne Worte sich verstehn."
Dabei blickt sie ihn innig an:
So sieh doch, unberathner Mann,
Was, wenn's auch nicht die Lippe wagt,
Dir deutlich doch mein Auge sagt!
Doch Bernard schüttelt sanft das Haupt:
„Nur kurzen Einspruch mir erlaubt!
Weß voll das Herz, deß geht der Mund

Leicht über, und zum trauten Bund
Ist es nothwendig zwischen Zwei'n,
Die Einer sich dem andern weihn,
Zu wissen, wie's um sie bestellt,
Ob nichts sie trennt mehr in der Welt."
Sie lächelt: „Muß man zur Gewähr
Davon noch reden hin und her?
Die Liebe ist erfindungsreich,
Nichts kommt in dieser Kunst ihr gleich,
Viel Mittel hat und Wege sie
Zum Ausdruck reiner Sympathie.
Wem sag' ich denn, was wiederklingt!
Dem, der so süße Lieder singt?
Und giebt es für des Herzens Zug
Auch stumme Zeichen nicht genug?
Verschwiegene Arrêts d'Amour?
Und wär's, Bernard von Ventadour,
Ja, wär' es — eine Rose nur!"
„Was"?! ruft er „Assalid', Ihr wißt,
Was meiner Rose Deutung ist?"
Sie hebt die Händ' empor und fleht
Mit bangem Blick: nicht weiter geht!
Schweigt stille, fragt und saget nichts!
Er schaut verklärten Angesichts
Ihr in die Augen, — plötzlich krampft
Sich ihm die Hand zur Faust, er stampft
Den Boden, „O verwünscht! Ihr hört
Den Pfiff? wir werden hier gestört!"
      „Den Pfiff? das war doch ein Pirol?"
      „Nein, nein! den Vogel kenn' ich wohl,
Ein Warner ist's, ein treuer Freund,

Der's ehrlich mit uns beiden meint.
Man kommt! mit Euch sei Glück und Friede!
Wir sehn uns wieder, Assalide!"
Blitzschnell umfängt er sie, doch liegt
Sie kaum ihm an der Brust, da fliegt
Die Stufen er hinab geschwinde
Und ist wie weggeweht vom Winde.

Wie halb erschrocken, halb berauscht
Noch Assalide steht und lauscht,
Taucht auf Tampon und ruft ihr schon
Von unten zu mit leisem Ton:
„Kommt nur herab! seid ohne Bangen!
Ihr seid mit mir hiehergegangen,
Ich zeigt' Euch dieses Tempels Bau,
Und nun nur ruhig, edle Frau!"
Sie steigt hinab, und er nun fährt
Mit lauter Stimme fort, erklärt
Ihr Säulen, Architrav und Fries.
Da hört sie's knirschen auf dem Kies,
Und es erscheinen nun die Damen
Nebst einigen der Herrn, die traun
Sie mit etwas verwundersamen,
Neugier'gen Blicken sich beschaun.
„Wir wußten nicht, wo Ihr geblieben,"
Fängt an Baussette, „doch dacht' ich mir,
Daß es wohl hieher Euch getrieben,
Zu unsres Gartens schönster Zier."
„Tampon hat mich auf langen Wegen
Hiehergeführt," erwiedert schlicht
Ihr Assalide, „denn entlegen

Ist dies Juwel, ich kannt' es nicht."
Doch Loba lacht: „Darum entschwunden?
Mit Herrn Tampon ein Stilldichein
Im Pavillon d'Amour gefunden, —
Das muß verführerisch wohl sein!"
„Nicht wahr?" giebt ohne lang Besinnen
Schlagfertig ihr Tampon zurück,
„Ihr wißt, wie gut sich hier läßt minnen,
Und manchmal hat ein Narr auch Glück."
Damit hat er auf seiner Seite
Die Lacher, Loba doch wird roth
Und läßt schnell ab vom heiklen Streite,
Der mit Enthüllungen ihr droht.
Man bleibt am Tempel eine Weile,
Ruht sich auf seinen Stufen aus
Und kehrt dann ohne Hast und Eile
Ins Schloß zurück zum Abschiedsschmaus.
Doch unterwegs forscht Loba leise
Den Narren aus: „Wo blieb denn Er?"
Tampon stellt sich verschmitzterweise
So dumm wie möglich, fragend: „Wer?"

    „Mach' mir nichts vor, Du! wen ich meine,
Weißt Du, so wahr ich Loba bin."

    „Nun denn! der Tempelsäulen eine
Ist innen hohl, da sitzt er drin."
Da konnte Loba sich nicht zügeln
Und wollte für sein keckes Wort
Schon den durchtriebnen Spötter prügeln,
Doch eilig sprang er von ihr fort.
    Bernard war längst im Schlosse wieder,
Als die Gesellschaft es betrat,

Man ließ sich an der Tafel nieder,
Tampon besorgt' als lust'ger Rath,
Daß lauter Frohsinn braust' und schäumte,
Und jetzt half ihm der Troubadour,
Nur Assalide saß und träumte
Vom Kuß im Pavillon d'Amour. —

Am andern Morgen war gekommen
Der Scheidestunde Bitterkeit,
Und Assalide, herzbeklommen,
War reisefertig und bereit.
Die Freunde wollten sie vom Schlosse
Mit ritterlicher Courtoisie
Durch das Gebirge gern zu Rosse
Geleiten noch bis Saint=Remy.
Graf Rambaud wollt' als Haupt und Spitze
Sich in ihr Schutzgefolge reih'n
Und bis zu seinem Herrensitze
Orange ihr Reisemarschall sein.
Im Schloßhof warteten die Pferde
Und scharrten schon im Sonnenglast
Mit ungeduld'gem Huf die Erde,
Maulthiere trugen schwere Last.
Nun kamen sie, um aufzusteigen,
Die Damen und die Herren all
Und, sich zum Abschied zu verneigen,
Der Narr auch und der Seneschall.
Tampon war traurig, und geschieden
Von dem Tumult und Lärmen stand
Weit hinten er, auf Assaliden
Den Blick geheftet unverwandt.

Der liebenswerthen Frau zu dienen
Hatt' er mit Freuden sich bestrebt
Und hatte, seit sie hier erschienen,
So Manches doch mit ihr erlebt.
Er hatt' ihr redlich beigestanden,
Sie in Verlegenheit geschützt,
Sein Witz und seine Schlauheit fanden
Stets einen Weg, der ihr genützt.
Sie hatt' es auch dem still Vertrauten
Gedankt, was er für sie ersann,
Wie lächelnd und herzinnig schauten
Ihn dann die blauen Augen an!
Jetzt ging sie, Lebewohl zu sagen,
Zum Seneschall. „Herr Palassol,
Den Brief habt Ihr mir zugetragen,
Ich aber trag' Euch keinen Groll.
Die Achtung, die ich Euch bezeugte,
Bleibt Euch erhalten überall,“
Sprach sie zu ihm, und tief verbeugte
Geschmeichelt sich der Seneschall.
Dann kam sie zu Tampon und drückte
Zum Abschied freundlich ihm die Hand,
Was den Getreuen hoch beglückte,
Wie sie holdselig vor ihm stand.
„Nehmt meinen Dank, daß Ihr mir immer
Gefällig hier gewesen seid!
Vergessen werd' ich nun und nimmer
Den Freund in eines Narren Kleid.“
So sprach sie, fern von dem Gebränge,
Das nur noch ihrer schien zu harrn.
„Frau, wenn es nicht zu närrisch klänge

Von einem armen, dummen Narrn,“
Erwiedert' er, „so würd' ich sagen:
Ihr habt mit Eurer Güte fest
Im Herzen Wurzel mir geschlagen
Für meines Lebens ganzen Rest.
Draus werden mir Erinnerungen
Zu einem schönen Kranz erblühn,
Und Eure Huld, die ich errungen,
Wird fort und fort hier innen glühn.
„Und,“ schloß er schelmisch, „sollt' im Walde
Dort ein Pirol Euch nöthig sein,
So schickt mir Botschaft, und alsbalde
Kommt er und nistet dort sich ein.“
Mit wehmuthvollem Lächeln regte
Sie schüttelnd nur das Haupt und schritt
Dahin nun, wo sich bunt bewegte
Die Gruppe vor dem Scheideritt.
Reich war der Zelter ihr geschirret,
Geschmückt mit Muscheln und Gestein,
Von Silberschellen leis umklirret,
Der Sattel war von Elfenbein.
Der Sänger hob sie in den Bügel:
„Wer Euch auch trägt, er trag' Euch gut!“
Der Fürst reicht' ihr die goldnen Zügel:
„Wohin Ihr lenkt, kommt wohlgemuth!“
Nun schwangen Alle sich zu Rosse
Flink wie ein Vogelschwarm im Flug,
Und dann mit einem langen Trosse
Setzt' in Bewegung sich der Zug.
Und in der Felsenstadt am Passe,
Der Reisenden wohl zugethan,

Stand alles Volk entlang die Gasse
Und rief: „Euch schirme Sankt Julian!"
Vom Joch dann Assalide winkte
Hinunter nach Camargue und Crau,
Wobei's ihr feucht im Auge blinkte:
„Ade, Provence! ade, les Baux!"

Durch die Alpinen auf dem Pfade,
Den einst sie kam mit frohem Sinn,
Ritt ernst und still die Cavalkade
Jetzt zu den Römerbauten hin.
Doch als man näher schon gekommen
Vergunter dem gesetzten Ziel,
Zog, das er mit aufs Pferd genommen,
Bernard hervor sein Saitenspiel.
Bei seines Thieres sicherm Schreiten
Er um den Arm den Zügel schlang,
Und All' erfreuend klang im Reiten
Sein Lautenschlag und sein Gesang.

Du meines Lebens goldne Sonne
Versinkst, und dunkel wird's im Thal,
Du meiner Augen Lust und Wonne
Verbirgst mir deinen Himmelsstrahl.
Wie hat mein Blick an dir gehangen,
Nach dir mein Arm sich ausgestreckt!
Von dir hab' ich das Licht empfangen,
Und die mir aus der Seele sprangen,
Die Lieder hast mir du geweckt.

Du ziehst dahin nun in die Ferne,
Nimmst mit dir, was mich selig macht,

Und keine mitleidvollen Sterne
Erhellen freundlich mir die Nacht.
Die Blumen welken auf dem Grunde,
Der nicht mehr fühlet deinen Fuß,
Und öde wird es in der Runde,
Wo nicht von deinem holden Munde
Mehr Lachen tönt und Wort und Gruß.

Ich aber will verschlossen halten
Dein Bild in meines Busens Schrein
Und es leibhaftig mir gestalten
Vor meinem Sinn tagaus, tagein.
Mich selber will ich gern bethören,
Daß du für mich allein noch lebst,
Und sehen will ich dich und hören,
Will dich mit Wunsches Macht beschwören,
Daß du durch meine Träume schwebst.

Fahrwohl, mein Glück! doch ist auf Erden
Mein Herz dein Heim und dein Geheg,
Und meiner Sehnsucht Schwingen werden
Umkreisen dich auf Weg und Steg.
Mein ist dein Denken und dein Lieben,
Dein Walln und Weben, deine Ruh
Und jedes Seufzers Hauch geblieben,
Wohin ich auch vom Sturm getrieben,
Stets da, wo ich bin, bist auch du.

Obwohl des Liedes Ton und Richtung
Des Sängers Liebe nicht verbarg,
Nahm man es doch für eitel Dichtung,
Und Niemand hatt' daraus ein Arg.

Nur Assalid' im Herzensdrange
Verstand vollkommen, wie's gemeint,
Und unter seinem süßen Klange
War Lust und Leid in ihr vereint.
Sie starrt' auf ihres Zelters Mähne
Und sah doch Blumen nicht und Band,
Die ihr zu Ehren in die Strähne
Geflochten eines Knechtes Hand.
Bald war die letzte Frist verflogen
Bis zu dem harten Nimmermehr,
Denn Grabdenkmal und Siegesbogen,
Schon nahe schauten sie daher.

Dort hielt man, und kein neckisch Treiben
Wie nach der Beize ward verübt,
Zurück die Einen mußten bleiben,
Die Andern weiterziehn betrübt.
Man drückte sich am Trennungsorte
Vom Sattel aus bewegt die Hand,
Die letzten Grüße, letzten Worte
Erklangen von des Hügels Rand.
„Sail, fange mir nicht an zu weinen!"
Rief Loba laut, „Roth ist Couleur!
Ich werde bald bei Dir erscheinen
Mit lust'gen Leuten in Mercoeur.
Mit tollen Streichen, muntern Mären
Wird jeder Tag uns dort verschönt
Und Deinem — hu! Cevennenbären
Sein gräulich Brummen abgewöhnt."
Graf Rambaud drängte: „Laßt uns reiten!
Der Abschied sonst kein Ende nimmt,

Und im vergnüglichen Geleiten
Mach' ich Euch wieder frohgestimmt."
Als Assalid' ihr Rößlein wandte,
Galt noch einmal ein heißer Blick
Dem Troubadour, der aber sandte
Ihn hoffnungsfreudig ihr zurück.
Dann Nicken, Winken, Tücherwehen,
Und bei dem Voneinanderziehn
Rief noch Baussette: „Auf Wiedersehen
Am Fest der heil'gen drei Marien!"

XI.

In Schloß Mercœur.

Maſſig ausgedehnte Berge,
Lang geſtreckt mit breiten Rücken,
Hoch gethürmt zu kahlen Gipfeln,
Starre, längſt erloſchne Krater,
Weite Thäler, finſtre Schluchten,
Waldbewachſen oder felſig,
Rauh, unwirthlich und unwegſam,
Alſo zeigt ſich der Cevennen
Weithin ſichtbares Gebirge.
In der abgelegnen Wildniß
Geht der Wolf dem grimmen Bären,
Wenn ſie Hirſch und Reh belauern,
Aus dem Wege, doch den Waidmann,
Der hier pirſcht mit Speer und Armbruſt
Und den Rüden, fürchten beide.
Dort in Einſamkeit und Schweigen,
Doch in einer breiten Mulde
Gut geſchützt vor kalten Winden,
Ragte Schloß Mercoeur, genannt ſo
Nach dem ſchnellen Gott Mercurius,
Der zur Zeit des alten Galliens

Von den Römern hier verehrt ward.
Riesengroß in seinem Umfang,
Mit gewaltig dicken Mauern,
Runden Thürmen, trotz'gen Zinnen
Stand es da wie eine Zwingburg
Im Gebirge, schwer und düster.
Sang von Liedern, Klang von Saiten
Hörten seine Hallen selten
Und noch seltner froh Geplauder
Zärtlich Kosen oder Flüstern
Die unzähligen Gemächer.
Waffenlärm und Eisenklirren
War das übliche Geräusch hier,
Und wenn hier die Rosse stampften,
Trugen Herren sie und Knechte
Nur zu Fehden in die Ferne
Oder glänzenden Turnieren.
Denn der reiche Grundherr liebte
Kriegerisch Gewicht und Ansehn,
Und in seinem Haushalt ließ er's
Nicht an Prunk und Aufwand fehlen.

Da nun war's, wo Assalide
Wieder still und einsam hauste
Und wo schon bei ihrer Heimkehr
Sie den launischen Gebieter
Nicht mehr angetroffen hatte,
Denn Herr Guiraud war zwei Tage
Früher aus Mercoeur geritten
Ohn ein Wort zu hinterlassen,
Wann er wiederkommen würde.

Sie vermißt' ihn nicht, sie sehnte
Sich nach ihm nicht, doch beleibigt
Frug sie: warum ohne Rücksicht
Er sie plötzlich heimberufen
Aus des Lebens Lust im Süden,
Wenn er's nicht einmal für gut fand,
Ihre Ankunft abzuwarten.
War er hier, so kamen Gäste,
Gäste freilich seines Schlages,
Grandseigneurs, zumeist im Harnisch,
Doch es gab dann Unterhaltung,
Abwechslung und manche Kurzweil.
Jetzt in diesen weiten Räumen
War es still um sie und öde.
Und doch war's ihr lieb und recht so,
Denn nun konnte sie in Ruhe
Die Erinnerungen pflegen
An die freudenreichen Tage
Der Provence, an all die Schlösser
Und an all die lieben Menschen,
Die so gastlich sie und fröhlich
Bei sich aufgenommen hatten.
Doch vor allem Andern füllte
Diese lang gedehnten Stunden
Unaufhörliches Gedenken
An das in les Baux Erlebte
Und das stille Einverständniß
Mit dem längst von ihr geliebten
Troubadour im Venustempel.
Aber auch mit dem Bewußtsein
Ihrer gegenseit'gen Liebe

Sich für immerdar begnügend,
Hielt sie mit dem letzten Blicke,
Der aus seinem Aug' ihr strahlte,
Diesen Traum für abgeschlossen
Und erwartete vom Leben
Fürderhin kein andres Glück mehr.
Hier in ihres Gatten Schlosse
Fühlte, vor Versuchung sicher,
Weil ja hierher ihr zu folgen
Bernard niemals wagen durfte,
Sie sich nicht allein gezwungen,
Sondern auch in ihrem Innern
Zur Entsagung streng verpflichtet.
Doch den Sänger zu vergessen,
Ihre Liebe zu ersticken,
Dazu hatte die Verlassne
Nicht die Kraft und nicht den Willen,
Und es schwieg in ihrem Herzen
Niemals die geheime Sehnsucht.

Schon die zweite Woche saß sie
Hier vereinsamt im Gemache,
Das, im Schlosse rückwärts liegend,
Mit den Fenstern nach den Bergen
Und dem Schluß des Thales schaute.
Manchmal nahm sie ihre Harfe
Und versucht' aus dem Gedächtniß
Bernards Liedermelodieen
Leis den Saiten zu entlocken,
Was ihr zu des Herzens Troste
Mehr und immer mehr auch glückte.

Manchmal trat sie auf den Altan
Auch hinaus, der hoch am Schlosse
Freien Blick ins Land gewährte,
Schaute sehnsuchtsvoll nach Süden.
Meistens aber schritt sie rastlos
Auf und nieder im Gemache
Stundenlang, bis endlich müde
Sie sich an das Fenster setzte,
Wo sie still dann nach den Bergen,
Nach dem Zug der grauen Wolken
Und dem Flug der Vögel blickte.
Als sie so nun eines Tages
Auf der Bank der Fensternische,
Mit der Hand das Haupt sich stützend,
Träumrisch in die Ferne starrte,
Kam zu ihr herein Faibide,
Die vertrauteste der Zofen,
Meldend: „Ein Joglar ist unten,
Der um die Erlaubniß bittet,
Hier mit seinen heitern Künsten,
Spiel und Sang Euch aufzuwarten."
Schüttelnd winkte die Verhärmte
Mit der Hand und gab zur Antwort:
„Heißt ihn seines Weges ziehen,
Ich bin nicht in solcher Stimmung,
Daß mich Spiel und Sang erfreute."
„Herrin," rieth die kluge Zofe,
„Laßt den Spielmann vor Eu'r Antlitz,
Daß er Euch mit seinen Weisen
Wieder einmal lächeln mache!
Stattlich sieht er aus und nennt sich

Tempsperdut, wenn recht ich hörte."
„Tempsperdut?" sprach Assalide,
„Welch' ein wunderlicher Name!
Aber hat er Zeit verloren,
Mag er sie sich wiedersuchen,
Wo er will, nur nicht bei uns hier;
Wünsch' ihm alles Glück zum Finden!"
Doch Faibide blieb noch stehen,
Günstigern Bescheid erhoffend.
Nicht vergeblich; Assalide
Hatte sich vom Sitz erhoben,
Machte langsam ein paar Schritte
Hin und her und sagte sinnend:
„Ein Joglar ist auch ein Sänger,
Singt er auch nicht eigne Lieder,
Sondern fremde; darum bleib' er!
Nehmt ihn freundlich auf im Schlosse,
Pflegt ihn sorglich und vergnügt euch
Mit dem Mann, soviel ihr Lust habt,
Ich will ihn nicht sehn noch hören."
Für die güt'ge Weisung dankend
Ging die Zofe; doch die Herrin
Rief zurück sie von der Thüre:
„Frag' ihn einmal, wessen Lieder,
Welches Troubadours —" sie stockte,
„Nein! auch das will ich nicht wissen;
Frage nichts! 's ist gut so, geh' nur!"
Als sie wieder dann allein war
Im Gemache, sprach sie seufzend
Zu sich selber: „Seine Lieder

Mag ich nur aus s e i n e m Munde,
Nicht aus einem andern hören."

In des Schlosses untern Räumen,
Wo in seinen Mußestunden
Das Gesinde sich vereinte,
Herrschte nach Faibidens Botschaft
Allgemeine, große Freude.
Ein Joglar mit seinen Künsten
War dort männiglich willkommen
In der Wochen Langerweile,
Wenn's an andern Gästen fehlte.
Daß die Herrin es verschmähte,
Ihn zu sehen und zu hören,
Schien der Spielmann selber freilich
Schwer zu Herzen sich zu nehmen.
Doch die Dienerschaft war dessen.
Gar nicht unfroh; so behielt sie
Ihn für sich zum Zeitvertreibe,
Und er ließ nicht lang sich bitten,
Statt der Frau den Untergebnen
Seine Lieder vorzusingen,
Die das Völklein sehr ergötzten.
Gern auch stand er ihnen Rede
Auf ihr unablässig Fragen
Und bekannte, seine Heimat
Wär' ein toulousanisch Städtchen
An der schäumenden Dordogne.
Weit war er umhergekommen,
Wußte Vieles zu erzählen
Von den stolzen Ritterschlössern,

Wo gespielt er und gesungen,
Und berühmten Troubadouren,
Deren er gar manchen kannte.
Fröhlich lauschten sie und gaben
Dann auch ihm Bescheid und Auskunft,
Wenn er nach der Lebensweise
Ihrer edlen Herrin forschte,
Ob sie viel zu reiten pflegte,
Ob sie sich zu Fuß erginge,
Und in welchem Theil des Schlosses
Ihre Wohngemächer lägen,
Dabei stets den Wunsch verrathend,
Der Verborgnen nahn zu dürfen.
Sie ermahnten zur Geduld ihn
Mit dem Troste, daß die Herrin
Wohl bald andern Sinnes werden
Und ihn rufen lassen würde,
Sang und Saitenspiel zu hören
Und ihm reich dafür zu lohnen.
Mittlerweile wollten sie sich
Alle Mühe mit ihm geben,
Ihm den Aufenthalt im Schlosse
Möglichst angenehm zu machen.
Und das ließen sie sich redlich
Angelegen sein, besonders
Die gewandten, hübschen Zosen
Und die Mägde. Sie umschwärmten
Ihren Gast, geschäftig, eifrig
Ihn versorgend und bedienend.
Und die muntere Faidide
Mit den braunen Schelmenaugen

Und den frischen, rothen Lippen
Hatte stets für ihren Schützling
So verführerische Blicke
Und ein so verbindlich Lächeln,
Als ob nicht gewillt sie wäre,
Ihm viel Wünsche zu versagen.
Ihn mit seinem Namen neckend
Fragten sie ihn auch, womit er
Seine Zeit verloren hätte,
Und was er Begehrenswerthes
Denn versäumt zu haben glaubte.
Tempsperdut gab ihnen Antwort:
„Zeit verloren hab' ich damit,
Daß ich es versäumt im Leben,
Frauenherzen zu erproben,
Zu ergründen, zu erobern.
Denn mit etwas mehr Erfahrung
In der Gunst der Frauen wär' ich
Wohl ein Troubadour geworden
Statt mich als Joglar erbärmlich
So von Schloß zu Schloß zu betteln."
Darob lachten All' im Kreise,
Und Faibide meinte: „Seltsam!
Just das Gegentheil zu hören
Hatt' ich mir von Euch erwartet,
Und nach Eurem schmucken Aussehn
Und gefälligen Benehmen
Möcht' ich wahrlich lieber glauben,
Daß die Frauen Euch im Leben
Manche Zeit gekostet haben,
Und Ihr als erfahrner Kenner

Weiblichen Empfindens grade
Mit Erwerben und Genießen
Ihrer vollen Gunst und Neigung,
Kurz, mit tausend Herzenssiegen
Eure Tage froh verbrachtet."
„Leider irrt Ihr darin, Schönste!"
Seufzte Tempsperdut, doch klang es
Nicht sehr ernsthaft, „Herzenssiege
Hab' ich weniger, fast keiner
Mich zu rühmen, dazu bin ich
Überall zu spät gekommen,
Weil ich blöde war und schüchtern."
Wieder ein ungläubig Lächeln
Schwebte leis um Aller Lippen,
Und Jouette, ein andres Böschen,
So ein schmiegsam Kammerkätzchen,
Schnurrte zärtlich: „Nun, Ihr habt ja
Noch nicht a l l e Zeit verloren,
Habt genug noch immer vor Euch,
Um in ledig lose Herzen
Sanft und traut Euch einzuschmeicheln."
„Ei ja freilich! und hier habt Ihr
Ja Gelegenheit und Auswahl
Nach Belieben, seht doch!" lachte
Babignon, der Koch im Schlosse,
Auf die Mädchen alle weisend,
Die hier kichernd um ihn saßen.
„Holt doch nach, was Ihr versäumt habt!
Doch bei Jeder müßt Ihr's anders
Mit dem Herzenssieg versuchen,
Wie man auch ein junges Birkhuhn

Anders brät als eine Wachtel.“
Ferrabou, der Marschall, meinte:
„Aber sputet Euch, Herr Spielmann,
Mit dem Proben und Erobern,
Sonst verliert auch hier die Zeit Ihr,
Denn wenn erst der Herr zurückkehrt,
Bringt er Gäste mit nach Hause,
Die’s verstehen, mit den Herzen
Unsrer Schönen umzuspringen
Im Galopp; nicht wahr, Flandrine?“
„Habt Ihr das gesehn, Herr Marschall?
Oder setzt Ihr es voraus nur,
Weil für Euch die Herzensthüren
Nicht so schnell sind aufgesprungen,
Als Ihr Euch gedacht?“ gab schnippisch
Ihm zurück die lust’ge Zofe.
„Ferrabou kennt sich im Marstall
Trefflich aus; bei Frauenzimmern
Kann er Andalusier Rasse
Vom Normannenblut nicht scheiden,
So daß manchmal unversehens
Er kopfüber in den Sand schießt,“
Sagte Philibert, der Kämmrer,
Der schon längst ein Auge hatte
Auf die reizende Flandrine
Und ihr deßhalb immer beistand,
Wenn man ihre Tugend angriff.
Alle lachten laut und schienen
Dem gespreizten Rossebänd’ger
Diesen Sporenstich zu gönnen.
Dem Joglar gefiel es sichtlich

In dem aufgeräumten Kreise
Dieser Haus- und Küchengeister,
Die geschwätzig und vergnüglich
Hier im Schloß ihr Wesen trieben,
Und er sah und hörte merksam
Sie mit sinnigem Behagen.

In die flach gewölbte Halle,
Die er unbemerkt verlassen,
Trat zur Thür herein jetzt wieder
Piton, der Kellermeister.
Schwer im linken Arme trug er
Einen dickgebauchten Weinkrug,
Den er wuchtig auf den Tisch stieß
Mit den Worten: „Hier! Burgunder!
Fleury! den geb' ich zum Besten
Der verehrlichen Gesellschaft,
Wenn uns Tempsperdut ein Lied singt.“
Heller Jubel scholl entgegen
Dem beliebten alten Schenken;
Welche klopften ihm die Wangen,
Andere den breiten Rücken,
Alle priesen seine Großmuth,
Was er schmunzelnd sich gefalln ließ.
Ihrer drei der Mägde holten
Becher her aus blankem Zinne,
Und Flandrine griff zum Kruge,
Um sie rings herum zu füllen.
„Halt!“ rief Piton und faßte
Seinen Krug mit beiden Händen,
„Keinen rothen Tropfen giebt es,

Ehe nicht verspricht der Spielmann,
Eins zu singen bei dem Trunke.
Also Tempsperdut, was sagt Ihr?"
„Das versteht sich doch von selber,"
Lachte Tempsperdut, „ich singe,
Was ihr hören wollt, und trinke,
Was Ihr Gutes uns gezapft habt."
„Dann schenk' hurtig ein, mein Täubchen!"
Sprach der wackre Kellermeister,
Und das allerliebste Mädchen
Waltete mit flinker Anmuth
Seines Amtes in der Runde,
Dem Joglar jedoch kredenzte
Sie den Trunk mit eignen Lippen.
Und als lächelnd dann und knixend
Ihm Jouette die Laute reichte,
Sprach er: „Euch bekannt sein wird es,
Daß zur Pön für unsre Lieder,
Weil sie Herz und Sinn bethören,
Wir Joglare sammt und sonders
In der Hölle brennen müssen.
Aber kennt ihr die Geschichte,
Wie trotz aller seiner Sünden
Einmal ein Joglar noch glücklich
In den Himmel ist gekommen?"
„Nein! erzählen! gleich erzählen!
Singen, singen!" rief's im Chore.
Tempsperdut griff in die Saiten
Und begann mit frohem Muthe.

Einst holte der Teufel sich einen Joglar,
Der Alles den Würfeln vertraute;

Er hatte verspielt den letzten Denar,
Das letzte Gewand und die Laute.
Zu ihm sprach Satan, menschlich gerührt:
„Du hast so Viele mir zugeführt
Mit deinen verteufelten Liedern,
Das will ich mit Dank dir erwiedern.

Nicht wie der andern Verdammten Brut
Will ich dich brennen und beizen,
Du sollst als Wärter die lodernde Gluth
Der höllischen Öfen mir heizen.
Die armen Seelen vertrau' ich dir an,
Bewahre sie wohl! ich muß hinbann,
Mir andere Sünder zu holen,
Du schüre und blase die Kohlen!"

Kaum ist der Teufel zur Hölle hinaus,
Da kommt mit blinzelnden Wimpern
Sankt Peter und läßt, ein Ohrenschmaus
Dem Horchenden, Würfel klimpern.
Er zeigt ihm funkelndes, himmlisches Gold
Und spricht: „Du bist ja den Würfeln hold,
Laß heulen die Schächer und röcheln,
Wir wollen ein wenig knöcheln."

Dem Ofenheizer wird warm und kalt,
Es juckt ihn in allen Fingern,
Es zieht und zerrt ihn mit Gewalt
Zu den punktäugigen Dingern.
„Ja, hätt' ich nur Geld noch!" so ruft er wild,
Sankt Peter lächelt gnädig und mild:
„Wenn die Florinen dir fehlen,
So setze mit armen Seelen!"

Sie würfeln; Sankt Peter ist stets im Gewinn,
Sein Partner rennt ohn Erschlaffen
Vom Tisch zu den feurigen Ofen hin,
Um Seelen herbeizuschaffen.
Erhitzt vom Spiel, erhöht er den Preis,
Setzt Dutzende, setzet sie hundertweis,
Bis endlich er alle verloren
Und keine mehr bleibt zum Schmoren.

Doch ehe Sankt Peter im Heiligenschritt
Mit den Erlösten verschwindet,
Fleht der Joglar: „O nimm mich mit,
Daß mich der Teufel nicht findet!"
„Nun, schließe dich an!" Sankt Peter spricht,
„Gewürfelt aber wird oben nicht!" —
So ist zum Greuel den Frommen
Ein Joglar in den Himmel gekommen.

Derb und kräftig war der Beifall,
Der dem Sänger da zu Theil ward;
Alle tranken ihm zum Danke
Freundlich zu und unterhielten
Sich darüber, was der Teufel
Wohl für ein Gesicht geschnitten,
Als er wiederkam zur Hölle
Und sie leer fand, und an wem er
Seine Wuth wohl ausgelassen.
„An Joglaren doch, vermuth' ich,"
Spöttelte der Kellermeister,
„Für den schlimmen Streich des einen
Läßt er nun die andern alle
Sicher um so schwerer büßen;

Tempsperdut, denkt Ihr nicht auch so?"
„Selbstverständlich!" nickte dieser.
„Herr," begann Faibide schalkhaft,
„Da Ihr um das Fegefeuer
Doch nun einmal nicht herumkommt,
Macht es nicht viel aus im Ganzen,
Ob Ihr ein paar lust'ge Lieder
Mehr noch singet oder wen'ger.
Darum bitt' ich: singt noch eines!
Gerne hört' ich eins von denen,
Welche Herz und Sinn bethören,
Wie Ihr sagtet; so eins singt uns!"
„Sieh' mal an! ein sündhaft Liebchen
Will das Kammerfräulein hören,"
Lachte Philibert, „was dazu
Wohl die Herrin sagen würde!"
„Ach, die hört es ja nicht oben,"
Fiel Jouette ein, und Flandrine
Füllte dem Joglar den Becher.
Tempsperdut nun blickte lächelnd
Von der Einen zu der Andern,
Nahm die Laute, sann ein Weilchen
Und that gern den hübschen Mädchen
Zu Gefallen, was sie wünschten.

Saiten sollen klingen,
Lieder soll ich singen,
Die verlocken Herz und Sinn
Zu der Liebe Trachten hin,
Das euch all' umstricket,
Holde Mägdelein,

Aus den Augen blicket
Hell wie Sonnenschein.

Stürmisch kämpft die Jugend
Mit der strengen Tugend
Oftmals einen harten Strauß,
Und es brennt bei euch im Haus
Eine Flamme ständig,
Die das Blut euch kocht,
Daß es euch unbändig
In den Adern pocht.

Was euch innen zehret,
Wie ihr euch auch wehret,
Es mit Worten zu gestehn,
Fast ein Blinder kann es sehn,
Daß euch bebt und banget
Sehnsucht in der Brust
Und ihr heiß verlanget
Nach der Liebe Lust.

Mädchen, laßt euch rathen,
Macht aus Wünschen Thaten,
Und wenn Einer um euch freit,
Gebet ihm Gelegenheit,
Sich in steten Treuen
Inniglich und still
Eurer Gunst zu freuen,
Wie's die Liebe will.

Laßt nicht lang euch bitten,
Kommt mit raschen Schritten

Ihm entgegen auf dem Weg
Zu der Heimlichkeit Geheg.
Um den Nacken nietet
Ihm der Arme Rund,
Zum Berauschen bietet
Ihm den rothen Mund.

Süßer nichts im Leben
Als in Lieb ergeben
Herzenseins im Mein und Dein
Selbstvergessen selig sein.
Saiten hört ihr klingen,
Traumeswonnen gleich,
Hört die Englein singen,
Seid im Himmelreich.

Auf das Lied, in schnellem Takte
Und mit einer lust'gen Weise
Wie zum Tanze vorgetragen,
Folgt' erst ein bedenklich Schweigen,
Als ob Einer auf den Andern
Wartete, sich auszusprechen,
Während rechts und links die Männer
Blinzelnd nach den Jungfern schielten,
Die in ihrem Übermuthe
So Verfängliches begehrten.
Aber dann, sich nicht mehr haltend,
Sagte Babignon: „Da habt ihr's!
Merkt es euch, ihr Hinterlist'gen!
Ein Joglar, der hört sie klopfen,
Eure tugendhaften Herzen."

Und die Andern stimmten sämmtlich
Lachend zu dem Bratenwender.
Doch der Mädchen Wangen glühten;
In das Angesicht des Sängers
Blickten forschend sie, ob er es
Wohl mit den im Lied ertheilten
Kecken Lehren wirklich ernst nahm.
Ihnen Allen aus den Augen
Las er aber leicht den Wunsch auch,
Daß er noch ein Drittes singe,
Und er that es ungebeten.

Kannst mir die Hand nicht drücken hier,
Drum gönne mir andern Gruß,
Stell' unterm Tisch verstohlen mir
Dein Füßchen auf meinen Fuß.
Es ist so leicht, so weich und zart,
Spricht eine Sprache eigner Art.

Wenn deine Sohle freundlich still
Auf meinem Spanne ruht,
Ihr sanfter Druck besagen will:
Ich bin dir furchtbar gut!
Das geht mir wunderlieblich ein
Und rieselt mir durch Mark und Bein.

Doch wenn dein Füßchen scharrt und reibt
Und stampft, ist's ärgerlich,
Als wenn's mir auf die Zehen schreibt:
Ich bin sehr bös auf dich!
Dann nehm' ich mich vor dir in Acht,
Hab' irgend etwas dumm gemacht.

Wenn's aber luſtig klopft und tanzt
Und trommelt leis und flink,
Der Takt ſich mir ins Herz verpflanzt,
Denn das iſt mir ein Wink:
Nachher, Geliebter, folge mir,
Und was du wünſcheſt, geb' ich dir!

So mit dem Füßchen hätſchle mich
Sacht unterm Tiſch im Saal,
Wo's Niemand ſieht; nur hüte dich,
Daß nicht dein Fuß einmal
Auf einen andern aus Verſehn
Statt auf den meinen kommt zu ſtehn!

Freundlich dankten ihm mit Worten
Und mit noch beredtern Blicken
Die verſtändnißvollen Mägdlein
Und bemühten ſich, die Freude,
Die der Sänger ihnen machte,
Ihm mit kleinen aufmerkſamen
Dienſten und Gefälligkeiten
Nun auch wieder zu vergelten.
Ferradou, der Marſchall, aber
Sah mit eiferſücht'gem Mißmuth
Alle das Entgegenkommen
Und die ſchnelle Gunſtbezeigung,
Die dem hergelaufnen Fremdling
Die verliebten Zofen weihten.
Ihm im Herzen wuchſen heimlich
Grimm und Haß und bittre Feindſchaft
Gegen Den, der von den Schönen
Ihm ſelbſt, einem Würdenträger

In der Dienerschaft des Schlosses,
Der Art vorgezogen wurde,
Daß der stets mit seinem Werben
Spröd und unsanft Abgewiesne
Schier vor Neid zu bersten meinte.

In den Thälern der Cevennen,
Die schon früh im Schatten lagen,
Waren jetzt noch kühl die Nächte,
Selbst nach sonnig heitern Tagen,
Und hoch oben auf den Bergen
Gab's noch Schnee zu dieser Jahrszeit.
Darum an den Winterfreuden,
Die des Abends Länge kürzten,
Hielt man fest auch noch im Frühling,
Und so konnte man auch heute
Kaum ein Ende damit finden,
Bis der würb'ge Kellermeister
Ernstlich an den Aufbruch mahnte
Und sich Jeder nun zufrieden
In sein Kämmerlein zurückzog.
Dann, nachdem gelöscht die Lichter
Und das Feuer auf dem Herde,
Lag das Schloß im tiefsten Schweigen
In der Mauern festem Umkreis.
Da auf einmal klang im Burghof
Lautenschlag, und eine Stimme
Sang ein Lied, dem in den Betten
Alle, die noch wachten, lauschten.

Denkst du an mich so minnetraut,
Wie deiner ich gedenke,

Von Nacht und Nebel hier umgraut,
Zu dir die Schritte lenke?

Ein Hungernder, der draußen harrt
Auf eine milde Gabe,
So schlich zu dir und steht und starrt
Die Lieb' am Bettelstabe.

O öffne! wo dein Odem weht,
Da ist es warm und helle,
Um Heimatstatt und Herberg fleht
Mein Herz an deiner Schwelle.

Ich sehe dich durch Thür und Wand,
Ob du dich ruhst, ob regest,
Und höre rauschen dein Gewand,
Sobald du dich bewegest.

Ich sehe, wie sich senkt und hebt
Dein Busen, schlafumflossen,
Und dir ein Lächeln hold umschwebt
Die Lippen, halb geschlossen.

Doch daß ich dir nicht nahen darf,
Nicht Brust an Brust dich pressen,
Das ist ein Leid, das bitterscharf
Mir will das Herz zerfressen.

Nur sehnen, sehnen kann ich mich,
Von dir ein Bild mir machen,
Und denken muß ich stets an dich
In Träumen und in Wachen.

In Traum und Wachen denk' ich dein
Mit glühendem Verlangen,
Erhöre mich und laß mich ein
Zum innigsten Umfangen!

Damit war die Serenade
In der stillen Nacht zu Ende,
Und kein zweites Lied mehr folgte.
Wem im Schloß es wohl gegolten,
Welche der Bewohnerinnen
Kühnlich angefleht der Sänger,
Ihm ihr Pförtlein aufzuriegeln,
Ob Faibide, Jouette, Flandrine, —
Niemand rieth es, Niemand ahnt' es.

Auch die Herrin, Assalide
Lag noch wachend, denn die Sehnsucht
Nach dem weit, ach! weit Entfernten
Hielt allabendlich den Schlummer
Lang zurück von ihrer Ruhstatt.
Als sie nun, was ja noch niemals
In Mercoeur ihr war begegnet,
Den Gesang vernahm da draußen,
Der so laut die Nacht durchschallte,
Horchte sie hoch auf im Dunkeln,
Horchte schärfer hin, und plötzlich
Fuhr empor sie auf dem Lager:
„Das ist Bernard!" rief sie bebend,
„O ich kenne seine Stimme!
Aber wie — wie wär' es möglich?
Er hier! Bernard! hier im Schlosse!

Ach! es ist wohl Sinnestäuschung,
Ist der Wunsch nur, daß er's wäre!"
Dennoch sprang sie schnell ans Fenster,
Lauschte mit gespanntem Ohre
Und mit angehaltnem Athem.
Immer deutlicher und klarer
Ward es ihr bei jedem Tone:
Bernard ist es und kein Andrer!
Regungslos, dabei durchzittert
Von des Herzens starkem Klopfen,
Hörte sie das Lied zu Ende,
Horchte dann, ob er noch eines
Singen würde, doch vergeblich,
Keinen Laut vernahm sie weiter.

Also war er doch gekommen,
Hatte zu so später Stunde
Sie nicht stören woll'n und deßhalb
Es der Dienerschaft verboten,
Ihn der Herrin noch zu melden,
Die er doch mit einem Liebe
Wie im Traume grüßen wollte.
Der Joglar, der war sein Spürer,
Sein Vertrauensmann gewesen,
Der ihm auskundschaften mußte,
Ob im Schloß sie und allein war.
Oder hatt' er eine Botschaft
Von des Liebsten bald'ger Ankunft
Gar gehabt, die auszurichten
Sie ihn selbst verhindert hatte,
Weil sie ihn nicht einmal vorließ

Und es Tempsperdut nicht wagte,
Sie Faibiden zu bestellen?
  Lieblich schmeichelnde Gedanken
An ben ihr mit einem Male
Nun so nah Gerückten ließen
Sie die halbe Nacht nicht schlafen.
Doch am Ende heischte frieblich
Die Natur ihr Recht; die Müde
Sank in einen sanften Schlummer,
Nachdem lächelnd sie geflüstert:
„Schlafe wohl, Du mein Geliebter,
Unter meinem Dache! morgen,
Morgen sehen wir uns wieder!"

X.

Der Joglar.

In den bedrängnißvollen Zeiten
Der ungezügelten Gewalt,
Wo als alleinig Recht im Streiten
Des Stärkern Kraft und Wille galt,
Da war's der Frauen ernstes Streben
Und ihr beglückender Beruf,
Daß in dem ritterlichen Leben
Ihr Einfluß andre Sitten schuf.
Im Herzen wurde Rath gepflogen,
Und das Gebiet der Liebe war
Die Schule, drin sie sich erzogen
Zur Höflichkeit die Männerschaar.
Da walteten sie ordnend, leitend
Der Minne Dienst in Rück und Schick,
Zugleich sich selbst damit bereitend
Manch tröstlich frohen Augenblick.
Und wie verstanden es die Schönen
So reizvoll mit des Gebens Kunst,
Fein abzuwägen, abzutönen
Die trauten Spenden ihrer Gunst!
Ein deutsam Lächeln, scheinbar Zagen,
Ein flüchtig hingeworfnes Wort,

Beredter Blick, verfänglich Fragen,
Geflüster hier, Getändel dort,
Ein Gang in stiller Dämmerstunde,
Ein Ritt auf einem Pferd zu Zwei'n,
Ein halb versagtes, doch im Grunde
Längst schon ersehntes Stelldichein, —
O eine ganze Stufenleiter
Von Graden war's, auf der man stieg,
Die weiter führt' und immer weiter
Bis zu der Liebe vollem Sieg.
Doch was die Frauen auch gewährten,
Sie bliesen so das Feuer an,
Daß, was sie selber heiß begehrten,
Von ihnen mußt' erflehn der Mann.
Sie regelten des Herzens Klopfen,
Und in der Minne Lohn und Dank
Kredenzten Tropfen sie für Tropfen
Den so berauschend süßen Trank.
Sie wollten in des Herzens Tiefen
Die Räthsel lösen und nicht ruhn,
Geheimen Wünschen, die dort schliefen,
Nach Möglichkeit genug zu thun.
Und führten's glänzend durch, sie beugten
Der stolzen Lanzenbrecher Kraft
Und machten sie zu überzeugten
Lehnsträgern ihrer Herrenschaft.
Verhalten, Recht und Pflicht im Lieben
Lehrt' ein Gesetzbuch klipp und klar,
Drin stand für jeden Fall geschrieben,
Was zweifellos entscheidend war.
Es gab in bündigen Sentenzen,

Allseits als gültig anerkannt,
Dem Herzen Vollmacht ohne Grenzen
Und wurde Code d'Amour genannt.
Sie brauchten's nicht mehr nachzuschlagen,
Von Sprüchen wie: „Die Liebe soll
Der wahren Liebe nichts versagen,"
War es in seinen Spalten voll.
Damit war auf den Schild gehoben
Das Näherrecht der Leidenschaft,
Die, von Verführungskunst durchwoben,
So Sinn wie Seele nahm in Haft.
Doch waren Schranken auch gezogen,
Dem Zwang verschlossen Thor und Thür,
Mit harten Bußen aufgewogen
Zudringlichkeit und Ungebühr.
Und daß man auch in Liebesstreiten
Nach dem Gesetzbuch streng verfuhr,
Bewiesen die Gepflogenheiten
Des Richterstuhls der Cour d'Amour.
Unstatthaft war, was dieser rügte,
Unweigerlich, was er gebot,
Und wer dem Urtheil sich nicht fügte,
Der war für die Gesellschaft todt.
Er durft' auf kein Turnier sich wagen,
Nie hoffen mehr auf Minneglück
Und keiner Dame Farbe tragen,
Man wies ihn überall zurück.
Doch mehr als alles Überschreiten
Bestrafte man mit schwerer Wucht
Verrath von Liebesheimlichkeiten
Und eheliche Eifersucht.

Und diese Satzungen, die banden
Das eigenwilligste Geschlecht
Und besseren Gehorsam fanden
Als jemals das gemeine Recht,
Sie waren nicht nur zum Gestatten
Verstohlner Minnelust gemacht,
Die viel umworbnen Frauen hatten
Sie auch zu ihrem Schutz erdacht
In unvermeidlichen Gefahren,
Wenn sie verlassen und allein
Auf ihrem Schloß genöthigt waren,
Die Wirthin einem Gast zu sein.
Der Herr Gemahl war ausgezogen,
Wo er Turnier und Fehde fand,
Er fuhr vielleicht auf Meereswogen
Im Kreuzzug nach dem heil'gen Land.
Nun kam Besuch daher geritten
Und bat um Herberg für die Nacht,
Man nahm ihn auf, und gern gelitten
Blieb er wohl länger als gedacht.
Ein Ritter war es, wohlgestalten,
Gewandt im Wort, von Sitten fein,
Warum ihn nicht ein wenig halten?
Man war so oft, so viel allein!
Sehr weit erstreckte sich die Pflege
Der Gastfreundschaft nach Brauch und Fug,
Doch brachte man ja gern zu Wege,
Wonach das Herz Verlangen trug.
Und für der Herrin Huld und Gnade
Lag die Erklärung nicht so weit,
Versucherin war auf dem Pfade

Die Sehnsucht in der Einsamkeit.
Verschwiegen blieb es, was geschehen,
Wie windverweht und ohne Spur,
Es zu entschuld'gen, zu verstehen,
Dazu war da der Code d'Amour.
Und wollte sie dem Gast versagen
Die kleinste Gunst, ein Lächeln nur,
Dann half, ihm Bitten abzuschlagen,
Ihr wiederum der Code d'Amour.
So hatte sich die Frau geschaffen
Mit Zartgefühl und Schönheitssinn
In den Geboten starke Waffen,
Daß sie als freie Herrscherin,
Wohl oft geheimnißvoll verschleiert,
Doch stets mit Anmuth, Geist und Witz
Gerüstet, sicher und gefeiert
Einnahm der Liebe Strahlensitz.

Auch Assalide lebt' im Schutze
Des Code d'Amour, doch vor der Hand
War seine Fürsorg ihr nichts nutze
In ihrem halben Wittwenstand.
Es brachte ja kein Abenteuer
Von außen Wohl ihr oder Weh,
Es nahte sich kein kecker Freier
Der seufzenden Penelope.
Nun aber war just Der gekommen,
Den sie ersehnt mit aller Macht,
Und doch schlug ihr das Herz beklommen
Heut Morgen; nicht wie diese Nacht
Sah der Begegnung sie entgegen

Mit hoffnungsvoller Freudigkeit,
Sie fühlt' etwas wie Angst sich regen
Und drückende Befangenheit.
Daß Bernard sie besuchen wollte,
Der Anfang war es auf der Bahn,
Die in das Unglück führen sollte,
Wie's weit voraus die Sterne sahn.
Und doch, — sie mußt' ihn wiedersehen,
Und wenn's nur eine Stunde war,
Dann würd' er wieder von ihr gehen,
Und abgewandt war die Gefahr.
Sie wollte sich mit Sorgfalt kleiden,
Daß der Geliebte, wenn er kam,
Sich könnt' an ihrem Anblick weiden,
Ein Bild der Anmuth mit sich nahm.
Als sie Faibiben das Gewählte
Zum Anzug ihr zu bringen hieß
Und diese, die so gern erzählte,
Nichts von Bernard verlauten ließ,
Erstaunte sie, jedoch die Zofe
Zu fragen: kam denn nicht ein Gast?
Wer hat gesungen auf dem Hofe?
Verschmähte sie, hielt sich gefaßt
Auf sein Erscheinen und verschwiegen
Zum tapferen Empfang bereit,
Und Ungeduld und Spannung stiegen
Mit ihres Herzens Bangigkeit.
Allein sie harrte Stund auf Stunde,
Horcht' an der Thür auf jeden Ton,
Schritt hundertmal im Saal die Runde, —
Umsonst, und Mittag war es schon.

Konnt' ohne Gruß er weiterreisen,
Ließ aus des Schlosses Mauerring
Sich auch der Troubadour verweisen,
Weil den Joglar sie nicht empfing?
Doch endlich! jetzt erschien Faibide:
„Herrin, es kam Besuch daher."
Roth bis zur Stirn ward Assalide,
Kaum brachte sie heraus das „Wer?"
      „Zwei Damen sind's, die angekommen."
      „Zwei Damen?!" — wie ein Bild von Stein
Starrt' Assalide, sinnbenommen,
„Zwei Damen? — — führe sie herein!"
Wie schmerzlich in dem Augenblicke
Empfand sie der Enttäuschung Qual!
Traf sie denn niemals vom Geschicke
Ein ungetrübter Freudenstrahl?
Auf den Geliebten stand ihr Hoffen,
Und Fremde drangen bei ihr ein,
Und blieb ihm ihre Thür auch offen,
Er fand sie nun nicht mehr allein.
So schwer's ihr ward, so ungelegen
Ihr der Besuch auch heute kam,
Ging sie ihm doch sofort entgegen,
Gastfreundlich stets und aufmerksam.
Durch die Gesellschaft andrer Frauen
Gelangt' in ihr Verlassensein,
In dieser Mauern ödes Grauen
Vielleicht ein wenig Sonnenschein.
Und als sie nun die Zwei erblickte,
Da war sie wirklich fast erfreut,
Stand an der Treppe, winkt' und nickte

Und hatt' ihr Mißfalln schon bereut.
Die eine von den beiden Damen
War Frau Germonde von Gévaudan,
Guiscarda von Beaujeu mit Namen
Die andre; beide waren lang
Befreundet schon mit Assaliden
Und so vertraut, als hätte kaum
Sie von einander je geschieden
In ihrem Leben Zeit und Raum.
„Willkommen mir in meiner Klause!"
Rief ihnen Assalide zu,
„Wart ihr denn auch allein zu Hause?"
Darauf Germonde: „Ganz so wie Du;
Mein Mann flog aus mit Deinem Drachen,
Sie haben etwas ausgeheckt."
Und auch Guiscarda sprach mit Lachen:
„Der Himmel weiß, wo meiner steckt!
Wir aber wollen lustig leben,
Bis heim es unsre Männer zieht,
Und möge Gott in Gnaden geben,
Daß dies noch lange nicht geschieht!"
Guiscarda war ein lebhaft Wesen,
Beweglich, zierlich von Gestalt,
In braunen Augen war zu lesen
Schalkhafter Schlauheit Hinterhalt.
Germonde auch war von heiterm Sinne,
Warm, offenherzig, leicht erregt
Und schön, als hätt' um sie die Minne
All' ihren Zauberreiz gelegt.
Nun fingen an zu offenbaren
Und auszutauschen alle Drei,

Was sie gesehn, erlebt, erfahren,
In zungenfert'ger Plauderei.
Kein Ende, die Provence zu loben,
Fand Assalib' und klagte dann,
Wie einsam es ihr wär' hier oben,
Wo ihr die Zeit so schwer verrann.
„Und," frug Germonde, „in diesen Wochen
Kam Niemand zu Dir nach Mercoeur?
Hat Keiner bei Dir vorgesprochen,
Gekniet, gewinselt um Gehör?"
„Niemand," sprach Assalide bebend.
„Doch Deine Zose sagte mir,"
Bemerkte Widerspruch erhebend
Guiscarda, „ein Joglar sei hier."
Der wäre noch hier?! und ich dachte,"
Sprach Assalib' erschrocken fast,
„Daß längst sich auf die Wandrung machte
Der ungebetne Bettelgast."
„Sang er denn gut?" — „Auf Markt und Gassen
So Einer wohl Erfolg erzielt,
Ich hab' ihn gar nicht vorgelassen,
Den Mägden hat er aufgespielt."
„O," rief Guiscarda, „wohlgelitten
Sind diese lustigen Geselln."
Germonde auch legte sich auf's Bitten:
„Du solltest ihn uns herbestelln!"
„Nun gut! wir woll'n Faibide fragen,"
Sprach Assalib', „und ist er hier,
So mag er uns die Laute schlagen,
Doch die Verantwortung tragt ihr!"
„Ja gerne, Sail!" frohlockten beide.

Die schnell gerufne Zofe kam,
Aus deren Mund man zum Bescheide
Die frohe Nachricht nun vernahm:
„Der Spielmann zog noch nicht von hinnen,
Er hofft und harrt tagaus, tagein,
Ihr möchtet, Herrin, Euch besinnen
Und bald ein gnädig Ohr ihm leihn.“
„So soll er uns denn heute zeigen,“
Sprach Assalide, „was er kann,
Soll singen, harfen oder geigen,
Doch — kleidet ihn mir sauber an!“
„Kann der Jongleur auch Sprünge machen?“
Frug aufgeräumt Guiscarda noch,
„Versteht er sich auf Gauklersachen?
Gehörig tanzen kann er doch?“
„Ich weiß nicht,“ lächelte Faibide,
„Der Laute lieblichem Getön
Nur lauschten wir und seinem Liede,
Denn singen thut er gar zu schön.“
„Du führest selbst ihn ein im Saale,“
Die Zofe nun Befehl empfing,
„Eh wir erheben uns vom Mahle.“
Faibide verneigte sich und ging.

Als nun bei Tisch die Frauen saßen
Sich unterhaltend frei und froh
Und hoch und theuer sich vermaßen,
Ein Leben, reich wie nirgendwo
Und wahrlich werth es nachzubilden,
Sei zwischen Rhone und Durance
In den gesegneten Gefilden

Und auf den Schlössern der Provence,
Hatt' im Verlauf des Redeschwanges
Sail auch die Frage zu bestehn:
„Wen hast im Lande des Gesanges
Von Troubadouren Du gesehn?"
Da wußte manchen sie zu nennen,
Deß Ehrerbietung sie erfuhr
Und bei der Wangen heißem Brennen
Zuletzt Bernard von Ventadour.

„Sein Ruhm schon meine Neugier spannte,
Doch sah ich ihn noch niemals," sprach
Germonde, und auch Guiscarda kannte
Den Sänger nur dem Namen nach.
„Ich hab' ihn in les Baux getroffen,"
Flocht Assalide schüchtern ein,
„Dort stehn ihm alle Thüren offen,
Da wird er sicher jetzt noch sein."
„Hat er dort auch gesungen?" fragte
Darauf Germonde, „und klang es gut?"
„Ach, herrlich!" Assalide sagte,
Und wieder wallt' es ihr im Blut.
„Du weißt nicht, wem zu Füßen liegen
Sein Herz er läßt mit Sang und Klang?"
„Das hat sein Lied durchaus verschwiegen,"
Kaum Assalide sich entrang.
„Zog Loba's übermüth'ge Weise
Und ihrer üpp'gen Schönheit Macht
Ihn nicht in ihre Zauberkreise?"
Frug nun Guiscarda. „O gelacht
Hat ihm, dem Liebling aller Frauen,
Auch ihr Mund und der Augen Spiel,

Doch Loba läßt sich nicht durchschauen
Und ihrer Wünsche wahres Ziel,"
Erwiedert' Affalide, senkte,
Als ihr das „Liebling" so entfuhr,
Verlegen fast den Blick und lenkte
Schnell das Gespräch auf andre Spur.

So sprang die Rede lebhaft, heiter
Von Angesicht zu Angesicht
Als herzerquickender Begleiter
Von manch erlesenem Gericht.
Der Frauen ruhelose Lippen
Vergaßen auch nicht, dann und wann
Vom funkelgoldnen Wein zu nippen,
Der feurig durch die Adern rann.
Und als nun zu des Mahles Ende
Der Nachtisch aufgetragen war,
Trat in den Saal herein behende
Faibibe und nach ihr der Joglar.
Er brachte mit sich seine Laute,
Verbeugte schweigend sich und tief,
Doch als empor er wieder schaute
Ganz in Bescheidenheit, durchlief
Es Affaliden auf der Stelle,
Ihr stockten Athem schier und Blut,
Wie einer Springfluth rasche Welle
Schoß ihr ins Antlitz Purpurgluth.
Der als ihr Gast seit manchen Tagen
Im Schlosse dem Gesinde nur
Zur Lust die Laute durfte schlagen,
Es war — Bernard von Ventadour!

Der liederfrohe Provençale,
Der ritterliche Sänger stand,
Der heißgeliebte, hier im Saale
In fahrenden Joglars Gewand.
Da war kein Zweifel und kein Irren,
Sprachlos auf ihren Stuhl gebannt,
That sie in ihres Herzens Wirren,
Als wär' er ihr auch unbekannt.
Die andern Zwei, von Neugier schwellend,
Sahn auf den fremden Sängersmann,
Und Bernard, listig sich verstellend,
Sprach nun Germonde als Herrin an:
„Ich dank' Euch, Frau, daß Ihr mir gütig
In Eurem Schlosse Herberg gabt,
Mich zu empfangen auch großmüthig
Euch jetzt herabgelassen habt!"
Germonde entgegnete: „Ihr meinet,
Daß ich des Schlosses Herrin bin,
Doch von uns Dreien, hier vereinet,
Ist Diese die Gebieterin.
Gern heiß' ich Euch in ihrem Namen
Willkommen hier auf Schloß Mercoeur,
Nicht Tanz und Sprung soll Euch erlahmen,
Nur Lieder bringt uns zu Gehör."
Um Bernards Mund ein Lächeln spielte
Mit einem Schelmenzug darin,
Und flüchtig, aber lustig schielte
Sein Blick zu Assalide hin,
Die rathlos, zitternd vor Erregung
Noch schweigend saß, in Zweifeln bang,
Bis eine fragende Bewegung

Des Liebsten auf Entscheidung drang.
Dann das Geheimniß zu bewahren
Entschloß sie sich und sprach mit Müh:
„Wollt unsern Bitten Ihr willfahren,
Singt uns ein Lied, Herr Tempöperdut!"
Ein Blitz aus seinen Augen sagte
Ihr freudig, daß er sie verstand,
Und kunstvoll wie zum Danke jagte
Schon durch die Saiten seine Hand.

Ein Spielmann jung zog um im Land
Auf seinen Zickzackwegen
In Windsgebraus und Sonnenbrand,
In Straßenstaub und Regen.
Er spielt' und sang vor mancher Thür,
Bekam als Lohn und Dank dafür
Hier eine kleine Gabe,
Dort einen Trunk zur Labe.

So stand er einst vor einem Schloß
Und ließ die Saiten klingen,
Und was ihm von der Lippe floß,
Das mocht' ihm baß gelingen.
Es that sich auf ein Fensterlein:
Komm, lieber Spielmann, komm herein,
Daß deines Liedes Würze
Mir Zeit und Weile kürze!

Er stieg hinan auf den Bescheid
Zu der Vielholden, Schönen,
Sang von der Liebe Lust und Leid
In sehnsuchtsvollen Tönen.

Es klang so süß, so mild und stark,
Griff ihr ans Herz, ging ihr ins Mark,
Ihr Auge strahlt' und blinkte,
Bis ihre Hand ihm winkte.

Spielmann, wie hat so wunderbar
Mich dein Gesang bezwungen!
Uns beiden nun auf immerdar
Ist Lieb und Lust verklungen.
Mit diesem Kuß verschließ' ich dir
Den Liedermund, und was du mir
Gesungen hast beim Wandern,
Nie singst du's einer Andern.

Sie schlang um ihn die Arme rund,
Ihn an die Brust zu pressen,
Und küßt' ihn dreimal auf den Mund
Zum Nimmermehrvergessen.
Und als er sterbenstraurig schied,
Da war es aus mit seinem Lied,
Das Herz wollt' ihm zerspringen,
Er konnte nicht mehr singen.

Die Frauen hatten seinem Liebe,
Gerührt von seiner Kunst, gelauscht,
Gedankenvoll saß Assalide,
Vom Klang der Stimme wie berauscht.
Germonde hub an: „Das nenn' ich singen!
Beneiden könnt' ich Euch, Joglar!
In Tönen, die zu Herzen dringen,
Seid Ihr ein Meister offenbar."
Guiscarda rief: „O Spielmann, schließet

Noch nicht den Liebermund, aus dem
Ein solcher Strom von Wohllaut fließet,
Singt weiter, wenn es Euch genehm!"
Bernard auf Assalide blickte,
Ihr Wort erwartend noch in Ruh,
„Ich bitte!" sprach sie leis und nickte
Sanft dem geliebten Sänger zu.
Da griff er wieder in die Saiten,
Daß sie ertönten tief und voll,
Ein ander Lied ihm zu begleiten,
Wie's nun ihm von der Lippe quoll.

Es waren Zwei getrennt im Leben,
Im Herzen aber fest vereint,
Das Wort, das sie sich einst gegeben,
Von beiden war es treu gemeint:
Bleibt's auch der Welt geheim und hehle,
Du mein, ich dein mit ganzer Seele,
So lang uns noch die Sonne scheint!

Sie mußten von einander scheiden,
Sie zog hindann, er aber blieb,
Und ihm zu Muthe war beim Meiden,
Als ob er sturmverschlagen trieb.
Des Tages Licht schien ihm verglommen,
Mit der Geliebten weggenommen
War Alles, was ihm werth und lieb.

Wie er's verwand, wie sie's getragen,
Daß Eins vom Andern nichts erfuhr,
Ihr Harrn und Hoffen, Flehn und Fragen,
Ein Stern dort oben weiß es nur.

Doch als dahin auf trägen Schwingen
Die Wochen und die Monde gingen,
Da mußt' er folgen ihrer Spur.

Er suchte, bis er sie gefunden,
Bis er der Fernen wieder nah
Und sie, von ihrem Arm umwunden,
Sehnsuchtdurchglüht sein eigen sah,
In ihres Auges feuchtem Schimmer:
Nimm hin, was dein ist heut und immer,
Des Glückes Stunde, sie ist da!

Das Lied, das Dessen, der's gedichtet,
Hoffnung und Wunsch versteckt enthielt,
An Assaliden war's gerichtet,
Und sie verstand, wohin's gezielt.
Sie schüttelte beim Schlusse leise
Das Haupt nur traurigen Gesichts,
Dem liebsten Mann auf diese Weise
Stumm anzudeuten: hoffe nichts!
Er sah es, doch in seinen Zügen
Stand hell und heiter leserlich:
Mein Hoffen wird mich nicht betrügen,
Du liebst mich, und ich liebe dich.
Und als die andern Beiden baten
Noch um ein drittes Lied sogleich,
Sollt' ihm auch dieses wohlgerathen,
Ihm, der an Liedern überreich.

An einem blauenden Sommertag
Fand ich drei Rosen blühn im Hag
Zur lieblichsten Augenweide.

Ich sprach: ihr schaut so wunderhold,
Ihr Schwestern drei, im Sonnengold,
Sagt, wie ich euch unterscheide.

Da fing die Eine zu flüstern an:
Du kennst mich nicht, du stolzer Mann?
Ich bin die sehnende Liebe.
In meiner rothen Blätterfluth
Da flammt und flackert des Herzens Gluth
Mit unwiderstehlichem Triebe.

Die Zweite lächelte: dornenlos
Fall' ich dir nicht in deinen Schoß,
Ich bin die hoffende Treue.
Ich welke nie, selbst unterm Schnee
Blüh' ich geduldig in bitterm Weh,
Weil ich das Warten nicht scheue.

Die Dritte duftete süß mir zu:
Um mich mußt wagen und werben du
Mit hochgemuthem Sinne.
In meinem Kelche ruht verhüllt,
Was Lieb' und Treu mit Lust erfüllt,
Ich bin die gewährende Minne.

Ei, rief ich schnell, da kommt nur mit!
Und alle drei vom Strauch ich schnitt
Im blitzenden Morgenthaue.
Und mit dem dreifachen Talisman
Trat ich getrost die Wandrung an
Zur allerschönsten Fraue.

Nun hielt Guiscarda sich nicht länger,
Den Silberbecher bis zum Rand

Mit Wein gefüllt, schritt sie zum Sänger
Und bot ihn ihm mit eigner Hand:
„Nehmt unsern Dank für Eure Lieder,
Den darzubringen es mich treibt,
Und morgen singet Ihr uns wieder,
Wir hoffen, daß im Schloß Ihr bleibt."
Germonde auch lächelte: „Wir lauschen
Gern Eurem Sange spät und früh,
Drum lasset Eure Saiten rauschen,
So lang Ihr könnt, Herr Tempsperdut!"
Bernard in seiner Freude sagte:
„Nach dieser Stunde reut's mich nicht,
Daß ich hier einzukehren wagte,
Wo soviel Huld mir Kränze flicht.
Auf euer Wohl, ihr edlen Frauen,
Trink' ich den goldnen Ehrenwein,
So lang ich darf eu'r Antlitz schauen,
Werd' ich euch stets zu Diensten sein."
Dreimal erhob er froh zum Munde
Den Becher dann mit Gruß und Blick,
Leert' ihn bedächtig bis zum Grunde
Und zog mit Anstand sich zurück.

„Sail," sprach Guiscarda, „von Jongleuren, —
Wenn's einer ist! — hab' ich so frisch,
So schön noch keinen singen hören,
Den läßt Du morgen uns zu Tisch!"
„Ja thu's! Du machst uns ein Vergnügen,"
Trat rasch Germonde auch für ihn ein.
Da mußte Sail sich ihnen fügen:
„Wünscht ihr's, soll unser Gast er sein."

Dann ließ sie den Befehl ergehen,
So lang er unter ihrem Dach,
Ihn mit dem Besten zu versehen
An Speis' und Trank und Wohngemach.
Das Herz jedoch schlug ihr in Sorgen
Um das Geheimniß, wen sie hier
Bei sich im Schlosse hielt verborgen,
Ein Wagstück wahrlich schien es ihr.

XI.

Kämpfende Liebe.

— —

In dem Schlafgemach der Herrin
Dieses mächtig großen Schlosses
Mußte sich für müde Glieder
Und ein Herz voll Fried' und Freude
Höchst behaglich ruhen lassen.
Wohnlich war es, sehr geräumig
Und mit auserlesnem Hausrath
Schier verschwendrisch ausgestattet.
Seines Bodens Fliesen deckte
Ringsherum ein dicker Teppich
Aus Byzanz, daß sanft und lautlos
Drin der Fuß versank beim Schreiten.
An den hohen Wänden hingen
Morgenländische Gewebe
Mit hineingewirkten Bildern
Aus den Zeiten der Olympier.
Eine länglich runde Ampel,
Maurisch und mit rothem Scheine,
Schwebte mitten von der Decke,
Und im Winkel stand ein Betpult,
Drauf in goldnem Strahlenkranze

Die gebenedeite Jungfrau
Segenspendend niederschaute.
Zum Kamin aus glattem Porphyr
Luden ein bequeme Sessel
Und vor ihnen niedre Polster,
Sich gemächlich auszustrecken.
Auf den Tischen und den Schränkchen
Lagen allerhand Geräthe,
Zahllos fast, doch wohlgeordnet
Zum Gebrauche beim Bekleiden
Und zu Haut und Haares Pflege,
Kostbar, fein geformt aus Schildkrot
Oder Elfenbein und Silber.
Selbst aus Glas in Bronzerahmen
Fehlte nicht ein blankes Spieglein.
Doch das Prächtigste von Allem
In dem lauschig schmucken Raume
War das Bett, sein Holzgestelle,
Das vier Löwenfüße trugen,
War mit eingelegter Arbeit
Und mit Schnitzerei'n gezieret.
Auf der ledernen Matratze
Aus der weichen Haut des Hirsches
Seidenüberzogne Kissen,
Leicht gefüllt mit Eiderdaunen,
Eine purpurrothe Decke,
Die mit Marderpelz gefüttert
Und mit Golde reich bestickt war,
Bildeten das stolze Lager,
Das ein hoher, gelbdamastner
Baldachin mit langen Schleiern

Faltenreich und prunkvoll krönte.
    So hatt' Assalid' ihr Zimmer
Sich nach eigenem Belieben
Und Geschmacke hergerichtet,
Um in Einsamkeit und Stille,
Die kein Lärmen nächtens störte,
Hier von einem Glück zu träumen,
Dessen Wirklichkeit ihr fehlte.

Nach den unvorhergeseh'nen
Heutigen Begebenheiten,
Die aufs Tiefste sie bewegten
Und ausschließlich all ihr Denken
Jetzt in Anspruch nahmen, suchte
Assalid' ihr schwellend Lager
Baldigst auf, sich zu berathen,
Was sie thun, was lassen sollte.
Bernard, unerkannt und heimlich
Hier als Gast in ihrem Schlosse!
Nur ein Wort von ihr, ein Lächeln,
Eines Blicks beredtes Schweigen,
Und er flog ihr in die Arme,
Und sie war von Stund die Seine,
Konnte sicher und verschwiegen
In den weiten, stillen Räumen,
Die sie jetzt allein beherrschte,
Ihrer Liebe sich erfreuen.
Doch nun regten sich Bedenken,
Kamen die Erinnerungen
Von les Baux und scheuchten drohend
Ihr zurück des Herzens Wünsche.

Was der Fürst ihr bei der Ulme
Klärlich nach dem Stand der Sterne
Und dem Vogelflug geweissagt:
Daß sie, wenn sie sich dem Taumel
Dieser Leidenschaft ergäbe,
Nicht nur selber sich unfehlbar,
Sondern Den auch, den sie liebte,
Dem Verderben weihen würde,
Dies gespenst'ge Schreckniß war es,
Das sie von dem ersten Schritte
Zum ersehnten Glück zurückhielt.
Denn vor allen andern Skrupeln
Fand im Code d'Amour sie Zuflucht
Und verbriefte Herzensrechte,
Die ihr volle Freiheit gaben,
Über ihre Gunst und Neigung
Ohne Schranken zu verfügen.
Doch ihr Gatte würde schwerlich
An die Satzungen sich kehren,
Sondern, wie sie Guiraud kannte,
Ihnen grades Wegs entgegen,
Was auch danach folgen mochte,
Schon beim winzigsten Verdachte
Jede Gunst, die einem Andern
Sie erwiese, peinlich ahnden.
Der Gewitternacht auch dachte
Wieder sie, wo sie verzweifelt,
Unter Blitz und Donner bebend
Auf den Knien um ihre Liebe
Mit dem Himmel selbst gerungen.
Dacht' auch ihrer nächt'gen Wallfahrt

Zu den heil'gen drei Marien,
Die mit keinem gnäd'gen Nicken
Ihr Gebet erwiedert hatten.
Und dann wiederum durchlebte
Sie noch einmal jene Stunde,
Die ihr heute wie ein Traum war,
Als im Pavillon d'Amour sie
Bernard überrascht und stürmisch
An die Brust gerissen hatte.
O des sel'gen Augenblickes
In den Armen des Geliebten!
Und das sollte, wie das erste
Auch das letzte Mal gewesen,
Niemals wieder ihr beschert sein?
Unentschlossen, die Entscheidung
Bis zum Morgen noch verschiebend,
Mit des Liebsten Bild vor Augen
Und im Herzen, fiel sie endlich
Alles Denkens müd in Schlummer. —

Frühe schon erhob sich wieder
Assalide, trat ans Fenster,
Schlug zurück den dichten Vorhang
Und ließ träumerisch die Blicke
Durch die täglich angeschaute,
Längst gewohnte Gegend schweifen.
Wie ein farbensatt Gemälde,
Unbeschreiblich mild und ruhig
In der tiefen Morgenstille,
Lag das breite Thal und dehnte
Friedlich sich im Ring der Berge.

Nichts bewegte sich dort unten,
Gleich als ob kein lebend Wesen
In dem braunen Heidekraute
Und dem jungen Grün der Büsche
Aufenthalt und Wohnung hätte.
Starr und regungslos erhoben
Auch die Berge sich vom Grunde,
Denn kein Windhauch kam und spielte
In den Bäumen und Gesträuchen,
Die an ihren Lehnen wuchsen.
Ihre Gipfel aber waren
Noch verhüllt von Nebelwolken,
Die sich grau und schattig ballten
Und in leisem, leisem Schweben
Kaum bemerkbar sich verschoben.
Nur ganz oben erst und hinter
Des Gebirges nächster Kette
Ragte schon in voller Klarheit
Eine steile Felsenspitze
Einsam thronend in die Lüfte.
Schnee lag auf ihr, wie krystallen
Hing er an den schroffen Wänden,
Und die helle Morgensonne
Schien darauf, daß weithin glänzend
Der beschneite Fels hoch oben
Über Nebeldampf und Wolken
Blendend weiß und scharf sich abhob
Von dem tiefen Blau des Himmels.

Assalide konnte lange
Von dem wunderbaren Anblick

Sich nicht trennen, so ergriffen
Von dem still erhabnen Schauspiel,
Daß auf einmal sie ein Gleichniß
Darin fand und leuchtend Vorbild.
Wie der Fels dort unerreichbar,
Eisig kalt und frei von Nebeln,
Die um Berg und Schluchten brauten,
In die reinen Himmelslüfte
Mit dem Haupte hoch emporstieg,
Also sollte sie den Kopf auch
Oben halten und unnahbar
Fest und klar in kühler Ruhe
Der Versuchung widerstehen,
Die wie Dunstgebilde wechselnd,
Lockend bald und balde schreckend
Auf und ab ihr Herz umwogte.
Und so sei es! sprach sie seufzend,
Damit hab' ich die Entscheidung,
Die das Schicksal von mir fordert.
Seltsam, wie um mich sich Alles
Auflehnt gegen meine Liebe,
Und mit Wink und Zeichen deutsam
Mich verschüchtern will und warnen,
Der Gefühle Drang zu folgen,
Die doch keine Drohung abschwächt!
Unabwendliches Verderben
Soll mein Loos sein, wenn ich liebe.
Ach! als ob ich nicht verdürbe,
Wenn ich meiner Lieb' entsage!
Doch es muß sein, und ich weiß es:
An der ungestillten Sehnsucht

Geh' ich elend auch zu Grunde,
Aber mit dem herben Opfer
Meines Glücks und meines Lebens
Rett' ich ihn, den Heißgeliebten.
Was ihm sagen nun? die Wahrheit
Ohne Rückhalt? Wenn er wirklich
So mich liebt, wie ich ihn liebe,
Wird bei meinem Haupt er schwören:
Deine Liebe, Assalide,
Dein Besitz in noch so wenig
Uns vom Glück vergönnten Tagen
Schätz' ich auch mit meinem Tode
Nicht zu hoch bezahlt dem Schicksal.
Unschuld? Tugend? Ruf und Leumund?
Lächelnd wird er sich dagegen
Auf den Code d'Amour berufen;
,Ehebande sind kein Hemmniß
Für verhohlne Herzensminne,'
Heißt es im Brevier der Liebe.
Daß ich einen Andern liebte?
Glaubt er nicht; für diese Lüge
Hat mir schon sein Sängerauge
Viel zu tief ins Herz gesehen.
Doch er komme nur! je früher
Unser holder Traum sich endet,
Desto besser für uns beide.

Ein paar Stunden später standen
Assalide sich und Bernard
Ohne Zeugen gegenüber.
Sie hatt' ihn zur Unterredung

Bitten lassen, doch er hatte,
Sich mit hochgespannter Hoffnung
Zu der Harrenden begebend,
Den Empfang sich etwas anders
Vorgestellt als dieser ausfiel.
Offne Arme, süße Lippen·
Dacht' er jetzt bei ihr zu finden,
Und statt dessen, als er eintrat,
Kam sie nicht mit einem Schritte
Ihm entgegen, sondern hielt sich,
Seinen Gruß nur kurz erwiedernd,
In gemessener Entfernung.
Ihr auch schlug das Herz gewaltig,
Als sie so mit ihm allein war,
Aber sie bezwang sich standhaft,
Und bevor er selbst das Wort nahm,
Hub sie an: „Ich sollt' Euch schelten,
Herr Bernard, wenn ich's vermöchte,
Daß Ihr unter falschem Namen
Euch ins Schloß unkenntlich einschlicht.
Tempsperdut! wie konnt' ich ahnen,
Wen ich, ihm den Willkomm weigernd,
Unbeachtet beim Gesinde
Schlecht bedient und knapp versorgt ließ!"
„Hättet Ihr mich nur gelassen,
Wo ich war!" versetzte lachend
Auf den Vorwurf, der doch beinah
Wie Entschuld'gung klang, der Sänger.
„Trefflich war ich aufgehoben,
Und gewahrt blieb das Geheimniß,
So lang als Joglar ich mitlief.

Einmal wär's mir doch gelungen,
Euch zu sprechen, denn nicht eher
Wär' ich von Mercoeur gewichen.
Jetzt laßt Ihr ein fürstlich Zimmer
Mich bewohnen, und die Leute
— Ihr verändertes Benehmen
Zeigt mir's — machen sich darüber
Ihre eigenen Gedanken."
„Eure Schuld!" sprach Assalide,
„Wäret Ihr als Der gekommen,
Der Ihr seid, so hätte Niemand
Draus ein Arg gehabt im Schlosse."
„Ihr habt Recht, wenn Ihr mir zürnet,"
Räumte Bernard ein, „verzeiht mir
Mein vielleicht zu kühnes Wagniß!
Was mich dazu trieb, — Ihr wißt es."
Als sie mit gesenkten Wimpern
Darauf schwieg, begann er wieder:
„Laßt es nicht zu schwer mich büßen,
Was mein Herz verbrach, geständig
Bin ich ja, auch daß ich dafür
Eine kleine Sühn' Euch schulde.
Nicht zu ändern ist Gescheh'nes,
Also sagt nun frank und frei mir,
Was verlangt Ihr, daß ich thun soll?"
Da erhob den Blick zu ihm sie,
Sah ihn innig an und flehend,
Eh sie Antwort gab, und sagte,
Mit der Brust tief Athem holend,
Alle Kraft zusammennehmend,
Langsam dann und scheinbar ruhig:

„Gehen, dieses Schloß verlassen."
Bernard blickt' erst still auch sie an
Und erwiederte dann lächelnd:
„Eure lieben blauen Augen
Reden eine andre Sprache,
Als Eu'r Mund thut, Assalide!
Nicht Eu'r Herz schickt mich von hinnen,
Und wenn Ihr es selber sagtet,
Würd' ich's dennoch Euch nicht glauben,
Daß ich Euch hier gar zur Last bin.
Wißt Ihr denn, was es bedeutet,
Daß ich Tempsperdut mich nenne?
Weil ich soviel Zeit verloren,
Weil ich Jahre ließ vergehen,
Ohne mich mit meinem Sehnen,
Das ich wie ein nagend Wehe
In der Brust mit mir herumtrug,
Euch zu nähern und es offen,
Frisch gewagt Euch zu bekennen.
Endlich hat es meine Rose
In les Baux Euch zugeflüstert,
Und nun bin ich hier und bleibe,
Bleibe, bis Eu'r eignes Sehnen
Mit dem meinen sich begegnet."
Leise schüttelte das Haupt sie,
Und ihr Busen wallt' und wogte,
Doch sie schwieg, und weiter sprach er:
„An den Pavillon d'Amour denkt,
Wo Ihr mir befahlt, ich sollte
Dem nicht laute Worte geben,
Was mein Innerstes bewegte.

Ach! ich kann's auch nun und nimmer,
Nur in Liedern kann ich sagen,
Was ich fühle, Affalide!
Und in meinem Liebe gestern
Von den Zweien, die im Leben
Zwar getrennt, im Herzen eins sind,
Offenbart' ich Euch mein Hoffen,
Daß Ihr Den, der Euch gefolgt ist,
Liebevoll erhören würdet,
Zu ihm sprechend: Nimm, was Dein ist!"
„Hoffet nichts! es ist vergebens,"
Hauchte sie mit bleichen Lippen,
An des Tisches Bord sich stützend,
Weil sie fast sich wanken fühlte.
„Was? warum nicht, Affalide?"
Fuhr's heraus ihm in Bestürzung,
„Meinet Ihr, daß ich nicht wüßte,
Wie's in Eurem Herzen aussieht?
Warum hätt' ich nichts zu hoffen?"
„Fraget nicht! 's ist mein Geheimniß,
Das Ihr nie erfahren werdet,"
Gab sie ihm bestimmt zur Antwort.
Ein paar Gänge hin und wieder
That er im Gemach, dann blieb er
Nahe vor ihr stehn und sagte:
„Das Geheimniß, nicht errathen
Kann ich's, und es Euch entlocken
Will ich nicht, das aber weiß ich,
Daß es nicht Eu'r letztes Wort ist,
Was Ihr jetzt zu mir gesprochen.
Und ich sag' Euch, Affalide,

Euch, die — bei dem Lauf der Sterne
Mehr ich als mein Leben liebe:
Kommen wird des Glückes Stunde,
Wo Ihr willig Eurem Herzen
Folgen und in diese treuen,
Offnen Arme sinken werdet."
„Bernard!!" schrie sie auf und machte,
Um ein Haar dahin gerissen,
Keines andern Wortes fähig,
Eine zuckende Bewegung,
Als ob sie sich überwunden
An die Brust ihm werfen wollte.
Dann bedeckte sie die Augen
Mit der Hand, ihn nicht zu sehen,
Dessen Blicke sie nicht länger
Noch zu widerstehn vermochte.
Jetzt geschwind! nimm hin, was dein ist!
Rief in Bernard eine Stimme,
Und schon wollt' er sie umschlingen;
Doch besann er schnell sich wieder:
Nein! nicht ritterlich gethan wär's,
In der mächtigen Erregung,
Wo sie selbst nicht ihres Willens
Herrin ist, sie zu erobern.
Frei soll sie die Meine werden
Und aus eigenem Entschlusse
Mir wie ein Geschenk sich geben.
Und ihr sanft zu Hilfe kommend,
Sich zu fassen und zu sammeln,
Ihr auf andre Wege lenkend
Die Gedanken, sprach er ruhig:

„Ihr habt mich zu Tisch geladen
Heute Mittag, Affalide!
Laßt uns beide vor den Damen
Zung' und Augen sorglich hüten
Und vergeßt nicht im Gespräche,
Daß der Gaft, den Ihr bewirthet,
Tempsperbut heißt und Joglar ift!"
Seine Abficht wohl verftehend
Reichte dankbar sie die Hand ihm,
Die er, freudig ihren warmen,
Feften Gegendruck empfindend,
Höflich küßte, und dann ging er.

Kaum daß sich des Zimmers Thüre
Hinter ihm geschloffen hatte,
Stürzte schnell sich Affalide
Darauf zu, als wollte sehnlich
Sie zurück ihn wieder rufen,
Und die Arme nach ihm ftreckend
Stieß sie schluchzend aus und flüfternd:
„Bleibe! bleibe! nur nicht scheiden!
Ach! ich kann nicht von Dir laffen!"
Das Gesicht nach oben wendend,
Ob der Himmel sich erbarme,
Preßte die gefaltnen Hände
Vor die Stirne sie und ftöhnte:
„Herr, mein Gott! was soll draus werden?"
Raftlos schritt sie auf und nieder
Im Gemach, gehetzt, getrieben
Von dem heißen Kampf des Herzens
Und der Sinne wildem Aufruhr,

Warf sich dann in einen Sessel,
Um in einem dumpfen Brüten
Trostlos vor sich hin zu starren.
„Kommen wird's, wie er's veraussagt,"
Seufzte sie, „da hilft kein Sträuben.
Beide sind des Schicksals Mächten
Unentrinnbar wir verfallen.
Mit der Liebe Lust und Freuden
Wird es uns in Schuld verstricken
Und dann grausam uns zerschmettern.
Er will nur des goldnen Bechers
Süße Füllung mit mir leeren,
Ahnt die Neige nicht, die bittre;
Ich doch seh' sie, und wie lange
Werd' ich denn die Kraft noch haben,
Das Verhängniß aufzuhalten,
Das uns doch einmal bestimmt ist?
Warum zaudern? fragt mein Herz mich,
Was ist Vorsatz? was ist Wille?
Auch die muthigsten Entschlüsse,
Die man kaum sich abgerungen,
Schwinden wie der Schnee vom Berge,
Wenn die Sonne strahlt im Frühling,
Vor dem Flammenhauch der Sehnsucht."
    Lange saß sie noch im Lehnstuhl,
Den Gedanken hingegeben,
Die ihr durch die Seele zogen,
Bis aus ihren tiefen Träumen
Sie Faibidens Klopfen weckte.

Bernard ging zufriednen Herzens
In sein neu ihm angewiesnes
Prächtiges Gemach und blieb dort
In der festen Überzeugung,
Daß ihm Assalidens Liebe
Grad so unbegrenzt und innig
Angehörte, wie die seine
Ihr zu eigen war auf ewig.
„Aber Zeit muß ich ihr lassen,
Völlig sich hineinzufinden,
Daß sie mein mit Leib und Seele,“
Sprach er sinnend zu sich selber.
„Hier im Schlosse kennt mich Niemand,
Auch Herrn Guiraud, wenn er heimkehrt,
Bin ich fremd, falls ich nicht selber
Mich ihm zu erkennen gebe,
Und der Ritter wird dem Ritter
Nicht das Gastrecht dann versagen.
Nur die beiden andern Damen
Sind im Weg mir, wären's auch nicht,
Hätt' ich gleich den klugen Narren,
Meinen Freund Tampon, zur Hand hier.
Ihr Geheimniß? ach, nur Scheu noch,
Ihre Gluth mir zugestehen.
Mein Geheimniß ist die Hoffnung,
Die mit strahlend hellen Sternen
Aus dem blauen Liebeshimmel
Ihrer Augen mich getröstet.
Assalide, Assalide!
Balde bist du mein in Freuden,
Und uns blüht ein neues Leben.“

Ihm zu enge ward's im Zimmer,
Und er eilt' hinaus ins Freie,
Schweift' im Thale, pflückte Blumen
Dort zum Strauß für Assaliben
Und erdachte neue Lieder.

XII.

Unverhofftes Wiederfehen.

— —

Zwei Mittage hatte Bernard schon
Mit den drei Damen gespeist im Saale,
Und sein geselliger Takt und Ton,
Sein Feingefühl mit jedem Male
Die Herzen auch der andern Zwei,
Die ihn nicht kannten, mehr gewonnen,
So daß sie schon sich mancherlei
Gedanken über ihn gesponnen.
Vielleicht ist's ein verkommner Ritter,
Der den kuriosen Namen trägt
Und als Joglar mit Laut' und Zither
Sich kümmerlich durch's Leben schlägt.
Ach nein, er sah ein fein Benehmen
Wohl in den Schlössern, wo er sang,
Und muß sich dem nun anbequemen,
Für ihn gewiß ein läst'ger Zwang.
So sprachen sie sich unverhohlen
Wohl hinter seinem Rücken aus,
Und Assalide saß auf Kohlen
Bei der Erörtrung Meinungsstrauß.
Er spielte wunderbar natürlich

Die Rolle, die er sich erfand,
Zuweilen aber unwillkürlich
Verrieth sich doch der Mann von Stand,
So daß sie nicht dahinter kamen,
Ob er Joglar, ob Ritter wär',
Und doch behandelten die Damen
Manchmal ihn sehr von oben her.
Gleich als er erstmals war erschienen
Zur Tafel, ward ihm angedroht:
„Ihr müßt Euch immer erst verdienen,
Herr Tempsperdut, Eu'r Mittagbrod,
Wie's regelrecht und angemessen
Das Spielmannshandwerk mit sich bringt,
Und eher kriegt Ihr nichts zu essen,
Bevor Ihr nicht drei Lieder singt!"
Deß war der Sänger wohl zufrieden,
Und gern ging auf den Pakt er ein,
Sein Lied ja sollte Assaliden
Der Dolmetsch seiner Liebe sein.
Er hatte sie seit jenem Morgen
Niemals allein gesprochen mehr,
Denn sie, in ihres Herzens Sorgen,
Vermied so innigen Verkehr.
Doch durft' er immer sie begleiten,
Wenn mit den Freundinnen sie ging,
Wobei im Plaudern dann und Schreiten
Sein Blick allfort an ihrem hing.
So lebten abseits und geschieden
Vom Strom der Welt, der draußen floß,
Die Vier in Freuden hier und Frieden
Traulich vereint im stillen Schloß.

Und heute war's am vierten Tage,
Daß Bernard vor den Damen stand
Und mit Gesang und Lautenschlage
Bei ihnen Huld und Gnade fand.
Sein Lied, in täuschender Gestalt,
Als ob es einer Fernen galt,
Die Garbacor (des Herzens Hut)
Er nannte, war verhaltne Gluth,
Die er mit Mäßigung bekämpfte,
Zu sanft gestimmten Tönen dämpfte.

In die Weite möge fliegen
Hin zu dir des Liedes Klang,
Sich auf lauen Lüften wiegen,
Leise wie des Windes Sang,
Mit des Schalles weichem Schmiegen
Grüße hauchen dir ins Ohr,
Heißgeliebte Garbacor!

Waltend über meinem Leben
Seh' ich ruhig dich und mild,
Meinen guten Engel schweben,
Meines Herzens Heil'genbild,
Und die Hände möcht' ich heben
Flehentlich zu dir empor:
Sei mir gnädig, Garbacor!

Auf den Schwingen meiner Lieder
Send' ich über allen Raum
Meine Liebe dir, und wieder
Schickst du deine mir im Traum,
Steigst im Traume zu mir nieder,

Trittst aus dunkler Nacht hervor,
Glanzumwoben, Garbacor!

Also wechseln wir und tauschen
Ein geheimnißvoll Verstehn,
Ein in weiter Ferne Lauschen,
Ein in nächster Nähe Sehn,
Und der Trennung Tage rauschen
Tröstlich aus der Zeiten Thor
Uns vorüber, Garbacor!

„Glück' zu! doch wüßt' ich mehr noch gerne
Von Der, die Euer Herz erkor,"
Begann Germonde; „sagt, ist so ferne
Von hier sie, Eure Garbacor?
Wollt um ihr Bild uns nicht betrügen,
Ist blond, ist groß sie oder klein?
Wem ist sie an Gestalt und Zügen
Am ähnlichsten wohl von uns Drei'n?"
„Germonde, die Frag' ist zu verwegen!"
Rief Assalide, schreckerfüllt;
Ließ sie zu schildern sich bewegen
Bernard jetzt, ward ihr Spiel enthüllt.
Doch er: „Ich will sie Euch beschreiben,
An die ich ganz mein Herz verlor,
Und sag' Euch ohne Übertreiben:
Berückend schön ist Garbacor.
Schlank die Gestalt von Kopf zu Füßen,
Kohlrabenschwarz ihr glänzend Haar,
Die Lippen roth, die wonnesüßen,
Und dunkel glüht ihr Augenpaar,
Sie ist mir nah und hält sich ferne,

Zeigt Liebe mir und Widerstand,
Als böte sie von einem Sterne,
Mir unerreichbar, Herz und Hand."
Guiscarda lacht': „In Räthseln sprechen,
Herr Tempsperdut, das laßt beiseit!
Damit den Kopf uns zu zerbrechen
Wär' auch für uns verlorne Zeit."
„Gewiß!" sprach Assalide, „haltet,
Die Euer Lieb herbeibeschwor,
Für uns geheim und wo sie waltet,
Die rabenschwarze Garbacor.
Wir wollen niemals nach ihr fragen,
Und jetzt bitt' ich, Herr Tempsperdut,
Ein ander Lied uns vorzutragen,
Das uns erspart des Rathens Müh."
„Ihr sperret mir des Sanges Brücke
Zur Liebe?" lächelte Bernard,
„Und manchmal träumt doch auch von Glücke
Ein armer, schmachtender Joglar.
Noch wollet Euch gefallen lassen
Ein Räthsellied, einfach und schlicht,
Ihr werdet leicht den Sinn erfassen,
Denn tief verborgen liegt er nicht."

   Wo funkeln die Sterne, nach deren Stand
    Mein Lebensschifflein ich lenke,
   Daß auf der Fahrt zum glückseligen Strand
    Ich weiß, wo den Anker ich senke?
    Sie leuchten bei Tag, sie leuchten bei Nacht,
    Sie halten am Himmel hoch über mir Wacht,
    Ich kann nicht scheitern, nicht sinken,
    So lange sie freundlich mir blinken.

Wo blüht die Rose, die dornenlos, .
Mir winkt am herrlichsten Strauche,
Die purpurroth, nur knospengroß
Mir duftet mit lieblichem Hauche?
Und pflück' ich sie mir und nehm' ich sie fort,
Gleich blüht sie wieder am nämlichen Ort,
Ich könnte sie tausendmal pflücken,
Nicht einmal doch mit ihr mich schmücken.

Wo steht, mit Schätzen gefüllt, der Schrein,
Der streng vor Dieben bewachte?
Nicht List noch Gewalt bricht in ihn ein,
Er öffnet von selber sich sachte.
Er liefert mir aus sein letztes Stück,
Verlangt aber ebensoviel zurück,
Es ist nur ein Tausch und Handel
Und doch ohne Wechsel und Wandel.

Ihr rathet es nicht, darum lös' ich geschwind
Die Rätsel euch: unter den Brauen
Der Herzallerliebsten auf Erden sind
Die strahlenden Sterne zu schauen.
Die Rose, sie lockt von der Stelle mich an,
Die lächeln und Liebes mir sagen kann,
Vom schönsten Gewölb ist umhüllet
Der Schrein, mit Juwelen gefüllet.

„Das hätten wir vielleicht gefunden
Auch ohne Lösung," lacht' heraus
Germonde, „doch habt Ihr uns gebunden
Auch damit einen duft'gen Strauß."
„Ja," sprach Guiscarda, „und ich bitte,

Daß frisch dazu noch einer blüh',
Singt hinterdrein uns gleich das Dritte
Laut unsres Pakts, Herr Tempsperdut!"
Bernard willfahrte dem Verlangen,
Und bei des Liedes raschem Fluß
Blieb fest an Affaliden hangen
Sein Blick vom Anfang bis zum Schluß.

Ich kann es nicht verschweigen,
Es zwingt und schüttelt mich,
Wie Sturmwind in den Zweigen
Durchwühlt's mich innerlich:
Ich liebe dich!

Ich finde nirgend Ruhe,
Darf ich bei dir nicht sein,
Und was ich denk' und thue,
Dreht sich um dich allein,
Denn ich bin dein.

Im lauten Tageslärmen,
Bei stillem Mondenschein,
In Hoffen und in Härmen
Fühl' ich der Sehnsucht Pein:
O wärst du mein!

Und wenn auch keine Klage
Mir von der Lippe bricht,
Tret' ich doch mit der Frage
Hin vor dein Angesicht:
Liebst du mich nicht?

O neige dich mir nieder,
Mir ist das Herz so wund,
Gieb meine Ruh mir wieder,
Mit deinem rothen Mund
Mach mich gesund!

Als eben erst die zweite Strophe
Des Liedes ihren Anfang nahm,
Geschah's daß Assalidens Zofe
Herein zu einer Meldung kam.
Indessen statt sie anzuhören
Winkt' Assalide mit der Hand,
Jetzt beim Gesange nicht zu stören,
Worauf Faibide still verschwand.
Doch als der letzte Ton verklungen,
Flog auf die Thür, und angesprungen
Kam plötzlich wie ein Wirbelwind
Loba von Pennautier, geschwind
Auf Assaliden zu sie lief,
Gefolgt von Andern noch, und rief:
„Da sind wir, Sail! zu Fünfen gleich!"
Und schlang um sie die Arme weich.
Und weiter ging's mit Kuß und Wort
In einem Athem sprudelnd fort:
„Germonde von Gévaudan! moun Dieu!
Auch Du, Guiscarda von Beaujeu!
Und hier — trau' ich den Augen nur?
Messire Bernard von Ventadour!
So waret Ihr's, der eben sang;
Mir däuchte fremd der Stimme Klang
Und anders hier als in les Baux."

Dann zu den Damen: „Ihr also,
Ihr Beiden seid die Tugendwächter, —
O das ist köstlich!" in Gelächter
Brach aus sie, das ihr hexentoll
Aus übermüth'gem Herzen quoll.
Die andern Vier, die mit ihr kamen,
Begrüßten höflich erst die Damen,
Und Jeder drückte dann die Hand
Dem, den er unverhofft hier fand:
„Bernard von Ventadour! Bernard!"
Rief Jeder aus, denn offenbar
Erfreute sie dies Wiedersehn,
Und Allen mußt' er Rede stehn.
Die sich nicht kannten, stellt' im Kreise
Loba einander vor genau,
Drei Sänger, die gemacht die Reise
Mit ihr und einer zweiten Frau.
„Wir Drei hier," sprach sie mit Frohlocken
Zu Assaliden, die erschrocken,
Erröthend und verlegen stand,
Kaum zur Begrüßung Worte fand,
„Gräfin Tiberge von Roussillon,
Raimond von Miraval und ich,
Wir kommen von Schloß Mondragon,
Und die dort hausen, grüßen Dich.
Und die zwei wunderbaren Wesen,
Herrn Marcabrun, Herrn Peire Vidal,
Hab' unterwegs ich aufgelesen,
Da mußten mit sie Knall und Fall.
Du wirst an ihren seltnen Gaben
Noch Deine helle Freude haben,

Läßt nun Dich feiern und becouren
Von vier berühmten Troubadouren."
Germonde sah zu Guiscarda hin,
Als wollte mit dem Blick sie sagen:
Verstehst Du das? mir ist zu Sinn,
Als wär' ich vor den Kopf geschlagen.
Raimond nahm sich Bernard bei Seiten:
„Nun sag' mir nur, — fehlt Dir Gewand?
Siehst aus, — Du kannst es nicht bestreiten —
Wie ein Joglar sich trägt im Land."
„Das weiß ich, Freund! es war mein Wille,"
Schnob Bernard, „als Joglar verkappt
Fand ich mich ein hier in der Stille
Und bin nun wie ein Dieb ertappt.
Daß euch das Teufelsweib auch grade
Hieher geschleppt, in dieses Schloß,
Wo ich mich sonnt' in Gunst und Gnade,
Die auf den Unbekannten floß!"
„Ach so! und welche von den Dreien —?"
„Still!" sprach Bernard, „jetzt muß ich mich
Doch von dem groben Wams befreien,"
Worauf er aus dem Saal entwich.
Das Mittagsmahl ward aufgeschoben,
Damit den Gästen blieb die Zeit,
Sich dazu erst im Zimmer oben
Geschickt zu machen und bereit.
Des Schlosses Herrin aber führte
Sie selbst Trepp' auf und sah danach,
Daß Jedermann, was ihm gebührte,
Zu Theil ward unter ihrem Dach.
Sie wollt' auch wohl vorerst den Fragen

Der beiden Freundinnen entgehn
Und nicht, von dem Beweis geschlagen,
Den Trug mit dem Joglar gestehn.

Germonde nur und Guiscarda blieben
Im Saal noch, und Guiscarda frug:
„Was wird uns hier für Spuk getrieben?
Nicht anders werd' ich daraus klug,
Als daß ich steif und fest behaupte:
Die gute, sanfte, stille Sail
Macht uns, was ich bisher nicht glaubte,
Aus ihres Herzens Stand ein Hehl.“
„Ja, stille Wasser, geht die Sage,“
Erwiederte Germonde, „sind tief,
Doch einmal kommt es auch zu Tage,
Was unten auf dem Grunde schlief.“
„Gewiß, Germonde! jedoch daß länger
Als einen Tag sie uns verbarg,
Wer uns entgegentrat als Sänger,“
Fuhr auf Guiscarda, „das ist arg.“
„Sie wußt' es selbst nicht, denn im Schlosse
Wohnt' er, und sie empfing ihn nicht,
Ließ unten ihn beim Dienertrosse
Wie jeden ersten besten Wicht.“
„Doch als er ohne sich zu nennen
Vor uns erschien, da war's doch klar,
Da mußte sie ihn doch erkennen,
Weil in les Baux sie mit ihm war.
Und ich, ich wollt' ihn tanzen lassen
Und Sprünge machen als Jongleur,
Nun aber auf die Wege passen

Werd' ich dem Herrn hier in Mercoeur."

„Hast ihn auch schlecht genug behandelt,
Doch da sich der Joglar zuletzt
In einen Troubadour verwandelt,
Sei'n wir ihm doppelt huldvoll jetzt."

„Das überlaß nur Assaliden,
Doch halt! Germonde, das wär' ein Scherz!
Wir rächen uns an der Perfiden
Mit einem Ansturm auf sein Herz.
Wir thun, vermeidend alles Fragen,
Als hielten wir für überrascht
Auch sie, und es beginnt ein Jagen
Um ihn, wer seine Gunst erhascht."

„Und dann die Eifersucht! komm! schmücken
Wir schnell uns für den Troubadour,
Mit Reiz und Anmuth zu berücken
Messire Bernard von Ventadour!"
Unbändig freuten sich die Beiden
Des Plans, den ihre List ersann,
Dem Paar die Flausen zu verleiden,
Und kichernd sprangen sie hindann.

XIII.

Sang und Saitenspiel.

Nun saßen beim fröhlichen Mahl die Neun,
Die jetzt im Schlosse versammelt waren,
Gewillt, mit einander sich zu erfreu'n
Und nicht mit Worten und Scherzen zu sparen.
Und also sahen die Stattlichen aus,
Die fremd noch waren im gastlichen Haus.
Tiberge, aus aragonischem Schloß,
War eine Schönheit voll sprühender Gluth,
Schwarzäugig, schwarzhaarig, man sah, es floß
In ihren Adern maurisches Blut.
Ihr Antlitz mit den beweglichen Mienen
War dunkel wie bräunliches Elfenbein,
Und zwischen den vollen Lippen erschienen
Beim Lächeln zwei glänzende Perlenreihn.
Der pyrenäischen Gräfin zur Seite
Raimond von Miraval sich fand,
In Minnespiel und Liederstreite
Als Sieger weit berühmt im Land.
Schon viel erlebt und viel geliebt
Hatt' er, wo Andre schmählich darbten,

Sein Herz, so hieß es, sei durchsiebt
Von Wunden, die sehr rasch vernarbten.
Er mochte freilich dazu taugen,
Daß er der Frauen Ohr besaß,
Man fühlt' es, daß er mit den Augen
Durchdringend auch Geheimstes las.
Die zwei fragwürdigen Gestalten,
Herr Marcabrun und Peire Vidal,
Gehörten längst schon zu den Alten,
Die nirgend heimisch und überall.
Die beiden trotzigen Gesellen
Mit ihren knochigen Gestellen,
Dem grauen Haar, gebräunten Gesicht,
Grade die Feinsten waren sie nicht,
Gaben derb ihre Meinung kund,
Nahmen niemals ein Blatt vor den Mund,
Schweiften und schlenderten immer selbander,
Liebten sich, zankten sich, schraubten einander.
Aber singen konnten die Kerle,
Manch' eine köstliche Liederperle
Und auch manch fürwitziger Schwank
Trug ihnen ein der Hörer Dank,
Der ihrem ewig durstigen Mund
Floß am liebsten aus Fasses Spund.

Sorgfältig nun, fast prächtig gekleidet
Als ritterlicher Troubadour,
Von den zwei Dürftigen beneidet,
Erschien Bernard von Ventadour.
Mit ihrem bezauberndsten Lächeln entgegen
Trat ihm Germonde: „Segnour Bernard,

Wie anders seht jetzt Ihr aus! verlegen
Steh' ich vor dem entpuppten Joglar.
Die Lieder aber, die Ihr gesungen
Hier unerkannt, glaubt mir, sie sind
Mir tief ins klopfende Herz gedrungen,
Ihr wißt es, wie man Frauen gewinnt."
„Ich aber," fügte mit flammendem Blicke
Guiscarda hinzu, „ich dachte mir's gleich,
Was Ihr mit List und großem Geschicke
Vor uns verbargt: so liederreich
Ist nur ein Sänger von Eurem Range,
Ihr rißet mit Eurem Gesang mich fort,
Mir ward oft um mich selber bange,
So hat berauscht mich Ton und Wort."
„Ihr kanntet ihn nicht? o fein gesponnen!
Sail, das ist ein Streich," lachte Loba laut,
„So kühn gewagt, so schlau ersonnen,
Wie ich ihn nimmer Dir zugetraut."
„Verzeiht, Frau Loba! der Streich ist der meine,"
Sprach vor Assaliben der Troubadour,
„Joglar war hier ich nur zum Scheine,
Zu sehen, ob ich Gunst erfuhr
Bloß mit Gesang und ohne Namen,
Der ja das Urtheil leicht besticht;
Drum sang als Fremder ich vor den Damen,
Und Frau von Mercoeur verrieth mich nicht."
„Ich wollte den Spaß ihm nicht verderben,"
Bekannt' Assalide ein wenig verwirrt,
„So ließ ich ihn fremd um Gnade werben,
Du hörst, er hat sich auch nicht geirrt."
Sie lächelten Alle still in der Runde,

Doch glauben that's Niemand, womit sich die Zwei
Herausgeredet im heimlichen Bunde,
Nur Raimond von Miraval stand ihnen bei.
„Bernard," begann er, „ich muß es loben,
Daß Du's gewagt hast, den Unterschied
Von Ruhm und Kunst klug zu erproben,
Ob der Name den Sänger macht oder das Lied."
„Wollt ihr Frauenherzen zwingen,
Müßt von Liebeslust ihr singen,"
Tralallte Peire Vidal und lachte.
„Frauen sind gar leicht zu rühren,
Lassen sich so gern verführen,"
Gleich Marcabrun den Zusatz machte.
„Ihr seid die Rechten just, ihr Beiden!"
Rief Loba. „Frauenhuld erflehn
Muß ungefähr so gut euch kleiden
Wie Bären, wenn sie tanzen gehn."
„Ihr hättet mich in jungen Tagen
Nur sehen solln!" versetzte Peire,
„Und dann, stets wird die Bärin sagen:
Der schönste Mann ist doch der Bär!
Ich könnt' euch viel davon erzählen,
Wie mich die Frauen einst verwöhnt,
Wo ich nur hinkam, konnt' ich wählen,
Kein zärtlich Thun war mir verpönt.
Ich hatt' ein Glück bei Frau'n und Mädchen,
Als gäb' es nicht das Wörtchen Nein,
Ich hielt sie dutzendweis am Fädchen,
Ein Blick nur, und sie waren mein."
„Ich kann's mir denken," meinte spöttisch
Guiscarda, was sie ernsthaft sprach,

„Daß Euch geliebt die Frau'n abgöttisch
Und es an Gunst Euch nie gebrach.
Ein Lächeln spielt um Eure Lippen,
Gemacht, den Frau'n es anzuthun,
Und so an allen Blumen nippen
Ist süß; was sagt Herr Marcabrun?"
„Ich?" brummte Marcabrun, „ich kenne
Von Grund die Weiber allesammt,
Wenn ich noch einmal mich verrenne,
Will ich verwünscht sein und verdammt.
Wer dumm genug ist, mag vertrauen
Dem Falschspiel ihres Angesichts,
Und säßen hier am Tisch nicht Frauen,
Sagt' ich: sie taugen alle nichts!
Herzlos und treulos sind sie alle,
Sind flatterhaft und launenhaft
Und locken tückisch in die Falle
Den Narrn, der sich in sie vergafft."
„Oho! oho!" tönt's in der Runde,
„Herr Marcabrun, nehmt Euch in Acht!"
Kam's drohend fast von Aller Munde,
„Noch hat kein Sänger so gedacht."
Da sprang er auf: „Ich will's euch singen!"
Nahm Bernards Laute, die dort lag,
Und ließ sofort die Saiten klingen
Von seiner Faust mit leichtem Schlag.

Auf Zehen kommt gegangen
Der Frauen List und Lug,
Laßt, Männer, euch nicht fangen
Von ihre Worte Trug.

Den Thränen in den Blicken,
Den Küssen trauet nicht,
Die Sammetpfötchen zwicken,
Das Schlangenzünglein sticht.

Die sich die Wangen schminken
Mit zartem Rosenroth,
Sie wollen satt sich trinken
An eurer Herzensnoth.
Zu ihren Füßen liegen
Sollt ihr mit heißem Blut,
Ihr hofft sie zu besiegen,
Sie lachen eurer Gluth.

Mit schlauen Künsten schmücken
Sie sich für alle Welt,
Mit Reizen zu berücken,
Wem ihr Gethu gefällt.
Sie schwänzeln und sie tändeln
Liebäugelnd, um bequem,
Leichtfertig anzubändeln
Mit Diesem oder Dem.

Versprechen doch und halten
Ist ihnen zweierlei,
Nach ihren Launen schalten
Selbstsüchtig sie und frei.
Und wenn sie Treue schwören,
Heißt das, wie's ihnen frommt:
Ich will dir angehören,
So lang kein Andrer kommt.

Gleichgültig, lieblos laſſen
Sie euch vor Leid vergehn
Und euch bis zum Erblaſſen
Vergeblich harrend ſtehn.
Denn was ſie thun und ſagen,
Iſt ihnen eitel Scherz,
In ihrem Buſen tragen
Sie einen Stein als Herz.

Ein Sturm erhob ſich nun am Tiſche,
Man rief, zu gleichem Zorn vereint,
In buntem, lärmendem Gemiſche:
„Empörend! ſchändlich! Weiberfeind!"
Man ließ ihn nicht zu Worte kommen,
Sich zu vertheid'gen, lacht' und ſchalt,
Bernard hatt' ihm die Laute genommen
Und ſprach von Leidenſchaft durchwallt:
„Ich will Euch zeigen, Frauenverächter,
Den Frauen Dienſt und Dank zu weihn,
Ihr Mundwalt will ich und Ehrenwächter,
Ihr Ritter und Herold will ich ſein."
Und wie befreit von einem Zwange
Stand er, als er nun eifervoll
Die Saiten rührte zum Geſange
In Liebe halb und halb in Groll.

In meines Liedes Töne gießen
Möcht' ich die ganze Seele mein,
'Will mir die Luſt doch überfließen
Zu jubelhellen Melodein,
Wie hoch die Frauen ich verehre,
Um ihre Huld mich ſorg' und ſehre,

Daß ich zu ihrem Lob und Preis
Gar nicht genug zu sagen weiß.

Sie bringen in den Traum des Lebens
Den Sonnenschein in Hütt' und Schloß,
Den Erdenweg ging nicht vergebens,
Wer holder Frauen Gunst genoß.
Sie sind's, die uns die Stirne glätten
Und uns das Haupt auf Rosen betten,
In ihrem Arm, an ihrem Mund
Wird uns des Daseins Räthsel kund.

Ist's ihrer Schönheit stolze Blüthe,
Was um uns Zauberbande schlingt?
Ist's ihres reinen Herzens Güte,
Was uns sie zu bewundern zwingt?
Was immer ihr geheimstes Wesen,
In ihres Blickes Tiefe lesen
Wir doch: gebt uns der Liebe Glück,
Wir zahlen's zehnfach euch zurück!

Wir werden's niemals ganz ergründen,
Was in ihr Herz sich scheu versteckt,
Das unsre Fehler, unsre Sünden
Mild mit der Liebe Mantel deckt.
Drum ist es Liebe, was wir schulden
Den Frauen für ihr Thun und Dulden,
Auf Händen tragen wolln wir sie
Und ihnen beugen Haupt und Knie.

Da ward mit Worten und mit Blicken,
Die er mit Ohr und Auge trank,

Mit heiterm Lächeln, trautem Nicken
Dem ritterlichen Sänger Dank.
„Ihr habt es," sprach Germonde, „verstanden,
Den Frau'n zu wahren Ruhm und Ehr
Und machtet jämmerlich zu Schanden
Den Spott durch wackre Gegenwehr.
Was Ihr in Eurem Lied erkläret,
Erschließt Euch unsres Herzens Thür,
Und wenn Ihr nicht schon Ritter wäret,
Zum Ritter schlüg' ich Euch dafür."
„Und Kränze wollen wir Euch winden,"
Stimmt' ein Guiscarda, „für den Gang,
Ihr sollt uns stets so liebreich finden,
Wie uns geschildert Eu'r Gesang."
Tiberge doch sprach: „Für All und Jede
War das, was rühmlich Ihr gesagt;
Ist von der Einen nicht die Rede,
Die Ihr zutiefst im Herzen tragt?
Wenn Eine vor den Andern allen
Ihr wahrhaft liebt, vergeßt sie nicht!
Laßt auch an sie ein Lied erschallen
Nach Sängerbrauch und Ritterpflicht."
„Das will ich," rief Bernard, „Ihr meistert
Und mahnet mich mit Recht und Fug,
Und sing' ich nun für sie begeistert,
Folg' ich des eignen Herzens Zug."
Mit einem Blick auf Assaliden
Sein Arm die Laute nun umschlang,
Und rasch entschlossen und entschieden
Erhob er wieder sich und sang.

Einer auf Erden, nur Einer vor Allen
Will ich mein Tichten und Trachten gestehn.
Nähme sie mich zum getreuen Vasallen,
Wollt' an die Fersen die Sporen ich schnallen,
Streiten und sterben nur ihr zu Gefallen;
Höre, du Einzige, höre mein Flehn!

Seit mich der Blick deines Auges getroffen
Mitten ins Herz wie ein blitzender Speer,
Seh' ich die Pforten der Seligkeit offen,
Schau' wie zu leuchtenden Zinnen und Schroffen
Zu dir empor mit hochfliegendem Hoffen,
Träum' ich und denk' ich nichts Anderes mehr.

Muß ich es sagen noch, wie ich gerungen,
Sagen, was wallet und webet in mir?
In allen Tönen schon hab' ich's gesungen,
In alle Winde hinaus sind erklungen
Lieder der Liebe, dem Herzen entsprungen,
Voll von unendlicher Sehnsucht nach dir.

Komm an mein Herz, dich in Wonnen zu wiegen,
Laß meine Seele zu deiner hinein,
Nimmer den Schwur will ich brechen und biegen,
Bis mir die Quellen des Lebens versiegen,
Dich nur zu lieben in Treuen verschwiegen,
Hüben und drüben dein eigen zu sein.

Als er zu Ende mit dem Liede,
Das in den Saiten rauschend verklang,
Dankt' ihm ein Blick von Affalide,
Der ihn wie Flammenstrahl durchdrang.
Und hätt' er ihr ins Herz gesehen,

Hätt' er mit Freuden jetzt erkannt,
Daß ein Gelübbe drin geschehen,
Von ihr zum Himmel aufgesandt.
Ihr in Erregung glühten die Wangen,
Leise zuckte der lächelnde Mund,
Auf und ab in Beben und Bangen
Wogte des Busens schwellendes Rund.
Alle bewahrten ein tiefes Schweigen,
Lugten zu Assaliden hin
Und erriethen: ihr war er zu eigen,
Sie seines Herzens Königin.
Doch Loba saß, an der Lippe nagend,
Als wär' ihr die gute Laune geraubt,
Dann aber, die Mißgunst schnell verjagend,
Erhob sie trotzig und frei das Haupt
Und rief mit übermüthigem Tone:
„Nun, Herr Raimond von Miraval,
Denkt nicht, daß Euch man hier verschone,
Laßt hören auch Eurer Stimme Schall!
Wollt uns mit einem Lied erbauen,
Frisch, freudig, wie der Vogel singt,
Doch nichts von Liebe, nichts von Frauen,
Sofern Ihr Andres fertig bringt."
Raimond, zur Laute greifend, sagte:
„Gern will ich Euch zu Diensten sein,
Was anzubieten ich nicht wagte
Nach Bernards goldnen Melodein."
Ein Vorspiel ließ er nun erschallen
So schmetternd wie Fanfarenklang,
Wie Locken dann von Nachtigallen
So süß und schmelzend, bis er sang:

Tiefblau wölbt sich der Himmelsdom
Über Languedoc und Provence,
Breit fluthet der mächtige Rhonestrom,
Dumpf rauscht die wilde Durance.
Es blühen reich
Einem Garten gleich
Die lachenden Fluren im Lande
Bis hin zu des Meeres Strande.

Da haust ein kühnes, ein hehres Geschlecht,
Das hat seine Lust am Streiten
Im eisenklirrenden Panzergeflecht,
Am fröhlichen Jagen und Reiten.
In Lüften frei
Gellt Falkenschrei,
Und trotzig im heißen Turniere
Funkeln die goldnen Zimiere.

Da hallet und schallet der Harfen Ton
Von Burgen und Schlössern hernieder,
Da jubeln und jauchzen für Minnelohn
Zum Saitenspiele die Lieder.
Und lächelnd schau'n,
Die schönen Frau'n
Ins Auge dem muthigen Sänger,
Dem glücklichen Herzensfänger.

Die Ritter so stolz unter Helmesdach,
Die Frauen so glühend wie Rosen,
Bald Heroldruf und Speergekrach,
Bald Flüstern und Küssen und Kosen,

Hie Waffengang,
Hie Sang und Klang,
Ein Brausen und Schwirren und Weben
Das ist provençalisches Leben.

Provence, du herrlich gerüstet Bild,
Du trägst mit hellem Glanze
Der Ehre Schwert, der Liebe Schild,
Für dich leg' ich ein die Lanze.
Wo Sangeskunst
Und Frauengunst
Dem Sieger winken und danken,
Da reit' ich in die Schranken.

Allseitig reichen Beifall zollte
Man laut dem tapfern Troubadour,
Womit fast gar nicht enden wollte
Sein Freund Bernard von Ventadour.
Da wandte lebhaft Assalide
Zu Peire Vidal ihr Angesicht:
„Wie wär' es jetzt mit einem Liebe
Von Euch? nicht wahr? Ihr weigert's nicht."
„Gewiß nicht, Domna, darzubringen
Mein Scherflein bin ich gern bereit,"
Sprach Peire Vidal, „doch darf ich singen
Von Frauen auch in Höflichkeit?"
„Soviel Ihr wollt!" klang's in der Runde,
„Singt uns, was immer Euch behagt!
Willkommen ist zu jeder Stunde,
Was Ihr von Frauen Gutes sagt."
„Ich liebe sie in einer Weise,"
Fuhr er da selbstgefällig fort,

„Daß ich voll Gluth sie lob' und preise
Mit Saitenspiel, mit Sang und Wort.
Und da ich ihrer Gunst mich rühme,
So ist's auch treu von mir gemeint,
Entgegen diesem Ungethüme,
Dem grob verbissnen Weiberfeind."
„Du Prahlhans, dem die Abenteuer
Von Andern nimmer lassen ruhn!
Die Gluth ist doch ein züngelnd Feuer
Von Stroh nur," lachte Marcabrun.
„Glaubt niemals seinen großen Worten,
Er ist ein eitler Geck und Gauch,
Die Frauen fliehn ihn aller Orten,
Thut er das Maul auf, lügt er auch."
„Neidhammel, den die Frauen hassen!"
Gab Peire nun dem Kumpan zurück,
„Wollt euch von ihm nicht irren lassen,
Hört jetzt von mir ein merklich Stück."

Nach der Frauen Gunst und Gnade
Lief ich mir schon ab die Schuh,
Strebt' auf manchem stillen Pfade
Dem ersehnten Ziele zu,
Hab' auf leisen Liebesschlichen
Berry und Bourbon durchstrichen,
Perigord und Poitou.

Immer such' ich das Erbarmen,
Das in feuchten Augen blinkt
Und mit offnen, blanken Armen
Zärtlich mir Willkommen winkt,

Bis mein Durst aus dem bekränzten,
Von Gewährung hold kredenzten
Süßen Zauberbecher trinkt.

Laßt euch finden, rothe Rosen,
Die ihr ohne Dornen blüht,
Laßt, ihr lächelnden, euch kosen,
Daß in Lust das Herz erglüht
Und das Feuer, das gefangen
Lodert in des Busens Bangen,
Lichterlohe Funken sprüht.

Drum, ihr Schönen, seid nicht spröde,
Wenn ein Mann um Minne fleht,
Und versagt nicht schroff und schnöde,
Was so gern ihr zugesteht.
Denket nicht, daß im Beglücken,
Mit dem Herz an Herzen Drücken
Arge Sünden ihr begeht.

Seid zur Liebe doch geschaffen,
Thöricht, wenn ihr davor stutzt
Und mit eurer Tugend Waffen
Störrisch dem Geliebten trutzt.
Nehmt die Freuden hin vom Leben,
Die's bereit ist euch zu geben,
Zaudern hat noch nie genutzt.

Man war erstaunt am ganzen Tische,
Wie gut dem Peire das Lied gelang,
Mit welchem Wohllaut, welcher Frische
Des Graukopfs helle Stimme klang.
Nur Assalide saß im Kreise

In sich versunken und verdutzt
Und flüsterte unhörbar leise:
„Ja, Zaubern hat noch nie genutzt."
Hinausgegangen mittlerweile
War Marcabrun mit sachtem Schritt,
Kam wieder nun zurück in Eile
Und brachte seine Geige mit.
Er war ein Meister mit dem Bogen,
Doch erst nachdem das goldne Naß
Aus seinem Becher er gesogen,
Stimmt' er und sang mit kräft'gem Baß.

Einst schlich ich verloren, verlassen und bar
Vom Besten, was Menschen erstreben,
Mir fehlte, verhetzt und zersetzt wie ich war,
Nichts weiter als Alles zum Leben.
Die Kehle war trocken, der Beutel war leer,
Und ich hatte nicht Harfe, nicht Viola mehr.

Da kam eine Brücke mir grad in den Weg,
Von finsterem Schloß überraget,
Ich guckte und spuckte ins Wasser vom Steg,
Da wurd' ich gepackt und gefraget:
Wie ist's mit dem Geld für die Brücke, Gesell?
Nur Spielleut sind frei von Zoll und Gefäll.

Ich habe geschworen, geschimpft und geflucht,
Ich wär' ein Sänger auf Reisen,
Sie glaubten mir nicht, ich wurde durchsucht,
Ein Saitenspiel konnt' ich nicht weisen.
Sie schleppten und schoben ins Schloß mich hinein,
Da saßen die Zecher bei Becher und Wein.

Wenn du dich nicht lösest mit Spiel und Gesang,
Mit bechern und bügeln, so stecken
Wir doch dich ins Loch den Ratten zum Fang
Und lassen im Dreck dich verrecken.
„Dann her mit der Fiedel! und her mit dem Krug!
Ein Lied, einen Trunk! so Zug nur um Zug!"

Sie gossen mir voll einen Humpen, so groß,
Und nun hieß es singen und saufen,
Bald sang ich, bald trank ich, nur immer drauf los,
Mich frei von dem Zolle zu kaufen.
Sie lobten und tobten, ob sang ich, ob trank,
Den Becher von Silber bekam ich zum Dank.

So mit meiner Kehle Gewalt hab' ich dreist
Und doppelt ums Leben gewettet,
Nur weiß ich nicht, hat mich das Singen zumeist,
Oder hat mich das Trinken gerettet.
Frei bieten die Brücken mir Rücken und Joch,
Der Becher ging flöten, den Durst hab' ich noch.

Wie er so stand mit dem Bart, dem grauen,
Dem gefurchten Gesicht, langhaarig umwallt,
Dem lobernden Blick unter buschigen Brauen,
Die hohe, trutzige Spielmannsgestalt!
Guiscarda füllte, Lob ihm spendend,
Dem alten Fiedler den Becher im Flug,
Und dann zu Peire Vidal sich wendend
Rief sie: „Nun Ihr, Herr! Zug um Zug!"
Vidal sah blinzelnd mit den Wimpern
Sie schelmisch dienstgefällig an,

Worauf er zu der Laute Klimpern
Verdächtig schmunzelnd nun begann.

Ich kam einmal an ein freundlich Haus,
Da schauten zwei hübsche Frauen heraus,
Die lachten mich an, denn ich war jung,
Und drinnen war ich mit einem Sprung.
Und als ich vor den zwei Weiblein stand,
Sie schweigend grüßte mit Haupt und Hand,
Frug eine mich auf der Stelle:
Seid stumm Ihr schmucker Geselle?

Weiß nicht, wie's in den Sinn mir fuhr,
Ich sagte nichts, ich nickte nur
Und dachte: was wohl werden mag,
Wenn du dich ausgiebst einen Tag
Für einen gänzlich stummen Mann?
Die Zwei sehn so verliebt dich an
Mit üppig glänzenden Augen,
Als könntest du ihnen taugen.

Sie brachten mir einen feurigen Trank
Und setzten sich zu mir auf eine Bank
Und tranken mir zu in Einem fort
Mit schalkischem Blick und ermunterndem Wort.
Doch ich that schüchtern und blieb stockstumm,
Da rückten sie näher und faßten mich um
Mit Schäkern und Schmiegen und Schmeicheln,
Und ich ließ mir gefallen das Streicheln.

Erst kriegt' ich von rechts und dann von links
Einen brennenden Kuß und so weiter ging's.

Da frug die Eine so mitten hinein,
Ob ich schreiben könnt', ich schüttelte: nein!
Sie blickten sich an und freuten sich gar:
Nicht sprechen, nicht schreiben, — da war nicht Gefahr,
Die allerverwegensten Thaten
Konnt' ich ja niemals verrathen.

Und nun mit Gekos' überboten sie sich
Und waren nicht blöd und losten um mich,
Und welche von beiden die Zärtlichste war
Beim Minnespiel, ist mir noch heute nicht klar.
Doch groß war der Schreck, als ich von ihnen ging.
Mit lachendem Munde zu reden anfing:
„Viel Dank für den lustigen Reigen,
Ich weiß wie ein Stummer zu schweigen!"

Das Lied, das lose, leicht geschürzte,
Mehr als der Sänger selbst gedacht,
Fand Beifall es, das sein gewürzte,
Und herzlich ward der Schwank belacht.
Als Wirthin höflich sich zu zeigen,
Sprach Assalide zu Marcabrun:
„O wollet uns mit Eurer Geigen
Noch einmal den Gefallen thun!"
Der Alte griff gemach zum Bogen,
Die Fidel stemmt' er unters Kinn,
Und nun in Tönen, lang gezogen,
Klang's weich und wehmuthvoll dahin.

Es war eine köstliche Sommernacht
Am einsamen Seegestade,
Und in des Frühroths leuchtender Pracht
Entstieg die Sonne dem Bade.

Der See war golden, der Himmel blau,
An Blumen und Halmen blitzte der Thau.

Und sie war schön, die bei mir war,
Sanft spielte mit lieblichem Kräuseln
In ihrem lang gelösten Haar
Des Morgenwindes Säuseln.
Sie hing mir am Hals und küßte mich:
O du meine Welt, wie lieb' ich dich!

Im See dort will ich begraben sein,
Wenn ich dir untreu werde,
Zu Zeugen ruf' ich, daß ewig ich dein,
Die Sonne, den Mond und die Erde.
Bei dir will ich stehen im jüngsten Gericht,
Am Throne Gottes verleugn' ich dich nicht!

Die Wellen rauschten, es sprang der Fisch,
Es flogen die wilden Schwäne,
Ihre Lippen waren so süß und frisch,
Im Aug' ihr glänzt' eine Thräne.
Da gab mir ein Glück, wie's größer nicht giebt,
Die Einzige, die ich im Leben geliebt.

Das Korn ward geschnitten, die Trauben gepflückt,
Da kam sie aus Busch und Gehege,
Vom Arm eines lachenden Buhlen gedrückt,
Von Ungefähr mir in die Wege.
Fest sah ich sie an, erst wurde sie roth
Und im Augenblick dann bleich wie der Tod.

Ich habe gewüthet, gerast und gebebt,
Hab' an zu weinen gefangen,

Hab's doch überstanden, hab's doch überlebt,
Bin nicht ins Wasser gegangen.
Doch mein Herz war gestorben, mit Asche bestaubt,
Keinem Weib mehr hab' ich ein Wort geglaubt.

Mit einem rauhen Bogenstriche
Voll schrillen Mißklangs schloß er jach,
Als ob ihn altes Weh beschliche,
Und schaute finster drein darnach.
Da regte Niemand sich im Kreise,
Weil Mitleid alle Zungen band,
Vidal nur legte freundlich leise
Ihm auf die Schulter eine Hand:
„Komm, Alter, laß uns zu den Saiten
Anstimmen einen Zwiegesang!
Wenn Geig' und Laute sich begleiten,
Giebt's einen herzensfrohen Klang."
„Was sollen wir denn singen beide?"
Frug Marcabrun, „doch immerhin!
Ich bin bereit, und Du entscheide,
Mir kommt nichts Rechtes in den Sinn."
„Am besten unsern lust'gen Psalter,"
Sprach Peire, die Laute noch im Schoß,
„Von dummer Jugend, klugem Alter."
Der Andre nickte: „Na, denn los!"
Nun sangen sie zu gleichem Theile
Abwechselnd immer kreuz und quer,
Bald einzeln Jeder eine Zeile,
Bald auch zusammen deren mehr.
Es lief wie einer Kette Glieder,
Zuerst sang Peire Vidal allein,

Dann Marcabrun, und immer wieder
Fiel Schlag auf Schlag der Partner ein.
Und wenn vereint sie beide sangen,
Wie prächtig dann und wohlgeübt
Die Stimmen mit einander klangen,
Von keinem Mißton je getrübt!

Einst waren wir jung, jetzt sind wir fast alt
Und haben das Leben in jeder Gestalt
Uns fleißig zur Lehre genommen.

Doch hätten bei Zeiten wir klüglich gewußt,
Was Alles wir hätten gekonnt und gemußt,
Wie Manches wär' anders gekommen!

Nun beichte mir, Bruder, was läßt dir nicht Ruh?
Was wurmt dich und boßt dich? das sage mir du!

Ich habe noch immer zu wenig geliebt.
Ich habe zu wenig getrunken.
Mir fehlte der Muth, der sich Alles vergiebt.
Mir hat oft vergeblich gewunken
Ein Krüglein Wein,
Mir ein Jüngferlein.
Wir haben es schnöd unterlassen,
Am Henkel, am Schopf es zu fassen.
Lala! Lala! nun thut es uns leid,
Heut thäten wohl beiden wir besser Bescheid.

Ich hab's nicht begriffen und hab's nicht geahnt,
Wie glatt mir der Weg war zu Herzen gebahnt,
Die heimlich schon nach mir geschmachtet.

Ich lief an manch lockender Schenke vorbei,
Stets fragend, wo Bessrer zu haben noch sei,
Und habe den Guten verachtet.

Nun stehen sie nicht mehr und warten auf mich,
Den stärkenden Trunk nahm ein Anderer sich.

Wie waren in mich einst die Weiber vernarrt!
Hast wenig an ihnen verloren!
Wein wird immer wieder zum Keller gekarrt.
So trösten sich Träumer und Thoren.
Wir waren zu dumm
Und kamen herum
Um das, was wir konnten genießen,
Das soll auch den Frömmsten verdrießen.
Lala! Lala! nun ist es zu spät,
Alt bringt nicht zu Stande, was Jung nur geräth.

Ja, müßte die Jugend es auch nur entfernt,
Was erst bei ergrauenden Haaren man lernt,
Sie freute sich leichteren Spieles.
Und könnte das Alter nach Wunsch und Begehr,
Es wäre nicht halb so betrüblich und schwer,
Nachholen noch ließe sich Vieles.
Jetzt sind wir erfahren in jeglichem Stück,
O käm' uns noch einmal die Jugend zurück!

Doch laß uns nicht jammern, wir sind ja nicht alt
Und haben die Augen noch offen.
Jetzt prüfen wir weise des Lebens Gehalt
Und wollen das Beste noch hoffen.
Ist's Herz noch jung
Und warm genung,
Soll Keiner am Glücke verzagen,
Kann Jeder noch wetten und wagen.
Lala! Lala! du fröhliche Welt,
Wo lustig zu leben noch lang uns gefällt!

Der Saiten Klang beschloß den Reigen
So freudejauchzend, so nachdrucksvoll,
Als ob aus dem Klirren und Schwirren und Geigen
Der Übermuth der Jugend schwoll.
Raimond von Miraval hob den Becher:
„Bernard, mein Freund, ich trinke Dir zu!
Am Born des Lebens sitzen wir Zecher,
Weil wir noch jung sind, ich und Du.
Noch blühen für uns der Liebe Freuden,
Versagt sich uns kein rosiger Mund,
Wir können schwelgen und Schätze vergeuden,
Als wär' unser Erbe das Erdenrund."
„Ich thue Bescheid dem Glückverwöhnten,"
Sprach lächelnd Bernard, „und bin geneigt
Zu glauben, daß Dich zehn Frauen versöhnten,
Wenn eine sich unerbittlich gezeigt.
Versagte man mir des Herzens Begehren,
So näht' ich das Kreuz mir auf's Gewand
Und führ' auf Nimmerwiederkehren
Lieber heut als morgen ins heilige Land."
„Nun," lachte Loba, „noch ist's nicht nöthig,
Daß Ihr ins heilige Land entweicht,
Zum Trösten ist manch Herz erbötig,
Thut's eins nicht, thut's ein andres leicht."
„Nein!" rief Tiberge, „eins oder keines!
Nicht wählen will ich unter zehn,
Nur Den ich liebe, dem geb' ich meines,
Er braucht nicht lang erst drum zu flehn.
Grausam ist's, den Geliebten zu plagen
Mit Zaudern und Zögern drei Tage nur,
Der Liebe soll Liebe nichts versagen,

So steht geschrieben im Code d'Amour."
„Was meint dazu, wenn sie entschiede,
Unsre Gebieterin?" frug Raimond.
„—Ich denke darüber," sprach Assalide,
„Wie Gräfin Tiberge von Roussillon."
Sie sprach es wie nicht der Frage gewärtig,
Als ob empor sie aus Träumen fuhr,
Nach einem Besinnen, doch dann schlagfertig;
Hochauf horchte Bernard von Ventadour.

In Assaliden wogten noch immer
Bernards berückende Melodien,
In ihren Augen blinkt' ein Schimmer,
Wie von der Sterne Glanz entliehn.
Sie hatte dem Gesang der Andern
Kaum zugewendet Herz und Sinn,
Ließ die Gedanken schwärmen und wandern
Zu des Geliebten Liedern hin.
Jetzt aber war bei dem Gespräche
So freudig ihr das Herz entbrannt,
Als ob in ihr eine Knospe bräche
Der Rose, ‚gewährende Minne‘ genannt.
Indessen Alles in der Runde
Sich stritt, zum Scherzen aufgelegt,
War sie voll Unruh, tief im Grunde
Der Seele zitternd und erregt.
Sie konnte kaum sich dazu bringen,
Daß sie den Freunden Rede stand,
Und ihre heißen Blicke hingen
An Bernards Augen unverwandt.
Auch er schaut' achtsam immerwährend,

In ihr durchglühtes Angesicht,
Sich ihr Zerstreutsein nicht erklärend,
Was in ihr vorging, ahnt' er nicht.
Wie junge Saat war aufgeschossen,
Was er in ihre Brust gesenkt,
Den Weg zu gehn war sie entschlossen,
Den seine Lieder sie gelenkt.
Denn nicht, was Andre hier gesprochen,
Auch nicht sein Wort vom heil'gen Land
Hatt' überredend erst gebrochen
Der letzten Zweifel Widerstand.
Die Lieder waren es gewesen,
Die sie im Innersten besiegt,
Was sie in Bernards Blick gelesen
Und was sich ihr ins Ohr geschmiegt,
Nur Liebe war es und Verlangen;
Wie seiner Stimme Ton und Wort
In ihrer Seele wiederklangen,
Wuchs auch ihr Sehnen fort und fort.
Er hatte sich sein Glück ersungen,
Sie war verwandelt und vertauscht,
Schon in Gedanken hielt umschlungen
Sie den Geliebten, sinnberauscht.
Vergessen waren Furcht und Bangen
Und Warnung aus der Sterne Schein,
Sie wollte liebend ihn umfangen,
In seinen Armen selig sein.

Der Tag verging, der Abend neigte
Sich nieder in das stille Thal,
Bald blieb vereint und bald verzweigte

Zu Gruppen sich der Gäste Zahl.
Man weilte stundenlang im Freien,
Daß unbemerkt die Zeit verfloß
In Plauderlust und Plänkeleien
Und ging dann wieder in das Schloß.
Und endlich senkte ihren Schleier
Die Nacht herab, und überall
Verstummte nach des Tages Feier
So drin wie draußen Hall und Schall.
Man wollte sich zur Ruh begeben
Trepp' auf und sagte sich Gut Nacht, —
Wie niemals noch in ihrem Leben
Schlug Assalidens Herz mit Macht.
Zu fügen hatte sie's verstanden,
Die Letzte mit Bernard zu sein,
Und oben auf dem Gange fanden
Die Beiden sich nun ganz allein.
Da flog sie, sich nicht länger zwingend,
Ihm an die Brust, die Arme rund
Ihm stürmisch um den Nacken schlingend,
Und küßte heiß ihn auf den Mund.
Er preßte sie und hielt sie schwebend,
Daß ihr der Athem fast verglomm,
Dann schnell sich lösend hauchte bebend
Sie leise, leis' ins Ohr ihm: „Komm!"

———∾———

XIV.

Der vererbte Kuß.

Aus einem Schlummer, tief erquicklich,
    War Assalide spät erwacht
    Und hatt' aufspringend augenblicklich
Vor dieses Morgens sonniger Pracht
Die Vorhänge von den Fenstern gezogen,
Um, während sie ruhte nach Lust und Begehr,
Hereinzulassen des Lichtes Wogen,
Damit es hell war um sie her.
Auch in ihr war es hell und heiter,
Ihr wahr so leicht und froh zugleich,
Als ob auf goldner Himmelsleiter
Sie aufstieg in der Lüfte Reich.
Mit offnen Augen süß zu träumen
Blieb sie noch liegen und blickt' empor,
Ihr kam in diesen stillen Räumen
Heut Alles wie verändert vor.
War s i e es a u ch? sie ging und langte
Sich von der Wand das Spiegelein,
Das über einem Tische prangte,
Und hielt sich's vor und schaut' hinein.
„Bist du noch Die, die du gewesen?"

Sprach sie zu ihrem Bild im Glas,
„Ist dir nicht vom Gesicht zu lesen
Des Glückes überschwänglich Maß?
Ja, ja! wie dir die Augen blinken!
Wie sind die Lippen dir noch so roth
Von seiner Küsse durstigem Trinken,
Die dich durchschauert und durchloht!
Doch hast du auch so selig und innig
Ihm zugelächelt wie jetzt mir?
Hast du in seinen Armen so minnig
Ihn angeblickt wie mich jetzt hier?
Du wirst wohl, glücklichste der Frauen!
Nun hör' und erröthe nicht allzusehr:
Ich liebt' ihn schon immer, doch — im Vertrauen!
Jetzt lieb' ich ihn noch tausendmal mehr!
Nun fort! und daß du mir verschweigest
Des überwallenden Herzens Erguß!
Doch wenn du dich mir wieder zeigest,
Bring' ich von ihm dir einen Kuß."

Nicht lang, nachdem sie sich erhoben,
Betrat Assalide geschmückt den Saal
So herrlich blühend, als wär sie umwoben
Vom allergoldigsten Sonnenstrahl.
Den ihrer harrenden Gästen mußte
Sie die Verspätung eingestehn,
Die sie nicht zu entschuldigen wußte,
Nur froh, den Geliebten wiederzusehn.
O wie sie sich in die Augen blickten,
Bernard und sie, beim Morgengruß
Und lächelten und die Hände sich drückten,

Und wie sie erglühte von Kopf zu Fuß!
  Ein neuer Gast war eingeritten,
Herr Savaric von Mauléon,
Der mit dem Schwerte Ruhm erstritten
Und mit dem Singen von Chansons.
Der aquitanischen Großen einer
War er und galt im Lande viel,
Erfahrener als er war Keiner
In Frauendienst und Waffenspiel.
Noch jugendlich und schön und kräftig,
War er ein Mann auch von Verstand,
Stets thätig, wachsam und geschäftig
Um Freund und Feind mit Kopf und Hand.
„Herrin, ich komm' auf raschen Wegen
Euch wie ein Pfeil hereingeschnellt,
Hier ernsten Rath mit ihm zu pflegen
Hat mich Herr Guiraud herbestellt,"
Sprach er zu Assalid' und beugte
Sich tief auf ihre weiße Hand,
Und sie in ihrer Huld bezeugte,
Wie er so höflich vor ihr stand,
Ihm ihre Freude, hieß willkommen
Ihn in Mercoeur und fügte bei:
„Weßhalb ihr immer unternommen
Den Ritt hieher, gesegnet sei
Der Weg, der Euch zu uns geleitet!
Nun haltet hier vergnügte Rast,
Wie fern auch mein Gemahl noch reitet,
Ihr seid ein gern geseh'ner Gast."
Herr Savaric war allen Frauen
Und allen Männern hier bekannt,

Sein Name ward in allen Gauen
Zwischen Garonne und Rhone genannt.
Ein heitrer Ton ward angeschlagen
Beim Plaudern gleich von vornherein,
Kaum retten konnte sich vor Fragen
Der Gast, so drang man auf ihn ein.
Die Frauen lauschten mit Vergnügen
Und Spannung jeder Einzelheit,
Die er von seinen weiten Zügen
Berichten konnt' als Neuigkeit.
Die Fröhlichste jedoch von Allen
Im Saal war Assalide heut,
Als wär ihr plötzlich eingefallen,
Daß es der Wirthin Pflicht gebeut,
Nur immer munter mitzusprechen,
Bald Den, bald Jene nebenbei
Mit einem Scherz zu unterbrechen
Aus Übermuth und Schelmerei.
Ihr Lachen klang so silberhelle,
Und oftmals flog, beschwingt von Glück,
Zu Bernard hin mit Blitzesschnelle
Ein Blick und kam auch so zurück.
„Was ist in unsre Sail gefahren?
So sah ich sie noch nie gelaunt,“
Sprach bei dem neckischen Gebaren
Germonde zur Nachbarin erstaunt.
Guiscarda flüsterte: „Schon lange
Seh' dies Geleucht ich und Gesprüh,
Und was ich an zu rathen fange:
Sie hat nicht mehr — lou temps perdut.“
„Ich bin von einem günst'gen Winde

Gewebt in gaſtliches Quartier,“
Sprach laut Herr Savaric, „und finde
Die luſtigſte Geſellſchaft hier.
Wie mich das freut, kann ich nicht ſagen,
Es iſt mir wie ein holber Traum,
Daß mich das Schickſal hervorſchlagen,
Dafür zu danken weiß ich kaum.“
„Ich weiß es, Herr!“ rief Aſſalide,
„Sprecht Ihr von Dank ſo freudenvoll,
So zahlet uns mit einem Liebe
Nun Euren Weg= und Brückenzoll!
Ich kann Euch nicht davon befreien,
Fügt Euch dem Brauch als Troubadour!
Und Euch bitt’ ich, dabei zu leihen
Die Laute, Herr von Ventabour!“
„Herrin, ich ſinge leiber ſelten,“
Sprach Savaric, „mir fehlt die Zeit,
Doch, mag mein Sang auch wenig gelten,
Wo Ihr befehlt, bin ich bereit.“
Die Laute nahm er, die von geſtern
Nach dalag, ſann im Stillen nach,
Erſt leis und dann mit immer feſtern
Handgriffen trillernd, bis er ſprach:
„Ich will verſuchen, im Gedichte
Euch eine kleine, von Verlauf
Jedoch wahrhaftige Geſchichte
Hier vorzutragen, merket auf!

Zwei Ritter zogen hoch zu Roß
Zu einem ſcharfen Stechen.
Sprach Einer zum Andern: Lieber Genoß,

Sollt' ich den Hals mir brechen,
Ich setze dich zum Erben ein,
Will andernfalls auch deiner sein.

Der Andre lachte: So gieb Bescheid,
Was hätt' ich von dir zu erben?
Dann sag' ich, was auf Ehr und Eid
Ich dir hinterlasse beim Sterben.
Darauf der Erste wohlgemuth:
O denke nicht an Hab und Gut!

Mir ist von einer Dame fein
Einst auferlegt als Buße,
Tagtäglich ein sinniges Reimsprüchlein
Ihr darzubringen zum Gruße.
Das nimm als mein Vermächtniß hin
Und führ' es aus, wenn ich nicht mehr bin.

Hm! sprach der Zweite, da tausch' ich schlecht,
Du läßt eine Pflicht mich schulden,
Und ich verleihe dir ein Recht
Auf einer Herrin Hulden.
Du ziehst dabei das beßre Los,
Fall' ich, fällt dir ein Glück in den Schoß.

Mir kommt zeitlebens, so lang ich gesund,
Von einer schönen Fraue
Tagtäglich ein Kuß zu auf den Mund,
Den ich dir als Erbe vertraue.
Trägt man mich todt aus dem Turnier,
So reite hin und hol' ihn dir!

Und topp und tapp! ein Mann ein Wort!
So ritten sie zum Rennen
Und einigten sich auch sofort,
Die Damen nicht zu nennen,
Denn dazu bliebe Zeit genug
Wohl vor dem letzten Athemzug.

Der Eine färbte mit Blute roth
Die Bahn beim Lanzenbrechen,
War auf der Stelle mausetodt,
Kein Wort mehr konnt' er sprechen.
Der war's, der dem Andern den Kuß vermacht,
Doch den Namen nicht über die Lippen gebracht.

Der Andre hat nun keine Ruh,
Muß trotten nun und traben
Von Schloß zu Schloß und immerzu,
Sein Erbe möcht' er haben.
Er reitet durch Wald und Feld und Fluß,
Sucht heute noch seinen ererbten Kuß.

„Ich wünsch' ihm, daß er als glücklicher Erbe,"
Sprach Assalide, „so hoch sich beläuft
Ihr voller Betrag, die Schuld erwerbe,
Mit Zinseszinsen aufgehäuft."
„Sagt, Herr" frug Loba, „war der Ritter,
Der im Turnier sein Leben verlor,
Durchbohrt von einem Lanzensplitter,
Vielleicht Herr Golfier von Montfort?"
„Bei Gott! Derselbe war es, Dame!"
Rief, sich verwundernd, Savaric,
„Woher ist Euch bekannt der Name?

Und wie erfuhrt Ihr sein Geschick?"
„Der Arme! nun ruht er tief gebettet,"
Sprach Loba, „und war so ritterlich!
Die Dame, die den Kuß verwettet,
Dieselbe, Herr Savaric, — bin ich!"
Da ward im Saal ein Tuscheln und Raunen,
Das wie ein murmelnd Bächlein rann,
Noch größer aber ward das Staunen,
Als Savaric nun wieder begann:
„Es freut mich, Domna, das zu hören,
Gesucht, gefunden, so ziemt es sich,
Denn, sag' ich Euch und will's beschwören,
Des Kusses glücklicher Erbe — bin ich!"
O was sie für Gesichter machten
Zu Loba hin, die starr jetzt saß,
Und wie sie vollends jauchzten und lachten,
Als sich Herr Savaric vermaß:
„Ihr werdet, schöne Frau, doch zahlen,
Was Ihr mir schuldet bar und blank?
Ihr könnt es auf Abschlag in mehreren Malen,
Ich nehme jede Summe mit Dank."
Die rothen, schwellenden Lippen schürzte
Loba und lachte: „Fällt mir nicht ein!
Dem ich verpflichtet war, der stürzte,
Ihr könnt nicht Erbe der Wette sein."
„Doch, Domna! es ist auf Tod und Leben,"
Sprach Savaric, „ein besiegelter Bund,
Ihr müßt der Fordrung Euch ergeben,
Ich hab' ein Recht auf Euren Mund."
    „O hätt' ich geschwiegen! wie konnt' ich ahnen
Solch einen hinterlistigen Pakt!"

„Zu spät! hartnäckig werb' ich mahnen,
Bis Ihr erfüllet den Kontrakt!"
„Halt!" rief Tiberge, „wir werden richten
Hier zwischen euch auf Wort und Schwur,
Den lustigen Handel mit Fug zu schlichten,
Setzen wir ein uns als Cour d'Amour.
Ein Jeder bringt vom Streit der Beiden
Hier seine Meinung zu Gehör,
Dann fällen den Spruch wir und entscheiden,
Prinzessin ist Frau von Mercocur."
Der Vorschlag war allseits willkommen,
Schnell saß um Assalide herum,
Die einen Hochsitz eingenommen,
Das fröhliche Kollegium.

„Ihr fordert den Kuß, Herr Savaric?"
Begann Assalide mit ernstem Blick.
„Ja, Herrin!" sprach der Ritter geschwind,
„Und alle, die im Rückstand sind."
„Du weigerst ihn, Loba? Dir scheint das Recht
Des Ritters auf Deinen Kuß nicht echt?"
„Ich erkenn' es nicht als bindend an,
Weil ihn nicht der Ritter mir abgewann."
„Von seinem Besitzer ererbt' ich ihn,
Er hat ihn mir lebenslang verliehn."
„Man besitzt keinen Kuß, man bekommt ihn nur,
Und dann erstirbt er ohne Spur."
„Frau Loba," lächelte Bernard,
„Bekennt freimüthig uns und wahr,
Habt stets, so lang Monfort am Leben,
Tagtäglich ohne Widerstreben

Sanft einen Kuß Ihr im Umfassen
Auf seinem Munde sterben lassen?"
„Ja!" sprach erröthend sie, „geschehn
Ist das, so oft wir uns gesehn."

„So räumt Ihr ein, daß jeden Tag
Jahraus, jahrein, der werben mag,
Ihr treulich nach Verspruch und Eid
Zu einem Kuß verpflichtet seid."
„Doch aber nicht jedwedem Munde,
Der rings in meilenweiter Runde
Begehrlich auf der Lauer sitzt,
Nach holden Frau'n die Lippen spitzt,"
Trat jetzt Germonde im Vorderreihn
Für ihr Geschlecht entschieden ein.
„Die Gunst, die man dem Einen schenkt,
Auf diesen Einen einzig lenkt,
Läßt sich nicht Andern übertragen.
Wo führt das hin sonst? möcht' ich fragen,
Da könnte man wohl auch die Liebe,
Des Herzens Gluth, der Sehnsucht Triebe,
Kurz der Gefühle Leidenschaft
Ganz unbeschadet ihrer Kraft,
Daß sie beim Tausch dieselben bleiben,
Dem ersten Besten überschreiben?"
„O nein! so ist es nicht gemeint,"
Versetzte Savaric, „mir scheint,
Ein Kuß ist etwas, das beglückt
Wie eine Blume, rasch gepflückt,
Bei der man, kriegt man sie geschenkt,
Auch nicht gleich Wunder was sich denkt.
Nur ist es diesmal eine Gabe,

Die ich fortan zu fordern habe
Und daß man pünktlich sie mir bringt,
Unweigerlich und unbedingt.
Ich ehrte wohl den Todten schlecht,
Nähm' ich das nicht in Fug und Recht,
Was mir der Freund zu Nutz und Nieß
Als Erb und Eigen hinterließ."
„Herr Savaric von Mauléon,"
Begann Tiberge von Roussillon,
„Ihr nennt den Kuß Eu'r Erb und Eigen,
Ja, Herr, könnt Ihr ihn uns denn zeigen?
Ist es ein Ding von solcher Art,
Daß man sich's aufhebt und bewahrt
Und wie ein Kleinod und Juwel
Verborgen hält in Heim und Hehl,
Das man verschließt in Schub und Schrein
Und wieder vornimmt ganz allein,
Es zu betrachten mit Entzücken,
Vorm Spiegel sich damit zu schmücken?
Ein Kuß ist auch kein Gegenstand,
Der wechselnd geht von Hand zu Hand
Und immer doch derselbe bleibt,
Soviel man damit Handel treibt.
Er ist nicht Waare, die man wägt
Und eingepackt nach Hause trägt,
Kein Stoff auch, den man streckend mißt, —
    „O wenn er lang von Dauer ist?"
    Warf hier Guiscarda kichernd ein —
Er ist auch nicht ein Krüglein Wein,
An das man sich mit durst'gen Lippen
Manchmal heranschleicht, dran zu nippen.

Er ist ein ungesprochen Wort,
Das Mund sich nimmt vom Munde fort,
Ist so ungreifbar wie die Luft
Und flüchtiger als Blumenduft.
Und birgt in ihm auch eine Welt
Voll Lust sich, die das Herz uns schwellt,
Ist nimmermehr doch ein Besitz
Der flammenheiße Liebesblitz,
Weil man ihn nur sein eigen nennt,
So lang er auf der Lippe brennt,
Im Augenblick, kaum hingehaucht,
Ist er ins Nichts zurückgetaucht."
„Vortrefflich, Gräfin, überall!"
Hub an Raimond von Miraval,
„Denn daß ein Kuß sei ein Besitz,
Beweist auch nicht der schärfste Witz.
Allein ein gnädiges Geschick
Verlieh das Recht Herrn Savaric,
Den Augenblick sich zu erraffen,
Den Liebesblitz sich zu verschaffen,
Der, Kuß genannt, aufzuckt und sprüht,
Einschlägt ins Herz und es durchglüht.
Beleuchtet es von allen Seiten,
Ihr könnt das Recht ihm nicht bestreiten;
Es auszuüben, auszunutzen,
Reizvoll und sein es zuzustutzen,
Wo auf dem weiten Erdenrund
Fänd' er wohl einen schönern Mund?"
Auf Loba wies er hin, die schnell
Zur Antwort gab mit Lachen hell:
„Verzeiht, Herr! Ihr vergeßt dabei,

Zum Küssen braucht es immer Zwei,
Den, der den Kuß dem Andern giebt,
Und Den, der ihn nimmt, wenn's ihm beliebt.
Und da zufällig ich es bin,
Um die sich dreht dies Her und Hin,
Kann ich verlangen, daß Ihr fragt,
Ob das Zustutzen mir behagt."
„Da seid Ihr doch auf falscher Spur,"
Fuhr auf Bernard von Ventadour,
„Wenn nehmen noch und geben Ihr
Wollt tüftelnd unterscheiden hier.
Beim Küssen ist das völlig eins,
Wie's abläuft, weiß von Zweien Keins.
Gieb einen Kuß mir! sagt man eben,
Man könnt' auch sagen: laß dir geben!
Wir sind hier Zehn, und Keiner ist
Dabei, der nicht schon oft geküßt.
Nun frag' ich euch: wie ist's gekommen?
Habt ihr gegeben oder genommen?
Ein Kuß, bei dem man das erkennt,
Verdient nicht, daß man Kuß ihn nennt.
Ein Geben ist es und Empfangen,
Ein Dulden und ein heiß Verlangen,
Die Seelen strömen aus und ein,
Wo soll denn da die Grenze sein?
Da geht zugleich im Ich und Du
Gedankenschnell ein Wunder zu,
Das sich vollzieht in Seel' und Leib,
Ein Wesen macht aus Mann und Weib
Zu einem wonnevollen Rausch,
In so entzückend süßem Tausch,

Daß Jeder fragt: bin ich noch ich?
Hab' ich verwandelt mich in dich?
Und man sich erst besinnen muß,
Was war denn das? — das war ein Kuß!"
      Dem stimmten in geschloßner Reih
Sie sammt und sonders freudig bei,
Loba sogar und Savaric,
Und ein bedeutungsvoller Blick
Der höchsten Anerkennung flog
Vom Präsidentensitz und wog
Goldschwer dem Redner, dem er galt,
So köstlich war sein Feingehalt.
Zur Sache nahm das Wort danach
Nun Assalide selbst und sprach:
„Jetzt, was ein Kuß ist, — frag' ich noch?
Jetzt wissen wir es endlich doch —
      „Und vorher nicht?" Guiscarda frug,
      Die stets den Schelm im Nacken trug —
Gräfin Tiberge und Herr Bernard,
Sie machten's beid' uns gründlich klar
Und müssen in dem Büchelein
Besonders gut belesen sein.
Doch darum handelt es sich nicht,
Wir streiten hier um Recht und Pflicht,
Ob Loba den vererbten Kuß
Hinfort dem Ritter geben muß,
Will sagen, von ihm nehmen muß,
Gewähren, mit ihm tauschen muß,
Nennt's wie ihr wollt in eurem Meinen,
Darüber mögen sie sich einen."
„Ich habe noch kein Wort gesagt,"

Sprach Peire Bidal, „nun sei's gewagt.
Wer einen Kuß bekommen kann,
Der soll ihn nehmen, Weib und Mann.
Er ist der Liebe täglich Brod,
Die Lippe leidet Hungersnoth,
Die sich vergeblich sehnt und sehnt,
Daß Lust und Liebe sie belehnt.
Wie man verlorne Zeit bereut,
Um nichts und wieder nichts verstreut,
So ist's auch Schad' um Tag und Stund,
Wo man nicht küßt jungfrischen Mund.
Ist alt die Lippe, welk und matt,
Es mit der Lust ein Ende hat.
Drum drücket mit der Arme Schwung
Euch Brust an Brust, bieweil ihr jung,
Und laßt nicht los und haltet still,
So lang, so lang der Athem will,
Daß Lippe sich auf Lippe preßt
In einem Zauber siegelfest,
Und immerfort mit frischem Zug,
Nie wird's zuviel und nie genug,
Ich habe stets danach gestrebt:
Je mehr geküßt, je mehr gelebt!"
Sie lächelten im Kreise rings,
Und mancher wohl zu Herzen ging's
Von diesen lebenslust'gen Frau'n:
Daran ist etwas Wahres traun!
Doch Marcobrun erhob sich jetzt:
„Auch mein Wort höret noch zuletzt!
Jedwede Gunst, ob groß, ob klein,
Hat in dem Augenblick allein

Der Wunscherfüllung höchsten Werth,
Wo hoffnungsvoll sie wird begehrt;
Drum weigre man nicht lang und breit,
Was zu gewähren man bereit.
Das Bitten auch nicht früher frommt,
Als bis man weiß, daß man bekommt,
Was man sich wünscht; man nehm' es gleich
Beim Bitten sich auf einen Streich.
Vorm ersten Kusse sei man zag,
Dann aber muthig Schlag auf Schlag,
Beim ersten bleibt es ja doch nicht,
Weil er viel andre noch verspricht.
Doch sag' ich: Die nicht gern mich küßt,
Nach der trag' ich auch kein Gelüst,
Sie mag, wovor sie Riegel schiebt,
Behalten, was nicht gern sie giebt.
Ein wider Willn erzwungner Kuß
Ist, hol's der Teufel! kein Genuß.
Wenn Eine weg ihr Antlitz kehrt,
Mit Händen sich und Füßen wehrt,
Sich sperrt und sträubt voll Eigensinn,
Platzt oft ein Kuß, Gott weiß wohin.
Nie hab' erbärmlich, zimperlich
Um einen Kuß gebettelt ich,
Auf Jedes Nein hatt' ich geschwind
Ein Laß es bleiben, liebes Kind!
Für einen bloß ererbten Kuß
Gäb' ich noch keine taube Nuß
Und hielte, wär' ich·gar ein Weib,
Die Erben mir zehn Schritt vom Leib.“
       „Begehrt noch jemand hier das Wort?“

Frug Assalide, — — fuhr dann fort,
Als Alle schwiegen: „Nun, wohlan!
An Euch die Frage richt' ich dann,
Herr Savaric, wollt Ihr verzichten?"
Er aber sprach: „Herrin, mit Nichten!
Ich fordere den Kuß sammt allen,
Die seit dem letzten sind verfallen."
     „Loba, Dir durch den Sinn wohl geht
Der Satz, der in dem Codex steht:
Wer eine Gunst zu schnell gewährt,
Der übel in der Liebe fährt.
Du sträubtest Dich nun lang genug,
Fühlst Du im Herzen keinen Zug,
Doch nachzugeben noch zum Schluß
Des Ritters Wunsch nach Deinem Kuß?"
Von trotz'gen Lippen kam es: „Nein!
Mein Kuß soll Niemands Erbe sein."
„So müssen in der Cour d'Amour
Aus voller Überzeugung nur."
Sprach Assalid', „in diesem Zwist
Abstimmen wir. Wer dafür ist,
Daß Loba sich unweigerlich
Zu fügen hat, erhebe sich!"

Die Abstimmung nahm den Verlauf,
Daß Vier von Achten standen auf,
Vier sitzen blieben starr und steif
Im Streite, nun zum Spruche reif.
Und also hatt' es sich geschoben:
Drei Herrn und Assalid' erhoben
Sich gegen Loba; Marcabrun

Und die drei andern Damen nun
Ergriffen sitzend für sie Partei
Und sprachen von jeder Pflicht sie frei.
„Da gleich die Stimmen hier wie dort,“
Nahm Assalide nun das Wort,
„Faß' ich das Urtheil so zusammen:
Wir dürfen Loba nicht verdammen
Und lassen's billig ungerügt,
Wenn sie sich nicht der Fordrung fügt.
Will zu des Todten Angedenken
Sie den vererbten Kuß verschenken
Und eines andern Mundes Sehnen
Mit ihm begnaden und belehnen,
Weil er, verkauft auf Lebensfrist,
Verwaist nun und verlassen ist,
Vielleicht, käm' er in gute Hände,
Froh wär', wenn er ein Obdach fände,
So weiß für ihn ich einen Herrn,
Der nimmt den schönen Sklaven gern.
Gefällt der Spruch, erfüllt der Schwur,
Geschlossen ist die Cour d'Amour.“ —

Man hatt' im Saal und im Gemache,
Das nebenan lag, sich zerstreut,
Vom Ausgang der durchkämpften Sache
Theils sehr enttäuscht und theils erfreut.
„Ich hoffe,“ sprach mit heitrer Miene
Zu Loba Savaric galant,
„Daß ich mir strebsam noch verdiene,
Was mir das Urtheil aberkannt.“
Sie lächelte so hold, als stünde

Der Gunst Gewährung nicht zu fern:
„Uns Frauen zwingen selten Gründe,
Doch schenken thun wir immer gern."
„Raimond," sprach Bernard, „ich behaupte,
Hätt' er's gewußt und den Vertrag
Allein vertraut ihr, sie erlaubte
Den Kuß ihm gerne Tag für Tag."
„Was willst Du wetten?" Raimond lachte,
„Sie zahlt ihn noch mit Zinseszins,
Denn wenn ich sie mir recht betrachte,
Scheint sie mir nicht so spröden Sinns."
„Sail," frug Germonde, „Du hättst bewilligt
Dem Ritter den vererbten Kuß?"
„Ich nicht, ihm aber zugebilligt
Hab' ich ihn, weil ich glauben muß,"
Sprach Assalide unbefangen,
„Daß Loba's Herz freilebig ist."
      „Und Deines nicht! o Sail! entgangen
Ist mir Dein Jubel nicht. Du bist —"
„Germonde!!" rief Assalid' erschrocken,
Umschlang sie, barg ihr Angesicht
Erröthend in der Freundin Locken,
„Ich bin so glücklich! frage nicht!"

Der Vormittag war hingeschwunden
Mit der Verhandlung im Gericht,
Dann hielt man frohe Tafelstunden,
Erging sich bis zum Dämmerlicht
Im Thal, und bei dem Schein der Kerzen
Im Saal beschloß man diesen Tag
Mit Spiel und Tanz, Gespräch und Scherzen,

Mit Liederfang und Lautenschlag.
Jedoch, so lang sich auch erstreckte
Die Lust, zuletzt ging man zur Ruh,
Und Dunkelheit und Schweigen deckte
Das Schloß und seine Gäste zu. —

Stille nun ist's, kein Ton verirrt
Mehr sich zum Ohre, — doch horch! was schwirrt,
Zischelt und summt? — was kann sich noch regen?
Wunderlich! seltsam! — und will sich nicht legen.
Was für ein Raunen? was für ein Flüstern?
Lispelt im Laube der mächtigen Rüstern
Nahe dem Schlosse der lauliche West?
Zwitschern zwei Vöglein im traulichen Nest?
Wispert im Ringe mit Schweben und Neigen
Draußen ein flatternder Elfenreigen?
Geistern im Schlosse drinnen Kobolde
Kichernd und tuschelnd beim Plätschern im Golde?
Woher die Stimmen, heimlich und sacht,
In der verschwiegenen Mitternacht?
Leise, ganz leise,
Verstohlener Weise
Wie behutsames Athemwehen
Flüstert die eine, kaum zu verstehen:
„O mein Geliebter, daß wir uns gefunden,
Endlich uns, endlich halten umwunden,
Kannst Du es fassen, das traumhafte Glück?
Denk' an die Jahre des Sehnens zurück,
Wo wir getrennt, von einander geschieden,
Immer uns suchten und immer uns mieden,
Keiner es ahnte, Keiner es dachte,

Daß in Sorgen der Andere wachte,
Ob das Herz, nach dem es ihn zog,
Nicht an ein anderes fest sich sog,
Bis Du doch zu der Harrenden kamst
Und Dir ganz zu eigen sie nahmst."
„Laß die Jahre vergessen sein!"
Setzte die zweite Stimme nun ein,
„Hangen und Bangen,
Vergeblich Verlangen
Sind nun vorüber, verstummt und verschmerzt,
Seit wir geküßt uns, gekost und geherzt,
Seit wir uns Leib und Seele gegeben,
Nur für einander noch leben und weben.
Du bist der Glanz meiner Tage auf Erden,
Seliger kann ich im Himmel nicht werden
Als in Deinen umstrickenden Armen
Und an Deinen Lippen, den warmen.
Sage mir, wenn es Dir selber bewußt,
Drück' ich Dich wirklich an meine Brust?
Ist es kein Traum?
Ist dieser Raum,
Der uns umstellt,
Noch auf der Welt?
Sind wir dem Staube nicht schon entrückt
Und von Gefühlen berauscht und verzückt,
Hoch über allem Kommen und Gehen,
Wo uns der Ewigkeit Sphären umwehen?
Für all die Schätze, die Du mir giebst,
Weil Du so Reiche, so Schöne mich liebst,
Laß mich Dir danken!
Laß Dich umranken

Mit allen Fasern, mit allen Sinnen
Laß Dich umspinnen,
In meiner Seele verzaubert ruh,
Du meine Lust und mein Leben Du!"
„Danke mir nicht! danke mir nicht!"
Wieder die erste Stimme nun spricht,
„Wer hat dem Andern denn mehr gegeben?
Durch alle Himmel fühl' ich mich schweben,
Wenn Dein Arm wie jetzt mich umschlingt
Und Dein Kuß mich schauernd durchbringt.
Laß mich hier liegen,
Mich an Dich schmiegen,
Hier in der Liebe verschwiegenem Schoß
Halt' ich Dich fest und lasse nicht los.
Höre mein Herz an dem Deinigen klopfen,
Fühle die Wellen, zähle die Tropfen
Und — gieb ihn her, den süßseligen Dank,
Den ich nun oft schon vom Munde Dir trank!
— — Ach! — nun sterben! küsse mich todt!
Bin ja Dein eigen, bleich oder roth.
Laß mich vergehen, zusammen mit Dir!
Was noch weiter wollen wir hier?"

„Was wir noch wollen? immer uns lieben,
Immer vom gleichen Verlangen getrieben
Einer den Andern mit Liebe beglücken,
Einer den Andern mit Wonnen entzücken.
Bei dieser Ampel röthlichem Schein
Seh' ich Dir tief in die Augen hinein,
Sehe Dich glücklich, wie selber ich bin,
Sehe Dich lächeln: nimm ewig mich hin!
Vor meinem Blicke fallen die Wände,

Rings eines Paradieses Gelände,
Drin ich mit Dir, mit Dir allein,
Mein ist die Welt, denn Du bist mein!
Und die Decke hebt sich empor,
Fließt und schwindet wie Wolkenflor,
Über uns in unendlicher Ferne
Schimmern und flimmern die goldenen Sterne.“

„Wehe, die Sterne! sieh sie nicht an!
Sie sind uns feindlich, herzliebster Mann!
Drohend haben sie mir verkündet,
Wenn in Liebe wir beide verbündet,
Ging' unser Glück mit Schrecken zu Scherben,
Träf' uns beide Tod und Verderben.
Dies mein Geheimniß, drum hab' ich gezaubert,
Habe vor Deiner Umarmung geschaubert,
Sorgend um Dich nur, dem ich's verschwieg.
Aber die Sehnsucht gewann den Sieg,
Meisterlich hast Du mein Fürchten bezwungen
Mit Deinen Liedern, die Du gesungen,
Und nun troß' ich den tödtlichen Stürmen,
Mögen die Wogen zu Bergen sich thürmen,
Über uns stürzen, hinunter uns drängen,
Wenn wir nur fest an einander noch hängen.
Nun ich das Glück Deiner Liebe genossen,
Bin ich zum Letzten bereit und entschlossen,
Alles zu wagen,
Alles zu tragen.
Auch in der Noth,
Bis in den Tod,
Mit Seel' und Leib
Bleib' ich Dein Weib!“

„Nun, so komme, was kommen mag!
Trifft uns des Schicksals vernichtender Schlag,
Wollen das Leben
Freudig wir geben,
Gehen umschlungen selbander hinaus,
Schreiten selbander durch's dunkle Haus,
Und in die Ewigkeit treten wir ein,
Endlos zusammen selig zu sein."
So das Geflüster, verhohlen und leise,
Im roth dämmernden Zauberkreise
Lange noch immer sich weiter spann,
Brach einmal ab und fing wieder an;
Einzig der Wind, der den Vorhang gebauscht,
Hat's in der Sommernacht Schweigen erlauscht.

XV.

Die Verschwörer.

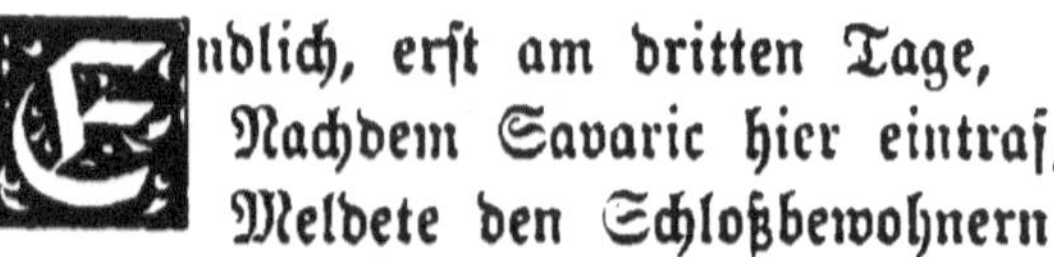

Endlich, erst am dritten Tage,
    Nachdem Savaric hier eintraf,
    Meldete den Schloßbewohnern
Ein vorausgeschickter Reiter
Vom Gefolge des Gebieters
Dessen Heimkehr noch vor Mittag,
Und es würden ihn zwei Ritter,
Herr Roger von Gévaudan,
Der Gemahl Germonde's, und Rostan
Herr von Tarascon, begleiten.
Keine freud'ge Nachricht war es
Denen, die im Saal sie hörten,
Und nicht jubelnden Empfanges
Durften sich die Drei versehen.
Roger allenfalls und Rostan
Wären diesem frohen Kreise,
Wenn auch just nicht hochwillkommen,
Aber doch genehm gewesen,
Hätte sie nicht Guiraud selber
Hergebracht, der Unvermißte,
Der nicht einen Freund hier hatte,

Savaric kaum ausgenommen,
Mit dem Andres ihn verknüpfte
Als der Freundschaft traute Bande.
Guirauds Ankunft aber legte
Auf die ganze Schloßgesellschaft
Einen Druck, und die Verstimmung
Schaut' aus eines Jeden Antlitz.
Affaliden graute wahrhaft
Vor der nun so nahen Rückkehr
Ihres launischen Tyrannen,
Die sie früher oder später
Allerdings erwarten mußte,
Doch an die sie bis zur Stunde,
Nur im Glück der Liebe schwelgend,
Gar nicht hatte denken mögen.
Nicht etwa, daß ihr Gewissen,
Schuldbewußt, nun doch erwachte,
Nein, das macht' ihr keinen Vorwurf,
Denn sie liebt' ihn nicht, den Unhold,
Den von Selbstsucht ganz Erfüllten,
An den ihr verfehltes Leben
Festgekettet war für immer,
Hatt' ihn nie geliebt und selber
Liebe nie von ihm erfahren.
Aber eine düstre Ahnung
Schnürt' ihr jetzt die Brust zusammen,
Daß mit ihm sich das Verhängniß,
Das ihr von des Schicksals Mächten
Neidisch angedrohte, nahte.
Denn wenn er auf ihre Liebe
Selbst auch keinen Anspruch machte,

Gönnt' er doch sie keinem Andern,
War voll Eifersucht und Argwohn,
Und bei dem geringsten Anlaß
Mußte sie auf einen Ausbruch
Seines Jähzorns stets gefaßt sein,
Der zum Schlimmsten führen konnte.
Darum war's für sie geboten,
Fürderhin auf ihr Benehmen
Viel genauer Acht zu haben,
Als bisher, wo frei und sorglos
Sie sich hatte gehen lassen,
Weil sie wußte: wenn die Freunde
Auch von ihrem Herzensbunde
Mit Bernard schon etwas ahnten,
Wie ja möglich, — ein Verräther
War gewiß nicht unter ihnen.
Die vier andern Frauen seufzten,
Daß es mit dem ungebundnen,
Flotten Leben hier nun aus wär',
Obwohl Loba sich getraute,
Guiraud durch ihr neckisch Wesen
Zu bestechen und zu zähmen
Und auf scherzhaft leichtem Fuße
Nicht nur selber mit ihm glimpflich
Auszukommen, sondern ihn auch
Im Verkehre mit den Andern
Zur Verträglichkeit zu zwingen.
Höchst besorglich und verfänglich
War für Bernard das Erscheinen
Des ihm unbekannten Schloßherrn,
Der sich nun mit einem Male

Zwischen ihn und Assaliden
Wie ein finstrer Schatten drängte,
Den nicht er von hinnen scheuchen,
Sondern der in die Verbannung,
Fort aus der Geliebten Nähe
Ihn mit Fug verweisen konnte.
Auch die andern Troubadoure
Sahen Guirauds Ankunft ungern,
Denn Gesang und Spiel der Saiten
Liebt' er nicht, wie sie schon wußten.
Sonderlich den beiden Alten,
Marcabrun und Peire Vidal,
Schien ein längeres Verbleiben
Nicht verlockend mehr im Schlosse,
Und der Eine sprach zum Andern:
„Brüderlein, sag' an, was meinst Du,
Wenn wir unser Bündel schnürten
Und uns aus dem Staube machten?"
„Einverstanden!" sprach der Andre,
„Gehn wir! hier wird schlechtes Wetter."
Übertriebne Anstrengungen,
Sie zu halten, machte Niemand,
Und so zogen mit einander
Noch am selben Vormittage
Sie hindann mit vielem Danke
Und dem letzten Abschiedsgruße:
„In les Baux sehn wir uns wieder!"

Gegen Mittag langte Guiraud
An im Schloß mit den Gefährten
Und kam in den Saal mit ihnen

So wie sie vom Pferd gestiegen.
Sehr erstaunt, nicht eben freudig,
Schien er, hier noch andre Gäste
Außer Savaric zu finden,
Die ihm grad in diesen Tagen
Bei der heimlichen Berathung
Unbequem und störend waren.
Und so fiel denn die Begrüßung
Höflich zwar, doch etwas kühl aus,
Auch für Assalide, die er
Doch seit Langem nicht gesehen
Und mit der er augenscheinlich
Unzufrieden war, als ob sie
Ihm zum Possen die Gesellschaft
Jetzt hieher geladen hätte.
Nur Herrn Savaric begrüßt' er
Wärmer, und die erste Frage,
Die er that, war also lautend:
„Hat Bertran de Born nichts von sich
Hören lassen, wann er eintrifft?"
Bei der Nennung dieses Namens
Blickten Frau'n und Troubadoure
Sich verwundert, fast erschrocken
An, und Assalide sagte:
„Mir ist nichts gemeldet worden."
„So," sprach Guiraud, „ich erwart' ihn."
In sein Schlafgemach dann ging er,
Das mit Waffen, Jagdgeräthen,
Fellen und Geweih'n geschmückte,
Schnell hinab, sich umzukleiden,
Wohin Savaric zur Zwiesprach

Ihm auf sein Ersuchen folgte.
Roger auch und Rostan nahmen
Die für sie bereiten Zimmer
In Beschlag zum gleichen Zwecke.

Guiraud war ein untersetzter,
Starkgebauter Mann mit groben,
Harten Zügen, feistem Nacken
Und mit schmal geschlitzten Augen,
Unbestimmbar in der Farbe.
Um den breiten Mund, der sprechend
Kerngesunde Zähne zeigte,
Lief ein Zug von Hohn und Hochmuth,
Und das in die Stirn gewachsne
Dichte Haar war meistens grau schon.
Herr Roger von Gévaudan war
Auch ein Mann in reifen Jahren,
Aber jünger doch als Guiraud
Und von wohlgestaltem Äußern,
Lebhaft, selbstbewußt und trotzig.
Herr Rostan von Tarascon nun
Stand im Alter zwischen beiden
In der Mitte und war immer,
Wie er in les Baux schon zeigte,
Keck und unternehmungslustig,
Und vor Allem hielt er darauf,
Unabhängig stets zu bleiben,
Nur dem eignen Trieb und Willen,
Keinem andern nachzugeben.

Alsobald Bernard und Raimond
Mit den Damen sich im Saale

Wiederum allein befanden,
Gaben sie auch der Verwundrung,
Daß Bertran de Born im Schlosse
Würd' erscheinen, rückhaltlosen
Und besorgnißvollen Ausdruck.
Denn der Träger dieses Namens
War bekannt, berühmt, berüchtigt
Durch die Eigenschaften alle,
Derentwegen man in Frankreich
Von Burgund bis zur Gascogne
Ruf und hohen Ruhm erlangen,
Aber Furcht auch, Scheu und Schrecken
Um sich her verbreiten konnte.
Er war Troubadour, ein Meister
In Tenzonen, Sirventesen,
Streitgedichten, Liebesliedern.
Er war Ritter und ein Kriegsheld,
Der sich nicht in kleinen Fehden
Mit dem ersten Besten raufte.
Herzogthümer, Königreiche
Bracht' er in Tumult und Aufruhr,
Stachelte zum Bruderkriege
Und zur offenen Empörung
Gegen ihren eignen Vater
König Heinrichs tapfre Söhne,
Bald mit diesem, bald mit jenem
Sich befreundend und verbündend.
Tadelloser Cavalier auch
War er, formgewandt und vornehm,
Und ein Huldiger der Frauen,
Dem's an Liebesabenteuern

Und an Glück dabei nicht fehlte.
Und auch hier hob er die Augen
Hoch empor, Mathilde war es,
Das Gemahl Heinrichs des Löwen,
Eine englische Prinzessin,
Die er außer mancher Andern
Aus altabligem Geschlechte
Heiß umwarb mit seiner Liebe,
Sie in seinen Liedern feiernd.
Und die Lieder, ob sie Angriff,
Streit und Groll und Spott enthielten
Oder Sehnsucht und Verlangen,
Waren feuerzüngig, zündend,
Von hinreißend hohem Schwunge,
Seine Worte scharf und wuchtig
Wie sein Lanzenstoß und Schwerthieb.
Autafort hieß seine Stammburg
In dem Perigord'schen Bisthum,
Wo er aber wenig hauste,
Weil er immer unterwegs war,
Händel suchend oder stiftend.

„Was will Der hier?" fragte Raimond,
Sich an Assalide wendend,
„Dieser alte Friedensstörer,
Dem allein im Kampfe wohl ist."
Aber Assalide zuckte
Mit den Achseln: „Ich erfahre
Niemals, was mein Gatte vorhat.
Könntest Du, Germonde, den Deinen
Nicht befragen, was sie brauen?"

„Roger? liebe Sail, was denkst Du!"
Sprach Germonde, „der sagt mir auch nichts."
„Etwas ungewöhnlich Ernstem
Muß es gelten, denn um Kleines
Rühret Bertran keinen Finger,"
Nahm Bernard das Wort, „am Ende
Ist's um Raimond von Toulouse,
Denn der Graf wird jetzt vom Krummstab
Hart bedrängt und angefeindet,
Weil er seine Unterthanen
Gegen Druck und Übergriffe
Unduldsamer Glaubensstrenge
Treulich schützt, und darum ist er
Dem verfolgungssücht'gen Klerus
Lange schon ein Dorn im Auge.
Ob Bertran de Born nun für ihn
Oder wider ihn das Schwert zieht,
Wer kann's wissen als er selber!"
„Seine Hilfe giebt den Ausschlag
Dem gefährlichsten Beginnen,
Bei dem er die Hand im Spiel hat,
Und der Kampfhahn wagt das Höchste,"
Sprach Raimond von Miraval.
„Im Turnier ist er gefürchtet
Wie im Feld, jedoch am meisten,
Wenn er seine Sirventesen,
Wilde Leidenschaft entfesselnd,
Fackeln gleich ins Land hinschleudert,
Hellen Brand damit entfachend.
Wo er hinkommt, sät er Zwietracht,
Heftig, ruhelos, unbeugsam

Ist sein Sinn, sein Ehrgeiz glühend,
Und wenn über diese Schwelle
Er den stets bespornten Fuß setzt,
Bringt er nichts als Streit und Unheil."
„Also müssen wir's erfahren,"
Fiel Tiberge ein, „was hier vorgeht,
Was sie hier zusammenrühren
Mit dem Hetzer und Verschwörer.
Wenn sie's uns nicht selber sagen,
Was ich freilich stark bezweifle,
Nun, so müssen ihrem Schweigen
Wir mit einer List begegnen
Und mit einem leckern Köder
An der ausgeworfnen Angel
Einen dieser stummen Fische
Kirren, bis er darauf anbeißt,
Und sobald er eingefangen,
Das Geheimniß ihm entlocken."
Als die Gräfin so gesprochen,
Leuchtet' es in Loba's Antlitz
Blitzhell auf, denn Augenblicks war
Eine List ihr eingefallen,
Die zum Zwecke trefflich taugte.
Lächelnd und geheim frohlockend
Kehrte sie sich ab und dachte:
Nun, solch einen Köder hab' ich,
Und ob Der, dem ich ihn werfe,
Darauf anbeißt, — ha! ich mein' es!

Bei dem Mittagsmahl, das heute
Ganz besonders glänzend ausfiel,

Gab sich Jeder redlich Mühe,
Möglichst unbefangnen Frohsinn
Im Gespräch zur Schau zu tragen,
Was dann auch zur Folge hatte,
Daß ein leiblich Einvernehmen
Und ein ziemliches Behagen
Bald in der Gesellschaft Platz griff.
Die zwei neuen Gäste brachten
Frischen Stoff zur Unterhaltung,
Schienen hier sich wohl zu fühlen,
Und von ihnen aufgemuntert,
Ward auch Guiraud mittheilsamer
Und für Schimpf und Scherz empfänglich.
Dennoch ruhte manchmal forschend
Auf Bernard sein Blick, und plötzlich
Rief er übern Tisch hinüber:
„Herr, ich muß es sehr bedauern,
Daß es Euch hier eine Woche,
Wie mir Ferrabou, mein Marschall,
Schon erzählt hat, schlecht ergangen,
Weil Euch meine Frau nicht vorließ
Und Ihr mit den Dienern unten
Euch allein begnügen mußtet."
„Leider fand ich keine Gnade
Vor der Herrin," lachte Bernard,
„Sie verschloß mir ihre Thüre,
Mein Gesang war nicht willkommen —"
„Herr von Ventadour, vergeßt nicht,
Daß Ihr als Joglar hierher kamt!"
Unterbrach ihn Assalide,
„Als wir wußten, wer Ihr waret,

Haben wir, Germonde, Guiscarda
Und ich selbst, Euch gern empfangen,
Und Ihr habt mit Euren Liedern
Frohe Stunden uns bereitet."
„Warum als Joglar verkleidet
Kam er zu Dir?" fragte Guiraud.
„Weil er —," Assalide stockte,
„Das, Herr Guiraud," half ihr Loba,
„Ist so Brauch bei Troubadouren,
Daß sie manchmal als Joglare
Ihre Kunst zum Besten geben
Und sich dann ins Fäustchen lachen,
Wenn der Vogel nach den Federn
Statt nach dem Gesang geschätzt wird."
„Doch so lang sich zu verstecken
Hinter einem falschen Namen,
Welchen Zweck kann das wohl haben?"
Frug mißtrauisch noch der Schloßherr.
„Den, den Euch Frau Loba sagte,"
Gab Bernard darauf zur Antwort,
„Mit Gesange wolln wir wirken,
Aber nicht mit Stand und Namen."
„Viele machen's so, Herr Guiraud,"
Sagte Raimond, „und ich könnt' Euch
Leicht Versteckensnamen nennen,
Deren Träger Ihr nicht riethet.
Sonderlich bei einem Wettkampf
Im Gesang ist es so üblich,"
Fügt' er noch hinzu, dem Freunde
Mit der aus der Luft gegriffnen
Randbemerkung beizuspringen.

„Wenn ich kämpfe," brummte Guiraud,
„Kämpf' ich auch mit offnem Helme."
„So? das werden wir uns merken,"
Sprach sofort Tiberge, „vielleicht ist
Die Gelegenheit nicht ferne,
Euch einmal beim Wort zu nehmen."
Damit war die Sach' erledigt;
Assalide, die gezittert
Schon vor einem Friedensbruche,
Athmet' auf und mit ihr Mancher,
Der des Wirthes Rachsucht kannte.
Loba sagte zu Guiscarda:
„Keine Sünde giebt's im Leben,
Die man Dem nicht gern verziehe,
Der sich das Verdienst erwürbe,
Einen eifersücht'gen Gatten
Meilenweit entfernt zu halten
Oder aus der Welt zu schaffen."
Und Guiscarda nickte dazu:
„Ja, mit Pauken und Trompeten
Wird die Hochzeit laut verkündigt,
Doch das wahre Glück der Liebe
Braucht verschwiegenstes Geheimniß.
Späheraugen, Lauscherohren
Sind ihr lästig und gefährlich,
Und die Eifersucht des Einen
Schmiedet Ketten für den Andern."
    In der regen Unterhaltung,
Welche die gewandten Gäste
Nicht ins Stocken kommen ließen,
War der Vorfall schnell vergessen,

Und das Mahl verlief von nun an
Bis zu seinem Ende fröhlich
Und in ungetrübter Eintracht.
Aber Guiraud hatte heimlich
Auf Bernard und Assalide
Nach wie vor ein wachsam Auge.

Am Spätnachmittage, heute
Kaum erwartet noch von Guiraud,
Schwang Bertran de Born im Burghof
Sich vom Pferd und fand, vom Marschall
Hingeleitet, die Gesellschaft
Nah dem Schlosse bei der Ulme.
Ganz im Harnisch kam der Ritter,
Eine mächtige Erscheinung,
Hoch und stolz, mit ernstem Ausdruck
Im gebräunten Angesichte.
Eine breit gewölbte Stirne,
Glühende, fast droh'nde Augen,
Tief in ihren Höhlen liegend,
Und die festgeschlossnen Lippen
Über einem starken Kinne
Ließen große Kraft des Willens,
Grübelnde Gedankenarbeit
Und Verschlagenheit vermuthen.
Nach dem Willkommstrunk begaben
Ohne Säumen die fünf Herren,
Bertran, Guiraud, Roger, Rostan,
Savaric, sich mit einander
In das Schloß, um Rath zu halten.
„Nun geht's los mit der Verschwörung,"

Wandte sich Guiscarba lachend
Zu den andern bei der Ulme
Unruhvoll Zurückgebliebnen.
„Wenn ich doch ein Mäuschen wäre
Oder nur ein schwirrend Mücklein,
Die Berathung zu belauschen!“
„Laßt es gleich uns ausbedingen,“
Sprach Germonde, „wer von uns Sieben
Das Geringste nur herauskriegt
Vom Geheimniß, hat's den Andern
Unverzüglich mitzutheilen!“
„Wenn ihm aber,“ meinte Raimond,
„Strenges Schweigen auferlegt wird?“
„Wenn auch, Raimond! unter uns hier
Gilt's nicht,“ rief Tiberge entschieden.
„Der Verspruch, den wir uns thun hier,
Geht jedwedem Zugeständniß
Des Entdeckers, still zu schweigen,
Fehllos vor, und wir entbinden
Gänzlich ihn von dem Gelöbniß.“
„Muß man in dem Fall auch sagen,
Wie man es herausgebracht hat,
Das Geheimniß?“ fragte Loba.
„Nein!“ erwiedert' Assalide,
„Weg' und Mittel, Art und Weise,
Wie man es erfuhr, zu sagen
Oder aber zu verschweigen
Bleibe Jedem überlassen.“

Als man an der Abendtafel
Wieder sich versammelt hatte,

Waren die fünf Heimlichthuer
In der allerbesten Laune,
Von der kurzen Vorberathung
Offenbar durchaus befriedigt.
Diese gute Stimmung suchten
Nun die Damen auszunutzen,
Um durch Liebenswürdigkeiten
Die Verschwiegenen zu reizen
Und zum Reden zu bewegen.
Bertran grade gegenüber
Saß Tiberge und schritt zum Angriff
Gegen ihn mit allen Waffen
Ihrer angebornen Anmuth
Und dem raschen Ungestüme
Ihres maurischen Geblütes.
Erst von seinen Liedern sprach sie,
Die sie über Alles lobte,
Dann mit leisen Anspielungen
Kam sie ihm auf seinen Einfluß
Bei den Mächtigsten im Lande,
Über die sie, Namen nennend,
Seine Meinung hören wollte.
Endlich stellte sie ihm Fragen,
Wohin er von hieraus weiter
Seines Rosses Trab zu lenken,
Ob in Autafort er wieder
Längre Zeit zu bleiben dächte,
Ob er zum Marienfeste
In les Baux erscheinen würde
Und noch mehr der Art. Dem Klugen,
Der dies Spiel und seine Absicht

Gleich von Anfang an durchschaute,
Macht' es großen Spaß, er gab ihr
Artig und gefällig Antwort,
Aus der sie nicht das Geringste
Schließen oder rathen konnte,
So daß sie auf den ihr aalglatt
Stets Entschlüpfenden erboßt ward.
Einen andern Plan verfolgte,
Wie man glauben mußte, Loba,
Die Herrn Savaric bei Tische
Gegenüber saß. Sie machte
Keine Andeutungen, stellte
Keine Fragen, unterhielt sich
Mit ihm aber äußerst lebhaft
Über Dichtungen und Schriften,
Die mit Freuden sie gelesen,
Deren Inhalt keineswegs
Klösterliche Andachtsübung,
Sondern Liebesabenteuer,
Recke, lustige Geschichten
Oder Schilderungen waren,
Die des Lesers Herz bewegten.
Loba sprach sehr frei darüber,
So gescheut, so fein und witzig,
Über Handlung und Personen
Klar und scharf ihr Urtheil fällend,
Daß Herr Savaric, gefesselt
Vom Gespräch, ganz Aug' und Ohr war.
Und am meisten war er Auge
Für sein schönes Gegenüber.
Loba hatte auserwählte

Kleidung angelegt zum Abend,
Die den Wuchs der jugendlichen,
Geist= und lebensvollen Wittib
Aufs Verführerischste zeigte.
Ihre großen, dunklen Augen
Sandten Savaric beständig
Sanfte, sammetweiche, süße
Oder brennend heiße Blicke,
Je nach Wendung des Gespräches,
Und die purpurrothen Lippen,
Die so vollen, fein geschnittnen,
Wie sie lächelten und lachten
Und so lieblich sich bewegten,
Grad als ob sie locken wollten!
Ohne Zweifel schien es Loba
Darauf abgesehn zu haben,
Savaric so zu bestricken,
Daß zuletzt er ihrer Bitte,
Das Geheimniß ihr zu beichten,
Nicht mehr widerstehen konnte.
Wenigstens die andern Frauen,
Die das Mühen Loba's merkten,
Legten's so sich aus und hofften,
Daß der Freundin List gelänge.
Nur Tiberge ward ungedulbig,
Und als jetzt die Eingeweihten,
Mit erhobnen Bechern winkend,
Auf ein gut Gelingen tranken,
Konnte sie die Neugier länger
Nicht bezähmen; heftig rief sie:
„Jetzt, ihr Herren, offne Helme!

Wie Herr Guiraud heute sagte.
Sprecht, was treibt ihr hier im Schlosse?
Das Geheimniß, das ihr spinnet,
Wollet endlich uns entschleiern!"
Eine tiefe Stille folgte
Diesen Worten; all die Andern,
Die davon nichts wußten, blickten
Halb bestürzt und halb belustigt
Auf Tiberge, Bertran und Guiraud,
Und man saß in großer Spannung,
Was für Antwort kommen würde.
Doch nicht lang, und — „Edle Gräfin,"
Sprach Bertran de Born verbindlich,
„Wenn wir bei dem stillen Werke,
Das wir spinnen hier und weben,
Zarter, weicher Frauenhände
Zur Verknüpfung seiner Fäden
Eines Tags bedürfen sollten,
Werden wir um deren Hilfe
Höflich und bescheiden bitten.
Doch solang es nicht vonnöthen
Und allein wir fertig werden,
Möchten wir euch holden Frauen
Mit so schweren, ernsten Sorgen,
Wie sie unsern Rath umkreisen,
Nicht den süßen Schlummer rauben
Und euch gern damit verschonen."
Nun, da hatte sie's! zum Schaden
Auch den Spott noch, denn der Schlummer
Raubt' ihr ja nicht die Gewißheit,
Was die Männer ihr verhehlten,

Sondern ruhelose Neugier,
Es von ihnen zu erfahren.
Doch sie machte gute Miene
Zu dem bösen Spiel, und klüglich
Hinter anmuthvollem Lächeln
Ihren Grimm verbergend, sprach sie:
„Stets sollt ihr bereit uns finden,
Euch mit Rath und That zu helfen,
Wenn ihr solcher Gunst uns würdigt.“
Auf der Männer Angesichtern
Schimmerte die Schadenfreude,
Aus der Frauen Augen blickte
Das verschwiegene Bedauern
Über den mißlungnen Vorstoß
Gegen das so fest verschanzte,
Undurchdringliche Geheimniß,
Das durch seine strenge Hütung
Nur noch räthselhafter wurde.
Raimond und Bernard, verdrossen,
Daß die andern Herrn auch sie nicht
Ins Vertrauen zogen, schauten
Mürrisch drein auf ihren Plätzen.
Loba nur, die nie Verzagte,
Lacht' in sich hinein im Stillen:
O ihr guten, schwachen Seelen,
Was ihr euch doch plagt und kümmert!
Morgen still' ich eure Neugier.

Bald erhob man sich vom Tische.
Loba hatte keine Frage,
Keine laute, keine leise,

An Herrn Savaric gerichtet.
Als die Damen aber später
Sich zur Ruh begeben wollten,
Während noch die Herren alle
Einen kleinen, gut gewürzten
Schlaftrunk zu genießen dachten,
Schien sie sehr erregt, die Wangen
— War's vom Weine? war's vom Sprechen? —
Glühten ihr wie lichte Rosen,
Und Herrn Savaric sich nähernd
Flüsterte beim Gutenachtgruß
Sie ihm etwas zu geschwinde.
Freudig schrak er auf, doch eh er
Nur ein Wort erwiedern konnte,
Wandte sie sich ab und schloß sich
Schnell den Damen an, die plaudernd
Nun hinauf die Treppe stiegen
Und sich, wie auch Loba selber,
Jede in ihr zugewiesnes
Eignes Schlafgemach verfügten.

XVI

Die Frauen.

—

rüh am nächsten Morgen schickte,
Als sie kaum dem Bett entstiegen,
Loba die als Kammerjungfer
Sie bedienende Flandrine
Eilig zu den andern Damen
Reih herum und ließ sie bitten,
Augenblicks, so wie sie wären,
In ihr Schlafgemach zu kommen,
Denn sie hätte Wicht'ges ihnen
Im Vertrauen mitzutheilen.
Eine nach der Andern kamen
Sie geschwind, der Ladung folgend,
Und die schlanken jungen Frauen,
Ganz nothdürftig nur bekleidet,
Morgenfrisch und rosig blühend
Die Gesichter und die Augen
Funkelhell in der Erregung
Einer hochgespannten Neugier,
Nahmen Platz auf niedern Schemeln,
Sich im Halbkreis überlustig,
Nuschlig dicht zusammenschmiegend,

Kaum vor Ungeduld sich lassend.
Loba saß auf ihrem Bette,
Und verlegen, schämig lächelnd,
Doch zugleich auch triumphirend
Hub sie herzhaft an: „Jetzt also
Kann ich euch es offenbaren,
Was die fünf Verschwörer planen."
„Wirklich, Loba? hast's erfahren?
Wie denn? wann denn nur? von wem denn?
Rasch erzähle! sag' uns Alles!"
Schwirrt' und zwitschert' es auf einmal.
„Stille doch, ihr Plappermäuler!
Laßt mich doch zu Worte kommen!"
Fuhr sie auf, und Alle schwiegen.
„Wißt Ihr, wer es ist, dem meutrisch
Sie an Kopf und Kragen wollen?
Richard Löwenherz, Statthalter
Aquitaniens!" Helle Rufe
Des Erschreckens und des Unmuths
Wurden laut, man frug: „Warum denn?
Welcher Schuld wird er bezichtigt?"
„Ja," fuhr Loba fort, „die stolzen
Aquitanischen Barone
Sind der Herrschaft überdrüssig,
Die der Graf von Poitou,
Sagen sie, mit harter Strenge
Und mit mancherlei Gewaltthat
Gegen Ritterschaft und Adel
Wider Fug und Recht sich anmaßt.
Darum wolln sie ihn vertreiben
Und an seine Stelle Heinrich,

Seinen ältern Bruder, setzen.
Von dem Fest der drei Marien
In les Baux, wo Richard sein wird,
Wie sie sichre Kunde haben,
Wollen sie mit List ihn locken
Zur Abtei von Montmajour,
Sich des Grafen dort bemächt'gen
Und auf einem ihrer Schlösser
Ihn so lang gefangen halten,
Bis der heiße Kampf beendet
Und Prinz Heinrich eingesetzt ist."
„Ist es möglich! solchen Helden!
Richard Löwenherz, den edlen
Troubadour, den stolzen Sieger
In unzähligen Turnieren
Und in kühn gewagten Schlachten!
Und so vieler Frauenherzen!
Den, den wollen sie bekämpfen?"
Riefen nach und durch einander
Die darob empörten Frauen.
„Aber sage mir nur, Loba,"
Frug Germonde, „wie hast Du alles
Das erfahren? gestern Abend
Wußtest nichts Du, und heut Morgen —"
„Es ist ausgemacht," fiel Loba
Ihr ins Wort, „man darf verschweigen,
Welche Mittel man gebrauchte."
„Aber uns kannst Du's doch sagen,"
Sprach Tiberge, „gesteh' mal offen,
Was Du Alles angestellt hast."
Wie sie zitterten und brannten,

Eh die Antwort kam von Loba!
„Nun, es hat mich —“ sprach sie zögernd,
„Hat mich einen Kuß gekostet.“
„Den vererbten? einen, Loba?
Und nun mußt Du wohl von jetzt an —?“
„Keine Fragen!!“ rief sie lachend,
Rief's und warf sich hin, das Antlitz
In den Kissen schnell vergrabend,
Lang vom üpp'gen Haar umflossen.
Dann, nach einem tiefen Schweigen,
Dem die Vier auf das Geständniß
Sinnend, lächelnd sich ergaben,
Ward im Rath der Frau'n beschlossen,
Daß man nach Verspruch und Abkunft
Alles dies Vernard und Raimond
Ehrlich mitzutheilen hätte.
„Aber nur nicht, wie ich's Einem
Von den Fünf geheim entlockte!“
Stellte Loba zur Bedingung.
„Nein doch!“ sprach Germonde, „die Beiden
Brauchen gar nicht zu erfahren,
Wer von uns es ausgespürt hat
Und von wem; wenn sie nur wissen,
Welches Eisen man hier heiß macht.“
„Und dann werden wir mit ihnen
Unverzüglich uns berathen,“
Sprach Tiberge, „wie der Verschwörung
Wir entgegenwirken können,
Um den Handstreich zu vereiteln.“
Nun in voller Eintracht wollten
Sich die Schönen wieder trennen,

Horchten an der Thür und lugten,
Ob es draußen auf dem Gange
Auch geheuer wär und einsam,
Und dann flatterten und huschten
Die vier Weißen, Leichtgeschürzten
Gleich liebreizenden Gespenstern
Kichernd flink in ihre Zimmer,
Um sich schleunig anzukleiden.

Nach dem Frühmahl, das sich frieblich
Ohne die geringste Störung,
Ja, zum Theil recht fröhlich abspann,
Schritten die Verschwörer wieder
An ihr Werk in stummen Wänden,
Hielten langen Rath und schrieben
Kurze Briefe, die sie weithin
Durch berittne Boten sandten.
Die verbundnen Frauen aber
Gingen gleich mit ihren trauten
Und getreuen Troubadouren
Zu den Sitzen an der Ulme,
Wo den Beiden Affalide
Der Verschwörung Zweck enthüllte.
Raimond schwieg dazu, doch Bernard
Brauste heftig auf im Zorne:
„Niederträchtiger Verrath ist's,
Von dem alten Unruhstifter
Bertran wieder angezettelt,
Der nicht Frieden hält im Lande,
Immer schüren muß und hetzen.
Doch ich lasse die Verschwörer

Nicht ihr schändliches Gewerbe
Unbehelligt weiter treiben,
Sondern stelle sie zur Rede
Und erkläre ihnen offen,
Daß ich Richard warnen werde."
„O Bernard!" rief Assalide,
Für des Liebsten Leben bangend,
„Daran dürft Ihr nimmer denken.
Nutzlos würdet Ihr Euch opfern,
Denn die zu der That Entschlossnen
Würden sich, wenn ihr Geheimniß
Sie durch Euch gefährdet sähen,
Keinen Augenblick besinnen,
Euch mit einem Degenstoße
Auf der Stelle stumm zu machen."
„Darauf wag' ich's," sagte Bernard,
„Solch ein tückisches Verbrechen
Ungehindert zuzulassen
Dünkt mich ebenso abscheulich
Als wie daran Theil zu nehmen."
„Wenn sie Euch nun aber fragen,"
Sprach Germonde, „woher Ihr's wüßtet,
Wollt Ihr etwa dann uns Frauen
Oder eine von uns Fünfen,
Die's mit lobenswerthem Eifer
Schlank herausgebracht hat, bloßstelln?"
Vor der Frage stutzte Bernard.
„Daran dacht' ich nicht," versetzt' er.
„Zwar, es wäre ja doch möglich,
Eine von den Damen hätt' es
Nur der liebevollen Hilfe

Eines unverhofften Zufalls
Zu verdanken, daß sie Alles
So genau erlauschen konnte."
„Liebevoll, — o ja! doch Zufall —?"
Lächelte Tiberge und sprach dann:
„Nehmet immer an, Herr Bernard,
Daß nicht ganz und gar nur Zufall,
Unverhoffter, blinder Zufall,
Es gewesen, sondern daß der —"
„Sondern daß ein großes Wagniß
Zu bestehn war," unterbrach sie
Loba, fürchtend, daß Tiberge auch
Den bezahlten Preis noch angab.
„Kurz und gut, Ihr dürft den Herren,"
Fuhr Tiberge fort, „nicht gestehen,
Wo Ihr Eure Kenntniß herhabt."
„Dann behaupt' ich," sagte Bernard,
„Daß ich selber sie belauschte."
„Und das sollen sie Euch glauben?"
Sprach Guiscarda, „nein, Herr Bernard!
Reitet hin zu Richard, warnt ihn,
Ehe die Verschwörer ahnen,
Daß um ihren Plan wir wissen."
„Darum braucht er nicht zu reiten,"
Fiel geschwind ein Assalide,
„Richard warnen kann ein Brief auch,
Und für sichern Boten sorg' ich."
Bernard schüttelte: „Verrath nun
Wieder mit Verrath vergelten
Hinterrücks und heimlich? niemals!
Aug' in Auge, offnen Helmes,

Wie Herr Guiraud sagte, will ich
Ihren frevelhaften Anschlag
Ihnen aus den Zähnen reißen!"
„Thut es nicht, Bernard! Ihr kennt nicht
Dieser Wölfe blut'ge Wildheit,"
Flehte angstvoll Affalide.
„Kämpfen sie denn offnen Helmes?"
Sprach Tiberge, „Raimond, Ihr schweiget,
Sagt auch endlich Eure Meinung!"
„Lang schon überleg' ich, Theure!"
Nahm Raimond das Wort. „Wenn Bernard
Drauf besteht, sich einzumischen, —
    „Ja, das thu' ich, kein Bedenken
    Hält mich davon ab," rief Bernard.
Seh' ich einen einz'gen Weg nur,
Wie das möglich ohne daß Du
Deines Wissens Quelle nennest.
Du und ich, wir beide müssen
Bei den Herren darauf bringen,
Selbst uns in ihr Thun und Treiben
Einzuweihen, ihnen sagen,
Daß es uns verletzt' und kränkte,
Gegen unsre Ehre ginge,
So bei Seite stehn zu sollen,
Wo zu wichtigen Beschlüssen
Tapfre Männer sich verbünden.
Und da wir ja Ritter wären
Ebenso wie sie, so hätten
Anspruch wir auf ihr Vertrauen
Und verlangten, zugezogen
Und im Rath gehört zu werden.

Gehn sie darauf ein, erfahren
Wir aus ihrem eignen Munde
Ihren Plan, verdanken nicht ihn
Einem liebenswürd'gen Zufall
Oder einem stillen Wagniß,"
Schloß er lächelnd und mit einem
List'gen Schelmenblick auf Loba.
„Raimond," sprach Bernard, dem Freunde
Seine Hand entgegenstreckend,
„Grade Wege sind die besten,
Diesen, den Du zeigst, den gehn wir."
  „Gut! so werd' ich heute Mittag
Savaric die Forbrung stellen,
Uns darüber aufzuklären,
Was die Herrn im Schilde führen.
Doch, Bernard, nicht ungefährlich
Ist der Gang in Feindes Lager,
Das bedenke wohl! wir wagen
Viel dabei, und Eines bitt' ich:
Höre die Beschwerden alle,
Die sie gegen Richard haben,
Wenigstens erst an in Ruhe,
Eh Du ihnen Deinen Handschuh
Vor die Füße wirfst im Streite.
Und ich kann Dir nicht versprechen,
Weiß es nicht im Voraus, ob ich
Ganz auf Deiner Seite stehen,
Deine Meinung theilen werde."
„Thue Du nach Deinem Dünken,"
Sprach Bernard, die Stirne krausend,
„Mein Verhalten find' ich selber."

Bei dem muthigen Beschlusse
Nach dem Vorschlag Raimonds blieb es.
Aus der Ulme breitem Schatten
Ging man in das Thal, und Jeder
War für sich mit dem Besprochnen
In Gedanken noch beschäftigt.
Mit Guiscarda seitwärts wandelnd
Und den Arm in ihren legend
Sprach Germonde: „Es ist kein Zweifel,
Daß wir ohne jenes Todten
Minnelustiges Vermächtniß
Von dem damit traut Entlockten
Noch nicht das Geringste wüßten,
Und doch wünsch' ich jetzt, wir hätten
Nie etwas davon vernommen.
In ein wichtiges Geheimniß
Sich zu drängen oder auch nur
Als ein gänzlich Unberufner
Es zu wissen bringt Gefahr oft."
„Grade so, Germonde, denk' ich auch,"
Sprach Guiscarda. „Wenn die Beiden,
Savaric und jener Golfier,
Als sie zum Turniere ritten,
Hätten fern nur ahnen können,
Was aus dem vererbten Kusse
Noch erwachsen kann, sie hätten
Nicht gespielt mit solchem Pfande." —

Nachmittags, nach einer kurzen
Freundschaftlichen Unterredung
Zwischen Savaric und Raimond

War, der beiden Troubadoure
Wunsch, am Rathe Theil zu nehmen,
Allerdings begreiflich findend,
Savaric sofort erbötig,
Ihn den Herren vorzutragen
Und bei ihnen zu vertreten.
Dieser Schritt war von Erfolg auch.
Trotz des Anfangs sehr entschiednen
Widerspruchs von Seiten Guirauds
Und Bertrans de Born gelang es
Endlich doch den andern Dreien,
Die Gewährung durchzusetzen.
Und als sich am andern Morgen
Die Verschwornen zur Berathung
Wiederum zurückziehn wollten,
Forderte Bertran die beiden
Noch bis jetzt nicht Eingeweihten
Höflich auf, sich anzuschließen.
Dies geschah; die Herren alle
Gingen ab, doch Assalide
Blickte sorgenvollen Herzens
Bernard nach, als er mit festem,
Finsterm Ausdruck im Gesichte
Neben Guiraud aus dem Saal schritt.

XVII.

Der Streit.

—

Selber habt ihr Herren gefordert,
Zweck und Ziel der hier getroffnen
Abredungen zu vernehmen
Und daran euch zu betheil'gen.
Wir willfahren eurem Wunsche
Und vertrau'n euch; also höret!"
So in dem Berathungszimmer
Sprach Bertran de Born als Schildherr
Zu den beiden Troubadouren.
Darauf setzt' er ihnen klärlich
Und ausführlich aus einander,
Welche Gründe die im Schlosse
Hier Versammelten bewögen,
Sich mit Vielen ihres Gleichen
Gegen Richard zu erheben
Und ihn seiner Macht und Stellung
Wegen Mißbrauchs zu entkleiden.
Seine Herrschsucht und sein Hochmuth,
Womit er die Edelleute
Und die Freien wie Vasallen
Zu behandeln sich erkühnte,

Wären nicht mehr zu ertragen.
In geschwollnem Eigendünkel
Maßte er sich unbefugte
Hoheitsrechte an im Lande,
Legte Lasten auf und Pflichten
Und verlangte Huldigungen,
Die ihm keineswegs gebührten.
Eine feste Trutz= und Zwingburg,
Schloß Clairvaux, hätt' er errichtet
Auf benachbartem Gebiete,
Das ihm gar nicht unterthänig,
Gar nicht lehenspflichtig wäre.
Billigen, gerechten Wünschen
Wär' er, voll von Selbstbewußtsein
Und sich für unfehlbar haltend,
Abgeneigt und unzugänglich.
Darum müßten mit Gewalt sie
Jetzt ihm ihren Willen zeigen,
Fest entschlossen, sich nicht länger
Unterjochen und wie Knechte
Schmachvoll beugen sich zu lassen.

Ohne den gewandten Redner
Durch ein Wort zu unterbrechen
Hatten ihm die beiden Freunde
Zugehört bis zu dem Schlusse,
Den er mit der Kraft der Stimme
Wie ein feierliches Siegel
Unter acta clausa setzte.
Nun erhob sich zur Entgegnung
Bernard, tief erregt im Innern,

Äußerlich jedoch zu Anfang
Ruh und Mäßigung bewahrend.
„Eure Klagen und Beschwerden
Gegen Richard, edle Herren,"
Fing er an, „kann ich nicht prüfen
Und daher nicht widerlegen.
Doch, verzeiht, ich bin der Meinung,
Es giebt Mittel noch und Wege
Andrer Art, sie abzustellen,
Als Verschwörung und Gewaltthat.
Wenn ihr einen Rath beriefet
Aus den vornehmsten Geschlechtern
Und auch aus geringern Ständen,
Der mit Vollmacht untersuchte
Und mit weisem Maß entschiede,
Wo das Recht ist, wo das Unrecht,
Und mit ernstem, starkem Nachdruck
Ungebühr und Übergriffe
Zu beseitigen verstünde,
Sollte das nicht von Erfolg sein?
Ihr nun wollt den Sohn des Königs,
Der Statthalter ist im Lande
Und freigebig wie kein Andrer,
Ungewarnt und ohne vorher
Ihm die Fehde anzusagen
Hinterlistig überfallen
Und ihn ohne Spruch und Urtheil
Niederwerfen und entthronen.
Das nenn' ich Verrath und Untreu!"
Lautes Murren unterbrach ihn.
„Ja, ihr Herrn, ich weiß kein andres,

Mildres Wort dafür als diese.
Denkt des namenlosen Elends,
Wenn ihr mit des Krieges Fackel
Poitou, Guyenne, Auvergne,
Languedoc, Provence in Brand steckt,
Burgen brecht und Städt' und Höfe
Rings in Trümmer legt und Asche
Und gesegnete Gefilde,
Saat und Ernte, Frucht und Nahrung
Niederstampft, verheert, verwüstet!
Denn ein fürchterlicher Kampf wird's;.
Richard auch hat Bundsgenossen,
Mächtige mit Wehr und Waffen,
Auch das Heer des Königs werdet
Ihr auf eurem Wege finden,
Und der Unterlieger endlich
In dem einmal heiß entbrannten,
Schrecklichen Vernichtungskampfe
Hat bei Rachgier und Erbittrung
Auf des Siegers Gnad' und Schonung
Nun und nimmermehr zu hoffen."
„Krieg ist eben Krieg, Herr Bernard!"
Sprach Bertran de Born, „für Alles,
Was Ihr schaudernd da vorausseht,
Die Verantwortung zu tragen
Hat Graf Richard, der's verschuldet."
„Dreimal würd' er sich besinnen,"
Gab Bernard geschwind zur Antwort,
„Eh er das vor Gott und Menschen
Im Gewissen auf sich nähme,
Denn der Tod von allem Guten,

Allem Schönen wär's und Frohen.
Glanz und Schimmer, Duft und Blüthe
Höfischen, beglückten Lebens,
Ritterliche Lust der Männer,
Minnigliche Gunst der Frauen,
Der beschwingte Flug der Geister,
Hochgemuthe Schlag der Herzen,
Saitenspiel, Gesang und Lieder,
Kurz, was unsrer schönen Heimat
Höchsten Ruhm und größte Freude
Unterm blauen Himmel ausmacht,
Schnell geknickt am Boden läg' es,
Wie in Schmutz und Blut zertretne,
Jämmerlich zersetzte Rosen,
Die noch gestern herrlich prangten."
„Welch ein Unglück," höhnte Guiraud,
„Wenn mit soviel Ritterschilden
Hundert Harfen auch und Lauten
Gleich in Stücke gingen, damit
Das Geklimper und Gegirre
Doch einmal ein Ende nähme!"
„Meint Ihr, Herr?" rief Bernard glühend,
„Nun, so will ich Euch versichern,
So lang ich es weiß zu hindern,
Daß die Sangeskunst zerschellt wird
Wie ein Speer an Schild und Harnisch,
Tret' ich auch auf Tod und Leben
Dafür kämpfend in die Schranken.
Und nun hört, was ich euch sage!
Kann ich nicht euch überreden,
Von Verrath und Kampf zu lassen,

Werf' ich mich aufs Pferd und reite
Stracks nach Poitou im Trabe,
Richard Löwenherz zu warnen."
„Holla, Herr! das laßt Ihr bleiben!"
Trumpfte Guiraud auf, „ich würde,
Eh Ihr in den Sattel kämet,
Euch ein unvorhergeseh'nes
Kleines Hinderniß bereiten."
„Ruhig, Freund!" ermahnt' ihn Bertran,
Und nachdem sich die Bewegung
Und der Ausbruch tiefen Unmuths
Über die Erklärung Bernards
In dem Kreis beschwichtigt hatte,
Fuhr er fort: „Und Ihr, Herr Raimond?
Welche Stellung nehmet Ihr ein?"
„Mit euch gehn in diesem Kampfe
Werd' ich nicht," versetzte Raimond
Sehr bestimmt, „und könnt' ich selber
Ihn verhüten, thät' ich's sicher.
Doch ihr werdet, wenn er ausbricht,
Auch in der Gefolgschaft Richards
Meinen Helmbusch nicht erblicken,
Denn die Klagen gegen ihn sind
Leider ja zum Theil begründet.
Aber Richard ist ein Held doch
Und ein Ritter, wie ihr wenig
Seines Gleichen finden werdet,
Und ist Troubadour; ich ehr' ihn
Trotz der mannigfachen Schatten,
Die sein strahlend Bild verdunkeln.
Darum möcht' ich ihm zu Gunsten

Noch ein Wort zum Frieden reden
Und den Rath euch geben, offen
Vor den Fürsten hinzutreten
Und in ehrlicher Verhandlung
Rüg' und Streit mit ihm zu schlichten."
„Dieser Rath ist überflüssig,"
Sprach Bertran de Born, „und kommt auch
Jetzt zu spät; noch zu verhandeln
Mit dem Grafen ist nicht möglich,
Seine Absetzung beschlossen,
Und sie muß den Stolzen treffen,
Eh er ahnt, was ihm bevorsteht."
„Aber fangen sollt ihr nicht ihn!"
Rief Bernard und schlug ergrimmend
Auf den Tisch, „ich sag' euch nochmals:
Ich begebe mich zu Richard
Und entdeck' ihm die Verschwörung,
Daß er nicht unvorbereitet —"
„Ha, Verräther!" schimpfte Guiraud,
Wüthend auf vom Stuhle fahrend,
Auf den Savaric ihn wieder
Nur mit Mühe niederdrückte.
Bertran auch erhob die Stimme
Mächtig jetzt: „Jawohl! Verrath wär's
Und Vertrauensbruch, sobald Ihr
Von dem hier geheim Gepflognen
Nur ein Wort verlauten ließet."
„Habt Ihr Euch hier eingeschlichen,"
Fing auch Roger an im Zorne,
„Kundschaft wider uns zu treiben
Und dann mit Verrath und Arglist

Unsre Pläne zu durchkreuzen?"
„Was? Verrath? Verrath?" rief Bernard,
„Ihr wollt von Verrath noch reden?
Wer denn sind hier die Verräther?
Ihr doch nur! ihr All zusammen,
Die ihr tückisch, hinterlistig
Euch verschwört zum Überfalle —"
„Bernard, hütet Eure Zunge!"
Unterbrach ihn Rostan drohend.
„Schwört uns Schweigen! oder aber
Ein verlorner Mann steht vor uns,"
Donnerte Bertran de Born jetzt
Finstern Blicks, gefurchter Stirne.
„Eins nur schwör' ich," rief ihm Bernard
Trotzig Aug' in Aug' entgegen,
„Die Verräther zu entlarven —"
„Nieder mit ihm!" brüllte Guiraud.
„In den Thurm mit ihm!" schrie Roger.
Alle sprangen auf, die Stühle
Fielen um, und die Verschwornen
Drangen polternd ein auf Bernard.
Savaric und Raimond warfen
Sich dazwischen, ihn zu schützen,
Alle stritten, schrien und tobten,
Bertran nur verhielt sich ruhig.
Da, im lautesten Tumulte
Ging mit einem Mal die Thür auf,
Und in Hast hereingestürmt kam
Assalide. Schnell entschlossen
Schuf sie freie Bahn sich, stellte
Mit dem Rücken sich vor Bernard,

Und die Arme vor ihn breitend
Stieß sie aus, nach Athem ringend:
„Keiner rühr' ihn an!!"   Sie standen
Wie gebannt von ihrem Blicke,
Starrten lautlos auf die Bleiche,
Die so heldenmüthig auftrat.
„Was willst Du hier?" fauchte Guiraud,
„Hast gehorcht wie eine Zofe?"
„Horchen?" sagte sie verächtlich,
„Bei dem Lärm, den ihr vollführet,
Daß die Wände davon schüttern,
War das Horchen nicht vonnöthen."
„Was dann willst Du?" schnob er wieder.
„Einen Gast will ich beschützen,
Ich, ein Weib nur, wenn die Ritter
Pflicht und Ehre ganz vergessen,"
Sprach mit Hoheit Assalide.
„Deinen Gast und den Joglar auch,
Tempsperdut, der so verstohlen
Auf den Gängen hier umherschleicht
Wie der Marder nach den Tauben!
Zeit und Leben hat verloren,
Wer es wagt, Verrath zu üben,
Deine Gunst wird ihn nicht retten,"
Knirschte Guiraud, roth vor Ingrimm
Und mit einem gift'gen Blicke.
„Wer dem Sänger nur ein Haar krümmt,"
Rief sie, „sei verflucht auf ewig!
Freund und Frohn soll ihn verlassen,
Haus und Herd soll ihm zerfallen,
Aug' erlöschen, Arm erlahmen,

Heimatlos, verfolgt, verfehmet
Soll er sein, auf Erden ehrlos
Und verdammt am jüngsten Tage!"
Wie sie stand, hoch aufgerichtet,
Bebend, glühend, in den Augen
Ein prophetisch Wetterleuchten
Und die Hand zum Himmel streckend,
Sahn die Männer sie mit Staunen,
Ja, mit einer scheu'n Bewundrung,
Keiner bracht' ein Wort zu Wege.
Dann, nach einem seelenvollen,
Tiefen Blick auf den Geliebten
Sprach sie noch einmal mit Nachdruck:
„Von euch All'n und Jedem einzeln
Fordre ich das Herz des Sängers
Ungekränkt in seinem Schlagen
Für des Lebens höchste Freuden!"
Und mit frei erhobnem Haupte
Schritt sie stolz aus dem Gemache.

Ein beklommnes und verdrossnes
Schweigen der Beschämung herrschte
Bei den zur Vernunft Gebrachten,
Daß ein Weib ihr ungeschlachtes,
Sinnlos ausgelassnes Wüthen
Bänd'gen mußte. Doch die Ritter,
Deren Schlachtruf war im Felde:
Denket eurer Damen! beugten
Sich dem Wort aus Frauenmunde,
Das so machtvoll auf sie wirkte,
Gaben's auf, den Sänger weiter

Zu bedrohen noch und ließen
Ihn in Frieden. Bertran endlich
Wandte sich zu ihm und fragte:
„Wollt vor uns Ihr Eure Zunge
Nun mit einem Eidschwur binden?"
„Nein!" sprach Bernard, „nun und nimmer!"
„Also bleibt er mein Gefangner,"
Schnarrte Guiraud wild frohlockend.
Bertran sprach: „Gewiß! das bleibt er,
Aber als Dein Gast nur, Guiraud!
Nicht im Thurme, nicht in Fesseln,
Wenn mit einem andern Wort er
Sich verpflichten will. Gelobt Ihr,
Herr von Ventadour, niemalen
Schloß Mercoeur und seinen Bannkreis
Ohne Zustimmung und Willen
Eures Wirthes zu verlassen?"
„Auf mein Ritterwort gelob' ich's!"
Kam es fest von Bernards Munde
Nach nur kurzem Überlegen.
„Gebt den Handschlag!" In die Rechte
Bertrans schlug die Hand des Sängers.
„Und Du, Guiraud, wirst als freien,
Ritterlichen Gast ihn halten?"
„Soll geschehen," knurrte Guiraud.
„Dann gehabt Euch wohl, Herr! nehmet
Die Versichrung, daß ich Eurer
Stets in Ehren denken werde!"

Bernard und Raimond verließen
Schweigend das Berathungszimmer

Und begaben sich, ergriffen
Von der Dinge ungeahntem,
Unberechenbarem Ausgang,
In die Halle, wo die Damen,
Ausgenommen Assalide,
Voll Begierde, von dem Vorfall
Noch das Nähere zu hören,
Angstbedrückt beisammen waren.
Raimond stillte dies Verlangen
Und berichtete getreulich,
Was geschehn war und beschlossen.
Bernard eilte schweren Herzens,
Assaliden aufzusuchen,
Und er mußte sie zu finden.
In der heftigsten Erregung
Zitternd flog sie an die Brust ihm,
Preßt' ihn an sich, weint' und schluchzte.
„Freu' Dich doch, Geliebte!" rief er,
„Freue Dich, ich bleibe bei Dir!
Der Gefangne Guirauds bin ich,
Aber frei und ungebunden,
Darf im Schloß, in Thal und Bergen
Mich bewegen nach Belieben.
Nur die Grenzen des Gebietes
Von Mercoeur nicht zu verlassen
Mußt' ich angeloben, sonsten
Hätten sie mich eingekerkert."
Erst ein Jubelruf der Freude
Brach hervor ihr bei der Nachricht,
Und sie sah ihm überglücklich,
Strahlend ins Gesicht und küßt' ihn.

Aber dann es schnell erfassend,
Welche Folgen und Gefahren
Ihn bedrohten, sprach sie ängstlich:
„Bleibst doch immer sein Gefanguer,
Bist in der Gewalt des Argen,
Und mir bangt um Dich, Geliebter!
Denn ich hab's gesehn, er haßt Dich.“
„Gräme Dich um mich nicht, Liebste!“
Sprach Bernard, sie zärtlich tröstend
Und die Sorgen, die ihn selber
Jetzt erfüllten, ihr verbergend.
„Bernard, ach! wir sind verloren,“
Rief verzweifelnd Assalide.
„Guiraud ahnt, — nein, weiß nun Alles;
Deutlich hab' ich unsre Liebe
Selbst dem Wütherich verrathen,
Als ich in der Angst des Herzens
Unvorsichtig für Dich einsprang,
Und er wird nun an uns beiden
Seine blut'ge Rache nehmen.
Bernard, woll'n, eh das Verhängniß
Uns ereilt mit seinen Schrecken,
Wollen wir zusammen sterben?
Hier! hierher ein guter Dolchstoß,
Und dies Herz, das voll von Liebe
Nur für Dich geklopft, gekämpft hat,
Findet endlich Ruh und Frieden.
O wie süß aus Deinen Händen
Wäre mir der Tod, mein Bernard!
Alles hast Du mir gegeben,
Alles Glück, das größte, höchste,

Das zu finden ist auf Erden;
Thu mir auch noch diese Liebe,
Gieb mir auch den Tod noch, Bernard!
Dann, — wenn ich dahingesunken,
Folgest Du mir, im Vergehen
Schlingst um mich zum letzten Male
Du den Arm, und unsre Seelen
Schweben ungetrennt selbander
Auf zum Lichte wie zwei Falken,
Die im Ätherblau verschwinden.

„Nein, Geliebte! laß dem Schicksal
Muthig uns die Stirne bieten.
Menschen können es nicht wenden,
Aber ihm zuvorzukommen,
Eigenmächtig einzugreifen
In die Speichen seines Rades,
Niemand soll's, der von der Hoffnung
Noch nicht nahm den letzten Abschied."
„Hoffnung, Bernard? wir noch hoffen?"
Sprach sie mit dem Haupte schüttelnd
Und mit schmerzenstiefem Blicke.
„Ja, noch hoffen, Assalide!
Laß uns leben in der Liebe,
So lang Die da droben wollen,
Daß wir lieben uns und leben!
Kommt der Tod, dann auch in Liebe
Wird er uns zur Stunde finden,
Nicht in Ewigkeit uns scheiden."
Innig hielt er sie umschlungen,
Bis sie, sanft sich ihm entwindend,
Ihre Thränen trocknend, sagte:

„Komm hinunter zu den Freunden!
Morgen wollen sie von hinnen,
Wie Germonde mir heute sagte;
Loba nur wird bleiben, hoff' ich."
Und sie gingen beide schweigend,
Hand in Hand hinab zum Saale. —

Andern Tages kam's zum Aufbruch.
Alle rüsteten zur Reise,
Welche dahin, Andre dorthin,
Um sich eine Woche später
Wieder in les Baur zu treffen,
In gespanntester Erwartung,
Ob Graf Richard dort erscheinen
Und wie der geplante Anschlag
Gegen ihn verlaufen würde.
Raimond hatte sich im Stillen
Vorgenommen, die Verschwörer
Zwar nicht offen zu verrathen,
Doch soviel in seiner Macht stand,
Richard davon abzuhalten,
Sich nach Montmajour zu wagen,
Wo ihm Hinterhalt gelegt ward.
Die Verschwornen aber waren
Über Alles, was geschehen
Und auch wie's geschehen sollte,
Völlig einig und im Klaren,
Hatten sich jedoch verpflichtet,
Einzeln nichts zu unternehmen,
Eh nicht Alle, die betheiligt,
In les Baur versammelt waren.

Man nahm Abschied, und als Erster
Ritt Bertran de Born von dannen
Zu Graf Guido von Auvergne,
Einem Mitglied der Verschwörung,
Ihm die letzten Abmachungen
Davon mündlich zu vertrauen.
Savaric und Rostan ritten
Nach Liet, des Letztern Schlosse,
Nah bei Tarascon gelegen.
Roger und Germonde begaben
Sich nach ihrem Heim, Guiscarda
Zur Gesellschaft mit sich nehmend.
Traulich mit einander zogen
Raimond und Tiberge des Weges
Zu Graf Rambaud von Orange.
Bernard aber mußte bleiben
In Mercoeur, und Loba that es
Gern auf Assalidens Bitte,
Um die Liebenden mit Guiraud
Nicht im Schloß allein zu lassen.
Als die letzten aller Gäste
Grüßend aus dem Schloßhof ritten,
Standen Assalid' und Loba
Oben hoch auf dem Altane,
Winkten ihnen zu und nickten,
Wie von unten jene riefen:
„In les Baux auf Wiedersehen!“

XVIII.

Das Fest der drei Marien.

Gekommen waren die Freudentage
      Des großen Festes in les Baux,
      Dem schon mit ungeduld'gem Schlage
Viel tausend Herzen hoffnungsfroh
Entgegenklopften, entgegenharrten,
Als würd' ein Wunder offenbar,
Und jedes hätte zu erwarten
Davon, was ihm das Liebste war.
Kein Mensch schien da zu Haus geblieben
Im ganzen Umkreis, meilenweit,
So strömte Volk herbei, getrieben
Halb von dem Drang, in Frömmigkeit
Gelübde dankbar zu erfüllen
Am Gnadenbild der drei Marien,
Beschwerniß ihnen zu enthüllen
Und flehend im Gebet zu knien,
Halb von der Lust, sich zu vergnügen
In unersättlicher Begier
An immer neuen Wanderzügen

Und an des Hofes Schmuck und Zier.
Der Landmann kam, der Fischerknabe,
Die Winzer, Schiffer, Handwerksleut,
Die Hirten mit dem Dreizackstabe
Von Herden, in der Crau zerstreut,
Mit Weib und Kind dahergezogen
Wie Aufgebot von Heeresmacht
In lautem Durcheinanderwogen,
In bunter, malerischer Tracht.
Von einem Stengel Schilf gehalten,
Der kleinen Ampel schwebend Licht
Schien auf bewegliche Gestalten
Und manch gebräuntes Angesicht,
Die in den Häusern Wohnung fanden,
So lang noch Raum war in les Baux,
Am Herde saßen oder standen
Und lagerten auf Laub und Stroh.
Doch die gehöhlten Steingelasse,
Gastfreundlich Jedem aufgethan,
Vermochten nicht der Fremden Masse
Zu bergen bei des Festes Nahn.
Der Waller krausestes Gewimmel
Blieb obdachlos bei eines Spans
Geflacker unter freiem Himmel
Im offnen Wirthshaus Sankt Julians.
Jedoch sie waren troß der Reise
Lebhaft, geschwäßig und erregt,
Ergößten sich auf jede Weise
Und trieben Kurzweil unentwegt.
Bis in die späte Nacht erklangen
Die Lauten, Flöten und Schalmei'n,

Joglare fiedelten und sangen,
Und Alt' und Junge stimmten ein.
Hell klapperten die Castagnetten,
Dumpf wirbelte das Tambourin,
Es hallte von den Felsenketten
Das Fest der heil'gen drei Marien.

Hoch oben war im Fürstenschlosse
Gefüllt der Riesenbau von Stein,
Die breiten, räumigen Geschosse
Bis in das letzte Kämmerlein
Von ritterlichen Herrn und Damen,
Den Gästen, die von nah und fern,
Gleichwie von ihm geleitet, kamen
Zu des Kometen Silberstern,
Der mit den sechzehn Strahlen gleißend
Vom hohen, steilen Felsennest
Weit in die Lande schien, verheißend
Ein unvergleichlich Freudenfest.
Allein auch unter seinem Glanze
Gebrach es endlich doch an Raum,
Manch tapfere, berühmte Lanze,
Manch edle Frau fand Herberg kaum
In einem andern, nahen Schlosse,
In Parabou und Montpaon,
Wo Platz für Reiter war und Rosse,
In Arles, Fontvieille und Tarascon.
Von daher kamen sie geritten
Schon Morgens nach les Baur herauf,
Willkommen dort und wohlgelitten
Als Gäste für des Tages Lauf.

Da war ein unaufhörlich Treiben.
Ein stetes Hin= und Widergehn,
Nur nicht auf einer Stelle bleiben!
Schien hier zur Losung ausersehn.
Man war beständig auf den Füßen
Treppauf, treppab, hinaus, herein,
Und ward nicht fertig mit Begrüßen
Bekannter bei dem Stelldichein,
Das sich des Landes Adel jährlich
Hier gab auf diesem Felsplateau,
Denn sah man sonst sich noch so spärlich,
Geschah's doch sicher in les Baur.
Die Tische standen schon von frühe
Gedeckt, und Wein floß überall,
Es hatte seine Plag' und Mühe
Herr Palassol, der Seneschall.
Und diese Pracht! Fürst Barral zeigte
Sich als ein königlicher Wirth,
Der gern zum Überflusse neigte,
War so von Gästen er umschwirrt.
Es fanden Grafen und Barone
Mit ihres Namens Klang und Kraft
So viel sich ein, als wär' zum Throne
Geladen alle Ritterschaft.
Die mächtigsten Geschlechter waren
Vertreten in der Massonei,
Und Jeder in den dichten Scharen
Bewegte zwanglos sich und frei.
Doch die Willkommensten von Allen
Die Sänger waren in les Baur,
Die Troubadoure, in den Hallen

Längst heimisch hier, und immer wo
Ein Fest mit Hut= und Becherschwenken
In der Provence vom Himmel fiel,
Nicht auszuführen, nicht zu denken
War's ohne Sang und Saitenspiel.
So waren sie auch hier erschienen
Vollzählig fast, sich Glück und Gunst
Von holden Frauen zu verdienen
Mit ihrer frohen Liederkunst.

Fürstin Baussette, in ihrer Würde
Ganz Anmuth doch, trug so bequem,
So hoheitvoll des Festes Bürde
Wie auf dem Haupt ihr Diadem.
Es hatte sich ihr angeschlossen
Auf ihren Wunsch, nach ihrer Wahl
Ein engrer Kreis von Festgenossen,
Der sie umgab bei Tisch, im Saal,
Am Ulmensitz und wo sie weilte,
Mit heitrer Stirn und stolzen Brau'n
Das Lächeln ihrer Huld vertheilte
In wohlerwogenem Vertrau'n.
Der hellste Stern in diesem Kreise
War Richard Löwenherz, der Held,
Der in der ehrenvollsten Weise
Empfangen, überall das Feld
Behauptete in jenen Schlachten,
Die man mit heißen Blicken schlägt
Und wo der Liebe heimlich Trachten
Den Siegeskranz von dannen trägt.
Nächst ihm Graf Raimond von Toulouse,

Der selber oft von fern und nah
Zum festlich frohen Dienst der Muse
An seinem Hofe Sänger sah.
Von Frauen hatte sich Baussette,
Die Freundinnen dazu gezählt,
Die schönsten Perlen aus der Kette
Zu ihrem Umgang auserwählt.
Es waren solche, deren Winken,
Der Augen Blitz und Funkelschein
Wetteifern konnte mit dem Blinken
Von Goldgeschmeid und Edelstein.
Von Troubadouren zog bald diesen,
Bald jenen vor sie, überall
Und stets doch ward von ihr erkiesen
Dazu Raimond von Miraval.

Bertran de Born und die Verschwörer
Begriffen nicht, warum Guiraud,
Der kühnsten einer der Empörer,
Noch immer ausblieb in les Baur.
Ihm war die Sichrung übertragen
Des Überfalls in Montmajour;
Sollt' er sich aus Mercoeur nicht wagen
Mit dem verstrickten Troubadour,
Befürchtend, Bernard könnt' entrinnen
Und schnell hierher zu Richard fliehn,
Um gegen sie Verrath zu spinnen,
Bevor ihr Anschlag noch gediehn?
Nicht ohne Guiraud war zu hoffen,
Daß der geplante Streich gelang,
Sie mußten, bis er eingetroffen,

Gedulden sich mit Richards Fang.
Manch einen von den Edelleuten
Vor Bertran hier ein Grau'n beschlich,
Sie trauten ihm nicht, alle scheuten
Sein scharfes Wort wie Lanzenstich.
Der Fürst selbst und die Fürstin sahen
Den finstern, streng verschloßnen Mann
Fast ungern ihrem Feste nahen,
Weil allzu leicht er Streit begann.
Und vollends jetzt war er verbissen
Und wollt' in seiner Ungeduld
Erboßt nicht das Geringste wissen
Von Fürstengunst und Frauenhuld.
Zwar mußt' er schlau sich zu verstellen,
Zwang seinen Unmuth mit Geschick,
Doch Die ihn kannten, sahen schnellen
Manch grimmen Pfeil aus seinem Blick.
Sorglich vermied er Richards Nähe,
Oft eifrig flüsternd mit Rostan,
Hielt sich, beständig auf der Spähe,
Meist zu Roger von Gévaudan.
Und hatt' er den von Groll durchgornen,
Gespannten Blick thalab gelenkt,
Murrt' er zu seinen Mitverschwornen:
„Sagt mir, was ihr von Guiraud denkt!"

Der höchste Festtag war gekommen,
An dem die Pilger jedes Jahr
Zu ihrer Seele Heil und Frommen
Den Heil'gen brachten Opfer dar.
Zu einem langen Zug gestaltet,

Ging's von der Stadt am Schloß vorbei,
Und Prunk und Prangen war entfaltet
Von Laienschaft und Klerisei.
Die ritterlichen Herrn und Damen
Mit wohlgeneigtem Gruß und Wort
Zu Fuß vom Schloß herunter kamen
Zur Stadt an den Versammlungsort,
Wo alles Volk schon ihrer harrte,
Mit lautem Jubel sie empfing
Und auf die Prachtgewänder starrte,
An denen jedes Auge hing.
Die Gassen waren mit Gebinden
Von Laub und Blumen überspannt,
Bestreut der Weg in seinem Winden
Mit grünem Schilf und weißem Sand.
Ein Herold, der im Wappenrocke
Gewoben den Kometen trug,
Mit einem Blumenstrauß am Stocke,
Eröffnete den Wallfahrtzug.
Dann kam ein Trupp von Musikanten,
Der eine fromme Weise blies,
Danach des Fürsten Leibtrabanten
In Helm und Harnisch mit dem Spieß.
Dann unter einem Baldachine,
Der goldbestickt war auf Azur,
Ging feierlich mit ernster Miene
Girinus, Abt von Montmajour.
Ihm folgten Priester, Ablaßbringer
Und Mönche nach, ihm traten vor
Kreuzträger, Knaben, Rauchfaßschwinger,
Der Weihrauch wallt' um ihn empor.

22*

Sodann, nach schlanken Edelknaben
Im Scharlachwams, mit langem Haar,
Die blond, die braun, die schwarz wie Raben,
Schritt das erlauchte Fürstenpaar.
Fürst Barral, mit dem Haupte ragend,
So machtbewußt, so siegesfroh,
Und sich wie eine Königin tragend
Die strahlende Baussette von Baux.
Dann kam der Gäste langer Reihen,
Ein schimmernd farbenreiches Band,
Zu zwei'n geordnet oder dreien,
Jedoch nicht streng nach Rang und Stand.
Und nun im Zuge kam gegangen
Der Troubadoure freier Bund,
Die Saitenspiele umgehangen,
Ein Lächeln um den Liedermund.
Zu ihnen hatte sich gesellet,
Vornehm in sorglos sichrer Ruh,
So hoch er von Geburt gestellet,
Doch Richard, Graf von Poitou.
Und leichten Schrittes zum Geleite
Wie mit dem Fürsten der Vasall
Als Ehrenpaladin zur Seite
Ging ihm Raimond von Miraval.
Und hinterdrein die Andern alle,
Bertran mit Arnaut von Borneille,
Auch Marcabrun mit Peir Vidale,
Peirol mit Folquet von Marseille.
Ein großer Schwarm, und ganz am Ende
Schritt ein gar wunderliches Paar,
Das schon seit manchen Jahres Wende

Aufs Innigste befreundet war.
Ein Troubadour in brauner Kutte,
Der lust'ge Mönch von Montaubon,
Und, roth wie eine Hagebutte
Von Kopf zu Fuß, der Narr Tampon.
Doch Einer fehlte hier, in Liebe
Von All'n vermißt, für Alle nur
Ein Räthsel, wo grad Dieser bliebe,
Das war Bernard von Ventadour.
Jetzt kam ein Haufen von Joglaren,
Voran Papiol, in Bertrans Pflicht,
Er sang die Lieder des Streitbaren,
Denn singen konnte Bertran nicht.
Nun schlossen sich die breiten Massen
Der Pilger und des Volkes an,
Wie sie gestaut sich in den Gassen
Und ohne fester Ordnung Bann.
Und Lieder klangen aus den Scharen
Auf dem gedehnten Weg zum Ziel,
Von Troubadouren und Joglaren
Begleitet mit der Saiten Spiel.
Nach manchem Stocken erst gelangte
Der Zug zum Gnadenbild im Thal,
Das rings bekränzt mit Buchsbaum prangte,
Beschienen von der Sonne Strahl.
In weitem, dichtestem Gedränge
Stand die gesammte Pilgerschaft,
Und hier nun redete zur Menge
Der Abt mit würdevoller Kraft.
Er flehte zu den heil'gen Dreien
Um Gnad' und Obhut für das Land,

Der Früchte Wachsthum und Gedeihen,
Der Herden Schutz, der Ernte Stand.
Er flehte für das Haus des Fürsten
Und für die Hütten, grünbemost,
Für jeder armen Seele Dürsten
Nach dem ersehnten Himmelstrost.
Sodann empfingen allerwegen
Im Angesicht der drei Marien
Die Tausende des Abtes Segen
In tiefer Andacht auf den Knien.
Nach stillen, brünstigen Gebeten
Ward wiederum mit Sang und Klang
Vom Zug der Rückweg angetreten
Den Berg hinan, am Schloß entlang.
Hier trennten nun des Fürsten Gäste
Sowie die Sänger sich vom Troß
Des Volkes, denn nun gab's vom Feste
Die größte Lustbarkeit im Schloß.
Im Saal, in den Gemächern, Hallen
Fand Tafel statt mit allem Prunk,
Bei Pauken und Drommetenschallen
Geschah manch herzhaft tiefer Trunk.
Und Lachen war und Scharmutzieren
Beim Minnespiel mit Blick und Wort
Und Liedersang und Lautenieren
Und Herzensjubel hier und dort.
Im Städtchen auch den Muth sie kühlten
Mit Tanz und Scherz und Schelmerei,
Denn nach dem Gottesdienste fühlten
Sich Alle doppelt leicht und frei.
Auch hier die Fiedeln lustig klangen,

Viel dunkle Augen blitzten hell,
Heiß wurden viele braune Wangen,
Und frohe Stunden flogen schnell.

Es war am späten Nachmittage,
Zu End' im Schloß das Festgelage,
Das üppige mit Trank und Speise,
Die Fürstin mit dem Freundeskreise
Zog sich in ein Gemach zurück,
Und heute hatten mehr das Glück,
Daß sie ihr folgen durften dahin.
Ihr aber lag es schwer im Sinn,
Daß Assalide heute fehlte,
Bernard von Ventadour nicht zählte
Zu ihren Gästen und sogar
Auch Loba fern geblieben war.
Nach letztrer schaute mit spähendem Blick
Auch immer noch aus Herr Savaric,
Doch leider umsonst zu seinem Verdruß,
Sehnend sich nach dem ererbten Kuß,
Dem sie, da sie ihn einmal gegeben,
Würde niemals mehr widerstreben.
Auf einmal, unvermuthet und jach,
Trat Loba selber ins Gemach.
Hereingewankt, hereingestürzt
Kam sie im Reitkleid, hochgeschürzt,
Athemlos, sprachlos, — „Loba! was ist?"
Rief die Fürstin erschrocken, „Du bist
Ganz außer Fassung! was ist geschehen?
Niemals noch hab' ich so Dich gesehen."
„Ach! wie soll ich es euch nur sagen?"

Schluchzte Loba mit Jammern und Klagen,
Händeringend, verzweifelnd im Leide,
„Todt sind sie, todt! sie alle beide!"
    „Gott im Himmel! sag', wer ist todt?
Mach' ein Ende der Angst und Noth!"
    „Assalid' ist todt und Bernard,
Beide gemordet hat der Barbar!"
Wie vom Blitze getroffen standen
Alle, daß sie nicht Worte fanden,
Mußten sich an die Stirne greifen,
Fühlten sinnlos ihr Denken schweifen.
Fürst Barral, zuerst gefaßt,
Sprach: „Frau Loba, was Ihr in Hast
Stießet hervor, ist's wirklich und wahr?
Wenn Ihr's vermöget, macht es uns klar!"
Loba trocknete sich geschwind
Erst die Augen, von Thränen blind,
Und begann: „So leiht mir Gehör!
Bernard von Ventadour war in Mercoeur,
War bei Assaliden zu Gast,
Sang uns Lieder im düstern Palast,
Und als Alle von dannen ritten,
Blieb ich mit ihm auf der Freundin Bitten.
Bernard streift' in den Bergen umher,
Einsam jagend mit Bogen und Speer,
Blieb den ganzen Tag oft aus,
Kam oft spät in der Nacht nach Haus.
Aber die Zwei
— Ich sag' es frei —
Assalid' und Bernard, gefunden
Hatten sie sich und waren verbunden

Innig in Liebe, gehörten fortan
Ganz mit Leib und Seele sich an.
Guiraud merkt' es, doch er schwieg,
Haß und Rachgier in ihm stieg
Zu einem ungeheuren Plan, —
Hört es mit Grausen, was er gethan!
Ich war mit Assalib' allein,
Da trat er zu uns in den Saal herein.
Das Mahl war bereit, ein Diener kam
Und bracht' eine Schüssel; grinsend nahm
Das Wort der Unmensch: „Heute beim Pirschen
Hatt' ich Glück, erlegt' einen Hirschen,
Hab' ihm das Herz aus der Brust gerissen,
Hirschenherz ist ein Leckerbissen,
Ließ es Dir braten, nur für Dich.
Sail, da nimm es, iß und sprich,
Ob es Dir mundet! wir sehen zu,
Wie Du's speisest in aller Ruh.'
Und Assalibe, nicht verwöhnt
Von Freundlichkeit und halb versöhnt,
Daß Guiraud ihrer nicht vergaß,
That den Gefallen ihm und aß
Das ihr bescherte Beutestück.
Da lehnt' er sich im Stuhl zurück
Und lachte teuflisch: „Hat's geschmeckt?
So sei in Wahrheit Dir entdeckt,
Was Du gegessen hast! Du bangtest
Einst um den Sänger und verlangtest
Sein Herz von uns, als wir ihm drohten.
Nun wohl! was ich Dir dargeboten,
War statt von einem Hirschen nur —

Das Herz Bernards von Ventadour!"
Ein Schrei des Entsetzens tönt' in der Runde,
Wie ausgestoßen von einem Munde,
Alle starrten sie wie von Stein,
Schauder lief ihnen durchs Gebein.
Fern aus dem Saal herüber drang
Lachen und Jauchzen und Saitenklang,
Viele doch waren herzugekommen,
Hatten das Schreckliche mitvernommen.
Im Gemache das Schweigen brach
Endlich Fürstin Baussette und sprach:
„Rede, Loba, was weiter geschah!
Was that Assalide da?"
„Sie erhob sich," fuhr Loba fort,
„Bleich wie die marmorne Juno dort,
Sprach zu dem Mörder in dumpfem Ton:
‚Dies die Antwort auf Deinen Hohn!
Des Sängers Herz hat mir gemundet
Wie nichts im Leben, ich bin gesundet
Von allem Leid und aller Pein,
Nicht andre Speise mehr nehm' ich ein.'
Sie ging hinaus, wir ahnten nicht
Wohin; in ihrer Augen Licht
Schien ein verklärter Glanz und Schimmer.
Ich aber saß gelähmt noch immer,
Als wär' der Verstand mir abgemäht,
Dann eilt' ich ihr nach und — kam zu spät —"
Hier wollte Loba die Stimme brechen,
Sie mußte sich sammeln, um weiter zu sprechen:
„Assalide, hoch vom Altan
Hatte den Sprung in die Tiefe gethan,

Lag auf den Steinen, des Lebens beraubt,
Blutend, zerschmettert das blonde Haupt.
— Wir trugen hinauf sie, in meinem Arm
Ruhte die Todte, noch lebenswarm.
Ich habe sie auf ihr Lager gelegt,
Den Mörder aber hinausgejegt.
Und dann — ‚mein Pferd!‘ mehr nicht ein Wort,
Und rasend jagt’ ich vom Schlosse fort.
Geritten bin ich bei Tag, bei Nacht,
Hab’ euch zum Fest die Kunde gebracht,
Daß todt sind Herrin und Troubadour,
Assalide und Bernard von Ventadour!“
Sie schlug die Hände vors Angesicht,
Baussette umschlang sie und ließ sie nicht.

Sie hatten erschüttert, im Herzen empört
Das Unfaßbare, Grau’nvolle gehört,
Und dumpfes Schweigen auf Allen lag
Wie nach betäubendem Donnerschlag,
Die Frauen weinten, die Männer grollten,
Wußten nicht, was sie sagen sollten.
Der Fürst Barral gedacht’ im Stillen
An des Schicksals unbeugsamen Willen,
Den am Himmel er las.   „Gewarnt
Einst vor dem Unheil, das sie umgarnt,
Hab’ Assalid’ ich,“ sprach er zu sich,
„Ewige Sterne, nie täuschet ihr mich!“
Estephanette von Gantelme
Trat vor und sagte: „Wir richten den Schelm!
Weil ich den Vorsitz habe grade
Der nächsten Cour d’Amour, so lade

Ich nach Schloß Romanil euch ein,
Da soll das Urtheil gesprochen sein.“
„Wozu darüber noch Cour d'Amour?
Wir rächen Bernard von Ventadour!“
Rief Raimond von Miraval, und Alle
Stimmten ihm zu mit lautem Schalle.
Nicht Einer war, der widersprach,
Jeder den Stab über Guiraud brach.
Selbst seine Freunde, Bertran de Born
Und die Verschwornen, geriethen in Zorn,
Daß er durch seine blutige That
Kreuzte, was sie beschlossen im Rath,
Und sie den Aufstand, den sie betrieben,
Mußten ins Ungewisse verschieben.
Besiegelt war Guirauds Untergang.
Der provençalische Adel drang
Einmüthig streng auf sein Verderben,
Er sollte für sein Verbrechen sterben,
Sein Schloß und Land verwüstet werden,
Sein Stamm und Name getilgt auf Erden.
   Still ward es in les Baux, der Sinn
Für lustig Treiben war dahin,
Schwer lasteten nun Gram und Harm,
Es machte sich der Gäste Schwarm
Zum Aufbruch andern Tags bereit.
So ging zu End' in Traurigkeit,
Auf das so hell die Sonne schien,
Das Fest der heil'gen drei Marien. —

Kaum eine Woche war verflossen,
Nachdem die grause That enthüllt,

Da war an Guiraud, wie's beschlossen,
Das Strafgericht auch schon erfüllt.
Sie waren nach Mercoeur gekommen
Mit ritterlicher Waffenmacht
Und hatten es mit Sturm genommen,
Es scharf berennend Tag und Nacht.
Er selber war im Kampf gefallen,
Und nichts blieb, schaurig anzusehn,
Von seines Schlosses stolzen Hallen
Als brandgeschwärzte Mauern stehn.
So war der Fluch, den ausgesprochen
Einst Assalide, hoch erhört,
Der Schild des Unholds war zerbrochen,
Sein Angedenken nun zerstört.
Bernards und Assalidens Leichen
Fuhr man zu Schiff die Rhone lang
Mit einem Pompe sonder Gleichen
Nach Arles und zu den Alyscamps.
Da bettete mit Schmerz und Klage
In großem, feierlichem Zug
Man sie in einem Sarkophage,
Worin für beide Raum genug.
Der Abt von Montmajour, zugegen
Im Festornat mit Kreuz und Stab,
Sprach über sie den letzten Segen,
Loba bekränzt' ihr Marmorgrab.
Und wie's in Aller Augen thaute,
Nahm, eh man von der Stätte schied,
Raimond von Miraval die Laute
Und sang den Zwei'n das letzte Lied.

Ihr höret nicht des Spieles Rauschen,
Das hier an eurem Sarge klingt,
Ihr könnet nicht dem Liede lauschen,
Das euch der Schmerz des Freundes singt.

Doch dürft ihr Seit' an Seite liegen
Nun in der ewig langen Nacht,
Nun ist, den ihr der Welt verschwiegen,
Der treuen Liebe Traum vollbracht.

Ihr wart gebunden, euch zu meiden,
Doch zu entsagen nicht gewillt,
Nun brauchet nimmer ihr zu scheiden,
Und alle Sehnsucht ist gestillt.

Ihr waret glücklich ohne Grenzen,
Ihr konntet eurem durst'gen Mund
Der Freuden Becher voll kredenzen
Und leertet ihn bis auf den Grund.

Nun ruht von Lust und Leid in Frieden,
Vom Drang des Irdischen befreit,
Vereint im dunkeln Grab hienieden,
Vereint auch in der Herrlichkeit.

Die Sterne wehrten euch im Leben
Des Schicksals heiß erflehte Huld,
Im Tod ist Alles euch vergeben,
Die Liebe sühnt des Herzens Schuld.

Inhalt.